HAMUO
ハム男
ILLUST
MO
藻
8
ヘルモード
HELLMODE
～やり込み好きのゲーマーは
廃設定の異世界で無双する～

第一話　チームアレン、シアたちとの合流

中央大陸の南東に位置するギャリアット大陸は、無数の中小国家が共存する連合国家だ。

そのうちの1つ、創造神エルメアを奉じる宗教国家エルマール教国で、エルメア教会の聖地でもある首都テオメニアが炎上した。

当時、テオメニアでは、大陸を騒がせる「邪神教」ことグシャラ聖教の教祖グシャラの処刑が行われていたが、これは魔王軍の侵略作戦の一環であった。

グシャラは、魔王軍が神界から奪った火の神フレイヤの神器を持っていて、これを使い、テオメニアに火を放ち、住民を「邪神の化身」という魔獣に変えてしまった。しかも、この魔獣に傷つけられて死んだ者は、同じ魔獣に変身させられてしまうらしい。

この侵略作戦を阻止するため、ギャリアット大陸に向かったアレンたちは、テオメニアで魔神リカオロンを倒した。

そして、リカオロンが守っていたテオメニア神殿の祭壇から発生していた光が、大陸中央付近に浮遊する「空に浮いた『島』」へ伸びていたこと、同じ光が大陸の他の地域からも伸びてきていることを知った。

そこで、アレンたちはパーティーを3チームに分け、各地の光の発生源を目指し、そこで魔王軍

と戦った。

大陸の東側に向かった、ソフィーとメルル、フォルマールのチームは、砂漠地帯のオアシス都市群に到着し、ダークエルフの里と協力して魔獣を掃討した。

大陸の南側に向かった、キールとクレナ、メルスのチームは、対立するカルバルナ王国とカルロネア共和国の国境となる河川地帯で、カルバルナ王国軍の先遣隊と協力して、カルロネア共和国側からやってくる魔獣を食い止めた。

そして、大陸の西側に向かったアレンとセシル、ドゴラのチームは、他の地域とおなじく魔獣に襲われる魚人王国クレビュールへ向けて急行した。


「アレン、間に合ったのよね？」

「ああ、セシル。かなりギリギリだったな」

周囲を埋め尽くす虫Aの召喚獣の羽音の合間に聞こえる、セシルの不安げな声に返答しながら、アレンは、土でできた防壁の上で、魔獣に取り囲まれたシア獣王女とおぼしい姿を見つけると、鳥Bの召喚獣をそちらへ急降下させた。

（というか皆エクストラスキル解放しまくりだ。ぎりぎりだったってことか）

エクストラスキルは、クールタイムが1日に設定されているものが多く、客観的なデータとして知らなくても、体感で把握している場合がほとんどなので、誰もむやみやたらと使わない。逆に、これを使っているということは、それだけのピンチに陥っていて、後がないことを示している。それが一挙に複数人となれば、魔王軍との戦争の場合、これは要塞が間もなく陥落する、あるいは、すでに戦線が維持できなくなっている兆候と見ることができる。

こうなれば、あとは玉砕するか撤退するしかない。そして、今回、自分たちは運よく、玉砕か放棄をする前にたどり着くことができたと思う。

「アレン、頭下げろ！」

いきなりドゴラの声が響き、反射的に言うことを聞いてしまったアレンの頭上で、ドゴラの盾が矢じりを跳ね返す金属音がした。どうやら、獣人たちが、敵か味方かわからないアレンたちを警戒して、矢を射かけてきたようだ。

「ありがとう。だけど、このままだと共闘できないから、話をつけないと。ドゴラはもっと盾を上げて俺らを守ってくれ」

そう言ってドゴラの盾に、というかドゴラを盾にアレンはセシルと共に身を隠す。

「なんだそれ！」

ドゴラのツッコミを聞き流し、防壁の前に立つシア獣王女に向けて手を振る。それを見た、シア獣王女の側に立つ犀《さい》の獣人が手を振り、弓部隊に射撃を停止させる。

ドゴラ、アレン、セシルはシア獣王女の前に降り立った。

シア獣王女は、ぐったりとして動かない鹿の獣人を膝に抱いてアレンたちを見上げている。

シア獣王女は「戦姫」と呼ばれ、誇り高く荒々しい性格だとゼウ獣王子から聞いていたので、いきなり襲い掛かられるかと思っていたが、そんな気配は一切しなかった。むしろ、傷ついた仲間を抱いたその姿からは慈愛に満ちた穏やかな雰囲気が漂っている。

「貴様ら、何者だ？」

シア獣王女を守るように、犀の獣人が立ち塞がった。大槌を構え、アレンに訊ねる。

「Sランク冒険者のアレンと言います。助けに来ました」

アレンはシア獣王女に聞こえるように自らの肩書と目的を答える。なお、こんなに警戒されないなら自分からSランク冒険者を名乗ることはない。ゼウ獣王子から、シア獣王女と定期的に近況を知らせあっていると聞いていたからだ。

「アレン？　兄上に協力したという？」

「そうです。そのアレンです。ゼウ獣王子殿下よりお助けせよと言われています」

「む!?」

一瞬、シア獣王女が顔をしかめた。もしかしたら、ゼウ獣王子に助けられたという事実は都合が悪いのかもしれない。

そういえば、ゼウ獣王子はライオンの獣人だが、シア獣王女は虎の獣人と聞いていた。

獣人の生態についてまだ知らないことの多いアレンは、血のつながった兄妹でそういうことがあるのか、それとも異母兄妹とかそういうことかと考えてしまう。

(いや、今はそんなことを考えている暇はないぞ)

「そちらの方、重傷ですね。回復薬を使います」

そう一方的に告げて、収納から取り出した天の恵みを使う。すると、一瞬で、鹿の獣人を含めた効果範囲内にいるほとんどの獣人と魚人の兵士の傷が癒えていった。彼らは一瞬ぎょっとした顔をしたが、すぐに戦いに戻っていく。

アレンはシア獣王女の膝に抱かれた鹿の獣人を見た。上半身がどす黒い皮膚に覆われて、おぞましい姿に変わりつつある。

（うげ、変化しているな。間に合うかな）

「この方には、こっちが効くかもしれません」

香味野菜も1つ使用すると、瀕死の体から黒い霧が立ち上ったかと思うと、日差しの中に崩れるように消えていき、後には、ものすごい早さでもとの姿に回復していく鹿の獣人がいた。目をぱちくりさせ、上体を起こす。

「……兄上から聞いていたとおりだな。ということは、そうか、あの巨大な蜂の群れは、兄上が言っていた『召喚獣』というものだな」

シア獣王女が、鹿の獣人を助け起こしながら呟いた。

「しかし、助けにきたというが、余はなにも持っておらぬ。礼は出来ぬぞ？」

「もちろんです。私たちの一番の目的は、この『邪神の化身』を殲滅することですから」

「邪神の化身だと？　それは先ほどラス副隊長の身に起きたことと関係があるのか？」

「そうです。ラスさんは、これでもう大丈夫。あの下半身がぬめぬめした魔獣にならなくなりましたので、ご安心を。後で詳しく説明します」

「分かった」

今はこの防衛線を守るのが先決と、アレンは鳥Bの召喚獣を削除し、新たにできた枠で鳥Eの召喚獣を召喚し、上空に飛ばした。覚醒スキル「千里眼」を発動し、俯瞰《ふかん》視点で一気に状況を確認する。

（ふむ。全力で囲みに来ているではないか。というか視界の範囲外からワラワラやってきている

な）

千里眼は半径１００キロメートルという広大な範囲のすべてを把握することができる。

木々の枝葉の一本一枚、草木や小石まで把握することができるのだが、どれだけ把握できるのかは共有した召喚士の知力に依存する。

アレンは万に近い圧倒的な知力をもって、範囲内の邪神の化身の数を正確に把握する。

さらに、敵はその範囲を超えて、西から途切れなくやってくる。しかも、ここに来るまでにところどころに戦いの痕跡が見られるので、シア獣王女たちが、多くの犠牲を出しながら、必死にクレビュールの民を守ってきたことが窺える。

【名　前】　アレン
【年　齢】　15
【職　業】　召喚士
【レベル】　83
【体　力】　2815+2000
【魔　力】　4460+2200
【攻撃力】　1564+3200
【耐久力】　1564+12800
【素早さ】　2911+15525
【知　力】　4470+5725
【幸　運】　2911+2000
【スキル】　召喚〈8〉、生成〈8〉、合成〈8〉、強化〈8〉、覚醒〈8〉、拡張〈7〉、収納、共有、高速召喚、等価交換、指揮化、王化〈封〉、削除、剣術〈4〉、投擲〈3〉
【経験値】　約500億/2兆
【指輪①】　攻撃力5000
【指輪②】　攻撃力5000
【武器】　アダマンタイトの剣　攻撃力2500
【鎧】　魔黒竜のマント　耐久力6000、攻撃力3000

・ホルダー（計80枚）
【　虫　】　A49枚
【　獣　】
【　鳥　】　A11枚、B3枚、E2枚、F1枚
【　草　】
【　石　】
【　魚　】　B2枚
【　霊　】　A5枚
【　竜　】　A6枚
【天　使】　A1枚

【チーム編成による整理後の召喚枠詳細（計80体）】
・ギアムート帝国北部……10体（虫A8枚、竜A1枚、魚B1枚）
・ローゼンヘイム北部……15体（虫A10枚、竜A3枚、魚B1枚、鳥F1枚）
・エルマール教国……5体（虫A4枚、霊A1枚）
・ロダン村、そのほか……5体（霊A4枚、竜A1枚）
・転移用鳥Aの召喚獣……10体（鳥A10枚）
・東のソフィーチーム……13体（虫A11枚、鳥A1枚、鳥E1枚）
・南のキールチーム……12体（天使A1枚、虫A8枚、鳥B2枚、鳥E1枚）
・西のアレンチーム……10体（虫A8枚、鳥B1枚、竜A1枚）

【名　前】 セシル=グランヴェル
【年　齢】 15
【職　業】 魔導王
【レベル】 60
【体　力】 2470+2400
【魔　力】 3974+2400
【攻撃力】 1640
【耐久力】 1686
【素早さ】 3382+2400
【知　力】 4138+2400
【幸　運】 2541+2400
【エクストラ】 小隕石
【スキル】 魔導王〈6〉、火〈6〉、氷〈6〉、雷〈6〉、光〈6〉、深淵〈2〉、組手〈4〉
【指輪①】 知力5000
【指輪②】 知力5000
【武器】 魔導王の杖　魔法攻撃ダメージ20パーセント上昇、知力4000
【鎧】 魔導王のローブ　耐久力4000、魔法耐性（大）

【名　前】 ドゴラ
【年　齢】 15
【職　業】 破壊王
【レベル】 60
【体　力】 4089+2400
【魔　力】 1919
【攻撃力】 4348+2400
【耐久力】 3595+2400
【素早さ】 2849+2400
【知　力】 1757
【幸　運】 2664+2400
【エクストラ】 全身全霊
【スキル】 破壊王〈6〉、渾身〈6〉、爆撃破〈6〉、無双斬〈6〉、殺戮撃〈6〉、闘魂〈2〉、斧術〈6〉、盾術〈4〉
【指輪①】 攻撃力5000
【指輪②】 攻撃力5000
【武器】 アダマンタイトの大斧　攻撃力4000
【盾】 アダマンタイトの大盾　耐久力3000
【鎧】 アダマンタイトの鎧　耐久力3000

アレンは魔導書を改めて確認し、状況を把握すると、セシルに向き直った。

「セシル、シア獣王女様より正式に応援要請を受けた。全力で支援する。まずは戦いの狼煙《のろし》を上げてくれ。盛大に頼む」

「ああ、そういうことね」

セシルは頷いて、一歩前に出ると、エクストラスキル「小隕石」を発動する。

次の瞬間、今いる場所から1キロほど西の上空に、巨大な岩石が出現した。真っ赤に焼けた岩石「小隕石」は、重力に引かれてすさまじい速度で落下した。落下地点は、やってくる魔獣の列のど真ん中だ。

ドオオオオオオオオン!!

「な!?」

着弾の直後、轟音とともに大地が揺れ、木々がなぎ倒され、湿地帯の沼土が押し流されながら蒸発した。衝撃波は一瞬遅れてアレンたちのところにも達し、1列目の防壁がその場にいた魔獣もろともなぎ倒される。

アレンたちの乗る最後の防壁もぐらぐらと揺れる。獣人と魚人の兵士たちは、足をふらつかせながらも、この奇跡とも悪夢ともつかない破壊の光景に見入ってしまう。

だが、アレンとセシルは慣れたもので、

「じゃあ、周辺の攻撃に移るわね」

「ああ、でかいのは残しておいてくれ。使役したい」

ギャリアット大陸西の広大な範囲をこれから、邪神の化身を一掃しなくてはいけない。

アレンはこの場をしのいだ後のことも考えて、セシルに指示を出す。

「そう、分かったわ」

短くやりとりを交わしたあと、セシルは生き残った魔獣の群れを見下ろすと、攻撃魔法を連発した。

セシルを始め、魔法使い系の「才能」が使うことができる攻撃魔法は、クレナのような戦士系の「才能」が使う攻撃スキルとは異なる法則のもとに設定されているらしい。メルスの話では、管理している神が異なるのがその理由ということだった。

セシルの場合、火、氷、雷、光の4つの属性の魔法を使うことができ、それぞれの属性にスキルレベルと同じく6とおりの魔法スキルが用意されている。クレナやドゴラの攻撃スキルは、スキルレベルが上がっても消費魔力の上昇と共に威力が上がるだけだが、セシルの場合、スキルごとに威力は固定で、スキルレベルが上がるごとに、規模や効果範囲が異なる別のスキルが使えるようになる。

例えば、火魔法なら次のとおりになる。

・レベル１「ファイア」
単体攻撃
消費魔力：５
威力：知力依存
選択から発動までの時間：３秒
クールタイム：５秒

・レベル２「フレイムランス」
複数攻撃
消費魔力：20
威力及び攻撃範囲：知力依存
選択から発動までの時間：６秒
クールタイム：10秒

・レベル３「メガファイア」
単体攻撃
消費魔力：30
威力：知力依存
選択から発動までの時間：15秒
クールタイム：１分

・レベル４「フレイムレイン」
複数攻撃
消費魔力：１００
威力及び攻撃範囲：知力依存
選択から発動までの時間：30秒
クールタイム：３分

・レベル５「フレア」
単体攻撃
消費魔力：２００
威力：知力依存
選択から発動までの時間：１分

クールタイム：5分

・レベル6「インフェルノ」
複数攻撃
消費魔力：500
威力及び攻撃範囲：知力依存
選択から発動までの時間：3分
クールタイム：10分

セシルの持つ杖に魔力が込められる。

「フレイムランス」

セシルが空中に魔法発動の記号を描いてからきっかり6秒後、目の前に複数の火の槍が発生し、邪神の化身と魔獣たちめがけて斜めに降り注ぐと、命中した相手を一瞬で消し炭に変えていく。

「な、なぜ、『インフェルノ』をあのように早く発動できるのだ？」

「いや、『フレイムランス』と言っていたぞ……、火魔法でなぜあのような効果を？」

魔法部隊はセシルのスキルの選択から発動までの早さに動揺し、中には集中力を失い、間違えるはずのない魔法発動の記号作成を誤り、効果が四散してしまう者まで出てくる。

それに、「邪神の化身」も魔獣も、火に強い耐性があるはずなのに、それを無視して火魔法を使うのはどういうことか理解が出来ないでいる。

しかし、消し炭になった仲間を踏み越えて、次から次へと邪神の化身や魔獣が押し寄せてきて、そのたびに、フレイムランスを連発して、あらたな消し炭を増やしていくさまを見て、魔法部隊の獣人たちはセシルのやり方に気付いた。

自分たちがしているのは、向かってくる敵を足止めし、後続の敵の障害物とすることで、時間を稼ぐことだ。そうしているのは、攻撃魔法で敵を倒しきることができないからだ。しかし、セシルは、知力が強化されているのか、本来なら効きにくい火魔法でも、耐性を超えてダメージを与えられるほどの熱を発生させられるので、あえて敵を倒し、スペースを空けて、そこへ誘い込むことができるのだ。

「って、障壁が邪魔ね。フレア」

「な!?」

セシルは両腕を高く掲げると、広げた両手のひらの上に巨大な炎の塊を発生させた。投げ下ろすように腕を振ると、炎の塊は2列目のくさび状の防壁に直撃し、爆発した。

自分たちが魔法で作った防壁が、周囲にいた魔獣もろとも吹き飛ばされるのを見て、魔法部隊はあらためてセシルの知力の高さを知る。魔法によって作られた岩や氷は、それ以上の知力を込めた魔法でないと破壊できない。

なお、セシルは知力のステータス値が5000上昇する指輪を2つ装備した上に、アイアンゴーレムを倒して手に入れた「魔導王の杖」を装備している。こちらは知力のステータス値が4000上昇するので、現在、セシルの知力のステータス値は合計20000に達する。さらに、杖の持つ特殊効果で魔法のダメージが2割増しになっており、とんでもない威力をたたき出している。

対して、獣人の魔法部隊は、知力の上昇する武器や魔法具を全て装備しても、だいたい３０００から５０００ほどだ。だから、総勢１００人の魔法部隊が、５人から10人の班に分かれ、範囲魔法で魔獣を迎撃しているのを、セシルはたった1人でやってのけることができる。

セシルの戦闘への参加で、魔法部隊に続き、槍部隊も棒立ちになってしまう。するとそこへ、

「まもなく、右手と左手からも魔獣たちがやって来ます。こちらは私に任せて、皆さんは2班に分かれてください」

魔法を放ちながらセシルが声をかけた。

「そ、そうだな」

魔法部隊の部隊長は頷き、槍隊の部隊長とともに手早く混成部隊を左右に展開する。

それを見て、アレンも自分たちの動きを考える。

「ドゴラは右手を加勢。俺は左手に行く」

「あ、前方はセシルだけで大丈夫なのかよ？」

「ああ、問題ない。そうだな、オロチ」

『ああ、問題ないぞ。グルアアアアア』

そう言ったときには、５つの頭を持つ竜Aの召喚獣ヒュドラの姿を出現させている。

「ひ、ひいい!?」

全高20メートル、全長１００メートルに達するその姿に、獣人とクレビュールの兵が身を震わせる。

（わざと吠えているだろ）

竜Aの召喚獣は、鎌首をもたげた1つの頭から威嚇の叫びをあげながら、残る4つの頭を2つずつ左右に振り分け、3方に炎を吐きながらゆっくりと前進を開始した。セシルがフレアで吹き飛ばした2列目の防壁を越え、後続の「邪神の化身」と魔獣の群れを迎え撃つ。

そして、セシルが「小隕石」を使った直後に、左右の森へと降下した虫Aの召喚獣たちが、ここでようやく、森の中を進んでくる魔獣たちと交戦を開始した。彼らは森の中をさらに西へと進み、アレンたちのいる防壁を無視してクレビュールの民を襲おうとする魔獣を狙うようだ。

「問題なさそうだな」

アレンが独り言を呟くと、

「そうなのか?」

それを聞いたシア獣王女が口を開いた。

「はい。このままいけば、今攻め寄せている敵をひとまず殲滅するのには半日で済むでしょう。あとは、横からの襲撃に備えつつ、前進しながら索敵範囲を広げて、敵を殲滅します」

「それはお主の召喚獣がすることか。ということは、我らは隊を2つに分け、クレビュールの民を守りつつ、敵の殲滅に協力しよう。……聞こえたか、ルド隊長、ラス副隊長」

「御意!!」

「は!」

ルド隊長とラス副隊長が敬礼し、防壁の西側に作った土の階段を駆け降りていく。

こうして、アレンたちはシア獣王女たち獣人部隊との合流を果たしたのであった。

第二話　クレビュール王家の報酬

シア獣王女と合流した後、アレンたちは3時間ほど戦い続け、ようやく西から迫る敵を倒し切った。その後、クレビュール王国の避難民を守りながら東のカルロ要塞都市に向かう500人と別れ、1500人になったシア獣王女率いる獣人部隊が、アレンたちと一緒に西へと進んだ。彼らは全員が「才能」持ちで、邪神の化身やBランクの魔獣なら問題なく対処できる。

それから3日後、アレンたちはクレビュールの3分の1を踏破し、魔獣や邪神の化身を倒しながら、「金の豆」「銀の豆」の結界を張って安全地帯を作り終えた。そうして分かったのは、このクレビュールという国が、そこまで広くないということだ。おかげでというべきか、ソフィーたちがいる砂漠や、キールたちがいる滅びかけたカルロネア共和国よりも早く、魔獣たちの殲滅を終えられそうだったので、残る3分の2は、いずれ索敵と殲滅を再開することにして、一旦、クレビュール王国の避難民が待つ要塞都市に向かう。

なお、キールたちのチームは、本軍と共にやってくるはずの将軍を待つ間、何もしないわけにもいかないので、メルスが3城の要塞に分かれていた兵士を集合させて、敵の殲滅と避難民の誘導や治療、結界の作成を開始した。その後、要塞に本軍が到着してからも、彼らをこき使って、国内の安全確保に努めているということだった。

この3日間、シア獣王女率いる獣人部隊は、敵との戦闘だけでなく、斥候による地形の把握と村々の調査、生存者の確保と救助、天の恵みと香味野菜を使ったけが人の治療などを、よく訓練された動きでてきぱきとこなしていた。もちろん、彼らが倒されてしまったり、「邪神の化身」に変化しては困るので、アレンは召喚獣を入れ替えて魚系統の召喚獣を出し、シア獣王女とその部隊にバフをかけた。

シア獣王女とは、一緒に行動するあいだ、色々な話をした。

シア獣王女からは「よくもS級ダンジョンを攻略したな！」というのが、最初の晩の防衛戦の打ち上げの第一声だった。なんでも、ゼウ獣王子からきた手紙でそのことを知ったときは、せっかく「邪神教」の教祖を捕まえるという試練を乗り越えたのに、獣王になれるか分からなくなり、怒りのあまり手紙を破り捨ててしまったという。

だが、兄が前人未踏のS級ダンジョン攻略を果たしたなら、自分はそれを上回る成果を上げればいいと考え、シア獣王女が目を付けたのが、内乱を起こすかもしれないという不穏な噂のあるクレビュール王国だった。内乱を起こさせないようにし、プロスティア帝国との間を取り持つことで、ゆくゆくは帝国に取り入り、自国とのあいだに国交を結ぼうという予定だったらしい。

そんな話を聞きながら、移動すること2日で、カルロ要塞都市へ到着した。その前々日には、20万人からなるクレビュール王国の避難民も到着していた。アレンたちが敵を抑えて倒しながら東へ進み、虫Aの召喚獣が森の中で敵を迎え撃ったことで、彼らは1度も敵に遭遇することなく、安全に要塞の中へ避難できた。

要塞の周りにも「金の豆」「銀の豆」の結界を作って、ぐっすりと休んだ翌日、アレンたちはシア獣王女と共に、クレビュール王家から呼び出された。使いの魚人が言うには、今回のことで礼を伝えたいということだった。

「やはり、私たちも行かなければならないのでしょうか？」

明らかに不満げな顔をするアレンを見て、シア獣王女は、兄のゼウ獣王子からの手紙で、アレンが他人、特に王家を敬うようなことはしないと書かれていたことを思い出す。

「そう言うな。功労者を労うのは王の務めだ」

彼らが呼び出された先は、要塞の中央にある城塞だ。木でできた門を抜け、中庭の石畳を進み、こちらも石を組んで作り上げられた城塞に入った。クレビュール王家の役人だろう、きちんとした物腰の魚人が待っていて、アレンたちを案内する。

「どうぞ、お入りください」

いくつか階段を上がって、たどり着いた部屋は、木のテーブルが１つあるだけの質素な部屋だった。

だが、テーブルの向こう側には、３人の魚人が横並びに座っていて、それぞれが頭に宝冠を巻いているところから察するに、彼らはクレビュール王国の国王、王妃、王女であろう。部屋には他にも、ラターシュ王国でいう近衛騎士のような立場とおぼしい護衛が数人ほど控えている。ということは、ここが呼び出しの場であることは明らかだった。

（ん？　謁見の間的な広間じゃないのか。まあ、シア獣王女がいるからな）

大国アルバハル獣王国の王女であるシア獣王女を、謁見の広間に座らせるのはよくないと思ったのだろうとアレンは推測した。

「よくぞ来てくれた。そこへ座りなさい」

アレンたちが部屋に入ると、頭に太い宝冠を巻いた、国王と思われる魚人が口を開いた。見ると、確かに、彼らと向かい合うように、４脚の椅子が置いてある。

「失礼する」

シア獣王女がそう答えたあと、一瞬、互いに顔を見合わせてから、４人は左からドゴラ、シア獣王女、アレン、セシルの順で席に着いた。この間、アレンは特に言うこともないと黙っていたが、それ以上にドゴラは無言を貫いており、ほぼ空気の状態になっていた。

アレンは向かいの席に座る魚人たちを見た。こんなに近くで魚人を観察するのははじめてだなと思いながら、魚人について学園で学んだことを思い出す。

魚人たちは、水の神アクアを信仰する種族で、その本拠地は海底にある。連合国のあるギャリアット大陸とアルバハル獣王国のあるガルレシア大陸、そして中央大陸に接するあたりまでが支配地域で、これをプロスティア帝国という。

プロスティア帝国は海洋資源の宝庫で、海の魔獣のせいで他種族が簡単には手に入れられない魚介類を輸出するのが、主な産業になっているようだ。他にも、海底にしかない貴重な鉱物、貝や真珠、サンゴなどの装飾品、そして、最近では水の神アクアの加護があるという海生の魔獣避《よ》けの御札も扱っている。これが流通しだしたおかげで、魔獣のいる海でも漁業ができるようになり、アレンたちも魚介類を食べられるようになったらしい。もちろん、「マクリスの聖珠」も、その取引価格も手伝って、プロスティア帝国を代表する特産品として知られている。

そして、それらの特産品を他国と取引する窓口となるのが、地上に領土を持つクレビュール王国だ。プロスティア帝国の属国で、帝国の公爵家の1つが、帝国からの指示を受け、領民を引き連れて入植したのが始まりだという。

と、ここまでのことしかアレンは知らない。なぜなら、プロスティア帝国は5大陸同盟に入っておらず、魔王軍との戦いにも中立というよりは無関心であるため、学園の地理の授業でさらっとしか扱われなかったのだ。

だが、その一方で、帝国が他国と貴重な特産品を取引する窓口になっているクレビュール王国は、各国から友好的な対応を受けている。

これは、宝飾品と一緒に、有用な魔法具も取引されており、魔王軍との戦いに備え、勤めの義務のある王侯貴族が買いあさっているからだとか。

(ああ、だからシア獣王女は、クレビュール王国に目をつけたのか)

ゼウ獣王子がS級ダンジョン攻略で得たものは、「前人未踏のダンジョンを攻略した」という、全世界に通用する名誉である。それでいうと、勇者ヘルミオスやガララ提督も、その名誉を求めて参加した。

これをひっくり返すには、名誉とは反対の実益を得るしかないとシア獣王女は考えたのだろう。

そして、兄の得た名誉に釣り合う実益はと考えたときに、世界中のどの国も未だ国交を結んでいないプロスティア帝国と国交を結ぶことを思いついた。もしそれが成立すれば、アルバハル獣王国が得る実益は計り知れない。

(これはゼウ獣王子もうかうかしてられなくなったのか？)

アレンが、シア獣王女とゼウ獣王子のどちらが獣王になれそうか、どちらが獣王になった方がいいのかと考えていると、部屋にいい匂いがただよってきた。

「我が民を救ってくれたあなた方に、ひとまずは腹ごしらえをしてもらいたい」

クレビュール国王がそう言うと、魚人の給仕が料理をテーブルに運んできた。大きな魚の香草焼きで、給仕が切り分けて、4人の前に並べてくれた。

(うひょーうまそう!)

この世界ではなかなか食べられない魚にテンションが上がり、アレンは元を取る気持ちでバクバク食べる。

アレンが食い意地を前面に出しているので、シア獣王女は今起きている状況を説明する。

「我らは明日にも魔獣たちの殲滅を再開します。3日後には、王都を奪還できるでしょう」

「あとみ、3日だと……。あ、ありえぬぞ。シア獣王女よ、それはまことか!?」

「すばらしいわ。本当ですの!!」

国王が絶叫し、カルミン王女が目を輝かせた。

「このアレンは、冒険者ギルドが20年ぶりに任命したSランク冒険者。彼の助力があれば、成し遂げられぬことではないと考えます」

アレンは世界に3人といないと言われるSランク冒険者だ。

その肩書の大きさは、冒険者の域を超えている。

「それほどなのか……アレンとやら」

クレビュール国王に訊かれて、アレンはにっこりと返事する。

「はい。クレビュール王国の皆さまが無事でよかったです」

（魚も美味しかったです）

しかし、

「ちょっと、ちゃんと訊かれたことに答えなさいよ。失礼でしょ」

上の空で答えたことを見抜いたセシルに、机の下で足を踏まれる。

「うわっ、ごめんなさい。……あー、では、もうちょっと詳しく説明しますね」

そう言って、アレンは、王都の安全が確認され、王家が王都に帰還できるまでにはもう少し日数が掛かること、邪神の化身とその候補者を完全に浄化するには、さらに時間が掛かることを説明した。よって、クレビュール王家は、当面、このカルロ要塞都市で暮らすことになるだろうという。

「アレン様は、あまり不作法ではないのですね」

貴族でもなく、ただの冒険者だと聞いていたアレンが、思った以上に丁寧な口調で話すので、もっと粗野な態度を取るかと思っていた王女は、逆に興味を持ったようだ。

「こ、これ。カルミンよ。我らを救ってくれたお方に、失礼なことを申すでない」

「申し訳ありません、父上。しかし、我らとしても、アレン様になにかお礼をいたしませんと」

「お礼ですか？」

アレンが国王を見ると、彼も頷いている。

「そうだ。なにか望みはあるか？」

「ああ、えっと」

「なんなりと仰ってくださいね」

カルミン王女がにっこりと微笑んでそう言ったが、

「失礼とは存じますが、それは辞退させていただきます」

「え？」

アレンがきっぱりと辞退したので、国王も王妃も王女も驚いて思わず、お互いの視線を合わせてしまう。

「あ、あの。理由を聞いても？」

横で訊いていたシア獣王女もきょとんとしてアレンを見た。なお、この席にはセシルもドゴラもいるのだが、2人に確認もせずに断っても、いつものことかと2人は何も感じていないようだ。

「今、困っている大勢のクレビュールの民がいます。彼らに十分な食料と、帰れる場所を与えることが王家にとって大切なことだと存じております。私たちにくださる分を、民のためにお使いください」

そこまで言って、アレンは王族に対して失礼な物言いをしましたと、改めて頭を下げた。

（あれだな。なんか俺の人生こんなのが多いな。助けるのがいつも遅いからかな。胡椒と船を交換してくれる奇特な王様はいないのか？）

精霊神ローゼンや、ダンジョンマスターのディグラグニのように、力ある者が相手なら、要求はきっちりする方だ。しかし、貧乏な貴族から娘を守ってほしいと金貨を積まれたり、魔王軍に侵攻され甚大な被害を受けた国から礼をしたいと言われた場合には、気持ちだけでいいですよと言って、断ることにしていた。

それでいうと、今、クレビュール王国は、自分に礼などしている場合ではない。この要塞にいる避難民だけでも20万人は下らない。アルバハル獣王国が、海を渡って食糧の支援を始めるというが、それだけ逼迫した状況だ。

「ほう」

シア獣王女は、これまでの3日間で見てきたアレンの姿からは、思いもよらない発言を聞き、思わず声を漏らしてしまった。あんなに徹底した殲滅作戦を思いつくのに、随分殊勝な考えをしているのだなと思う。

「だが……」

国王が言いかけたが、

「それでしたら、すべてが解決してからではいかがですか。もっとも、そのときには、いまから5割増しで督促に伺うかもしれませんが」

アレンが冗談っぽく笑って見せると、国王も笑顔になり、

「そなたがそう言うのであれば、ひとまずこの話はおさめておこう」

と言った。

これで、王家の誇りを傷つけずに断る理由をつけられたとアレンは思う。なお、本当に豊かな国に戻ったらしっかり5割増しで督促する所存だ。心のメモ帳にしっかり記憶する。

(よしよし、これで、後は戻って殲滅の続きができるな。……ん?)

魚料理も食べ終わり、そろそろお暇しようとした時だった。

アレンは、カルミン王女の腕に光る紫色の宝石に気付いた。ずいぶんはっきりと輝く宝石だなと思う。

まじまじと見ていると、その視線に気付いたカルミン王女が、

「え？　あ、こちらですか。これはマクリスの聖珠です」

と言って、うれしそうに笑った。アレンが、クレビュール王国が他国に誇る特産品に関心を持ったことが誇らしいのだろう。

「へ〜。あの物語に出てくる、聖魚マクリスの涙ですか？」

（おお、これ1つで王国が買えるというマクリスの聖珠か）

アレンの認識では、「マクリスの聖珠」は、この世界にある物品の中で、最も価値の高い物だ。

この一粒が、かつて隣国からクレビュール王国へ、国土の3分の1を割譲させる代償に支払われたという。

「そう言われています。我が国では、王族から配偶者、あるいはその候補者へ、愛の証として贈る習わしがあります。これも、父上が母上に贈られたものなのですよ」

「そうなんですか。綺麗な宝石ですね」

「どうぞどうぞ。ご覧になってください」

カルミン王女はそう言うと、宝石の台座にもなっている革紐を編んだ腕輪を外し、給仕に手渡し、アレンへと届けさせた。

「おお！　綺麗な紫の宝石だ。涙には見えませんね」

こんなに美しい宝石なら、たくさんの国の王や貴族が欲しがるのも分かるような気がする。

ほんとうに魚の涙がこんなきれいな紫の結晶になるのかと考え、アレンはふむふむと言って、テーブルの上の灯りの魔導具にかざしてみたりする。

「そうだ、セシルも見てみるか？」

（セシルの大好きな聖魚マクリスの涙だぞ）

1度見てみたいと言っていたセシルに、マクリスの聖珠を見せることにする。

「え!?　あ、ちょっと!?」

（なんだよ？）

アレンが腕輪を差し出すと、セシルは顔を真っ赤にして立ち上がった。怒ったような、困ったような顔をして、アレンを見下ろし、唇を噛んで黙っている。

それを見たカルミン王女は国王に視線を送る。国王が頷いたので、彼女はにっこりと笑うと、

「アレン様。そちらはどうぞ、お納めください」

と言った。

「え？　いただけるのですか？」

「はい。プロスティア帝国には、まだいくつかありますから」

「えっと。こんな貴重な物を……」

そう言って、シア獣王女を見る。自分はたしかにクレビュール王国の民を救うのに力を貸したが、それはシア獣王女も同じだ。それなのに、自分だけがこんな貴重な物を貰っていいのかと思う。

だが、

「気遣いは無用だ。物以上に価値のある関係を築かせてもらうつもりだからな」

シア獣王女はそう言って、クレビュール国王にニヤリと笑いかける。

「!?」

獲物を狙うようなシア獣王女の目に、国王はビクッと驚いてしまう。

「それに、余には紫は似合わぬ。身につけるなら黄色だな」

（こんなに綺麗な宝石なのに色が気に食わないとかあるのか？）

宝石に興味のないアレンでも、この「マクリスの聖珠」は綺麗だと思うので、シア獣王女の発言は理解できない。

あらためて、宝石が編み込まれた腕輪をまじまじと見る。

（腕輪か。こういう時に価値が分かるペロムスがいると助かるんだが。本当に貰ってもいいのか？）

アレンのパーティーには、「商人」ペロムスのような鑑定スキルを持っているメンバーがいない。

S級ダンジョンでは、手に入れたアイテムの効果を調べるのに、街の鑑定屋で金を払っていた。

「遠慮なくお受け取りください。昨日、プロスティア帝国から、我が国への支援が決定したという連絡をいただきましたが、その中には、『マクリスの聖珠』も含まれておりました」

クレビュール王国とプロスティア帝国は同じ種族の国であり、クレビュール王家は元プロスティア帝国の公爵家で、帝国の皇帝とは血縁関係にある。反乱の噂はあるものの、危機に対して援助をしないということはないようだ。だが、予算の関係で、金銭的な面での援助には限りがあるので、売れば金貨数百万にもなる「マクリスの聖珠」を譲渡するから、金に換えてもいいという。

それほどに価値のあるものを、代わりが手に入るからといって無償で手放すのは、今後のプロスティア帝国との主従関係に問題が発生することになるかもしれない。しかし、それでも20万を超える民と、王家を救ってくれたアレンへの礼になるならば、そうさせてほしいという。

「そうですか」

断る理由はないのかと考えていたアレンは、ふと、今自分の指にはめている指輪を見る。

ステータスが上がる指輪は、装備しても2個までしか効果を発揮しない。しかし、S級ダンジョンの最下層ボスがネックレスを落としたので、別の装飾品なら効果を重ねられるかもしれないと考えていた。

（腕輪なら、指輪と被らずに装備できるかも）

そう考えて、「マクリスの聖珠」を腕に巻いてみると、明らかなステータスの上昇を感じた。

「え？」

「どうしましたか？　アレン様」

カルミン王女が話しかけてくるのを無視して、アレンは魔導書を目の前に出し、自分のステータスを確認する。

「うは!?　何だよこれ？　どういうこと？」

アレンは、自分のステータスの数値が変わっているばかりか、新たな効果が表示されているのを発見し、思わず声を漏らす。


【マクリスの聖珠（腕輪）の効果】
・攻撃魔法発動時間半減
・クールタイム半減
・魔力＋５０００
・知力＋５０００

（クールタイム半減とか。何だこれ？　あれ、そういえば、そんな話を聞いたことがあったな）

学園に通っていたとき、そういう噂を耳にしたが、いままで宝箱からもオークションにも出てこなかった。

（いや、これはすごいな。金貨数百万の価値は確かにあるぞ。腕輪も２個まで装備できるのかな。そうしたらクールタイムがゼロになるのか？　いや、４分の１に短縮するのでもいい！　エクストラスキルも半減の対象か？）

前世で遊んでいたゲームでは、バージョンアップのあと、これまで必死に集めたり、年数をかけ加工したアイテム以上に効果のあるアイテムが実装されることがあった。

そんなとき、前世のアレンはトキメキを感じ、どんなことをしても手に入れたいと思った。

この腕輪からは、そういうトキメキを感じる。

（このアイテム、魔力回復リングより圧倒的に貴重だぞ）

「気に入っていただけましたか？」

カルミン王女がにこにこして言った。

「も、もちろんです！」

アレンはあまりの喜びにテンションが上がってしまっている。あまりに貴重でとんでもない効果のある腕輪だから、もう返しませんよと思う。

「よかったですね、セシル様」

カルミン王女がなぜかセシルの方を見る。それに気付いたアレンは、

(たしかに。これはセシルのためにあると言ってもいいな)

そう考えて、セシルに腕輪を放った。

「セシル、すごいアイテムだぞ」

「ひゃ!?」

セシルはこれまでアレンが聞いたこともない声をあげて、真っ赤になりながらも、腕輪に手を伸ばす。

しかし、慌てていたためか、ちゃんと受け止めることができず、マクリスの聖珠はお手玉のようにセシルの手のひらの上を躍ったのであった。

第三話　修羅王バスクとの戦い

それから5日が過ぎた。

アレン、セシル、ドゴラの3人は、シア獣王女たちと共に、クレビュール王国の王都へ向かい、周辺にはびこっていた「邪神の化身」と魔獣たちを殲滅して、国王に伝えたとおり、3日で王都を奪還した。

しかし、王都には、テオメニアで魔神リカオロンが守っていたような、光の柱を発生させる「祭壇」はなかった。「祭壇」があるのは、王都を囲む防壁の外、海の見える丘の上に建つ、水の神アクアの神殿のようで、王都を奪還した際、光の柱がそこから伸びているのを確認した。ということは、そこには「祭壇」を守る魔神がいるはずで、アレン、セシル、ドゴラの3人と、シア獣王女の獣人部隊だけで倒せる相手とは考えにくい。

そこで、パーティーを一度再集合し、獣人部隊と協力して魔神討伐を行うことにした。それぞれのチームリーダーであるソフィー、キールに連絡すると、2人は自分たちの戦況を判断し、ソフィーはダークエルフの里の王であるオルバースに、キールはカルバルナ王国軍に、それぞれ魔獣との戦いを任せ、クレビュール王国へ向かう準備をした。この調整に、2日かかった。

そして集合の当日、アレンは鳥Aの召喚獣の特技「巣ごもり」を使って、キールたちがいる、カルロネア共和国内の要塞に移動した。

「!? アレン!」

転移してきたアレンを見つけ、クレナが駆け寄って来る。別行動をはじめてから12日しか経っていないが、まるで数年ぶりに再会したようなテンションの高さだ。

「やあ、ひさしぶり」

アレンがクレナに挨拶していると、キールもやってきた。

「こっちはだいぶ片付いたぞ」

「そうみたいだな。詳しく聞かせてくれ」

召喚獣であるメルスと感覚を共有しているアレンは、キールたちの動向はある程度把握している。しかし、メルスのいないところで起こったことや、細かい情報については知らないことも多いので、キールから報告を受けようと思っていた。

キールは、カルバルナ王国とカルロネア共和国の国境にもなっている川の、その川岸の要塞を防衛してからの3日間のことを話した。

川を渡ってやってくる魔獣たちを殲滅し、要塞にカルバルナ王国軍の本隊がやってくると、キールたちは川を渡って、魔獣たちのやってくるカルロネア共和国側へと進軍した。その際、王国軍から、「才能」を持つものたちを引き抜いて参加させた。おかげで、今は共和国の首都ミトポイ周辺まで、「邪神の化身」を含む魔獣の殲滅が済んでいる。

報告を聞き終える頃には、メルスもやってきた。

「よし、いこう。セシルたちが待っている」

アレンは、鳥Aの召喚獣の覚醒スキル「帰巣本能」を使い、キールとクレナとともにクレビュール王国の王都に転移した。

一方で、メルスは鳥Aの召喚獣の特技「巣ごもり」で、ソフィーたちのいる砂漠のオアシスに転移する。

鳥Aの召喚獣は、「巣」のある場所に転移する特技と覚醒スキルを持つ。その違いは、前者「巣ごもり」がアレンか、特技「天使の輪」を使用したメルスの1人だけで転移するのに対し、後者「帰巣本能」は仲間も一緒に転移することができるという点だ。もちろん、後者は覚醒スキルなので、アレンかメルスのどちらかが使ってしまうと、その召喚獣は丸1日のクールタイムの間は「帰巣本能」が使えない。そこで、「巣ごもり」で仲間のいる場所にある「巣」に移動し、そこから「帰巣本能」を使って、仲間ごと目的地の「巣」に移動する方法をとった。

転移先では、セシルとドゴラが、キールとクレナを待っていた。

「あれ？　その腕輪どうしたの？」

クレナがセシルの腕を飾る腕輪に気付いた。革紐を編んだ腕輪で、紫色をした大粒の宝石が編み込まれている。

「にゅふん」

セシルはニマニマ笑いながら、腕輪をはめた腕をくねくねと動かした。あきらかに不自然な動きで、クレナに見せびらかそうというつもりのようだ。

（まあ、分からないでもない。100万体に1個の確率でしかドロップしないアイテムを手に入れたようなものだからな。俺だって同じ感じになるだろう）

セシルが腕に装備した「マクリスの聖珠」は、『聖魚マクリスの涙』という物語を知る女性、特に王侯貴族の子女にとっては、夢のようなアイテムだそうだ。

「セシルいいな。私も欲しい～」

クレナがそう言うのを聞いたセシルは、頬を赤らめ、目を潤ませながらくねくねし続けている。

「クレナはこの前ネックレスを手に入れただろ」

アレンはS級ダンジョン最下層ボスの討伐報酬の話をする。

「むう」

「それに、マクリスの聖珠は攻撃魔法を使う者専用のアイテムだぞ。まあ、他にも聖珠はあるらしいし、中にはクレナに合ったものもあるかもしれないぞ」

「ほんと?」

カルミン王女から「マクリスの聖珠」をもらった後、アレンはメルスにいろいろと質問した。

現在のメルスは、アレンの召喚獣になっているので、大陸の南と西という、離れた場所にいても、感覚を共有するだけでなく、心で会話することができる。

メルスによれば、亜神と同様、一定の信仰を集めたことで、神々から力を得た獣を「聖獣」と呼び、彼らはそれぞれの力の結晶である「聖珠」を生み出す。聖魚マクリスもそうした聖獣の1体で、他には聖鳥クワトロ、聖獣ルバンカなどがいるらしい。

(世界って広いんだな)

アレンは改めてそう思う。

この世界には、神や亜神、精霊に聖獣といった、人間とは別の世界に生きる存在がいる。それらがどこにいるのか、どんな力を持っているのか、ただ漠然と生きているだけでは分からない。

今回、マクリスの聖珠を手に入れたのは、ものすごい偶然が重なった結果だ。在学中にソフィーと出会い、彼女の故郷ローゼンヘイムが魔王軍に攻められたことを知り、助けに行った。そこで仲間たちが転職できることを知り、S級ダンジョン攻略に向かった。そこで力をつけたから、エルマール教国を含むギャリアット大陸の連合国を助けようとすることができた。この流れの、どこか1つでも違っていたら、聖獣と聖珠について知ることはなかったかもしれない。

だが、それは、意識して活動範囲を広げれば、これまで見たこともないアイテムを手に入れ、さらなるやりこみにつながるということでもある。学園の資料にも載っていないアイテムを入手するヒントが、誰もが知っている絵本にあったように、事実かどうかも分からない情報の中からでも、価値のあるものを探すことができるかもしれない。

そうすれば、今後起こらないとも限らない「詰んだ状態」……前世で遊んだゲームで、手に入れないといけないアイテムや、こなさないといけないクエストを見落とした結果、攻略の糸口が見つからなくなる状態を、回避できるかもしれない。

「まあ、はっきりとは分からないんだけどな。メルスが黙っていたしな」

アレンがそう言ったとき、メルスがソフィー、フォルマール、メルルを連れて転移してきた。

『別に黙ってはいない。アレン殿がエクストラスキル以外のことを質問しなかっただけだ』

メルスにそう言われて、アレンももっともだと思わざるを得ない。

（エクストラモードへの解放に拘《こだわ》っていたのは確かだ。……いや、もしかして）

アレンはふと、ある可能性に思い至る。

「プロスティア帝国の皇太子が聖魚になったって話があるけど、そんなことはありえるのか？」

アレンの問いに、メルスは頷いた。

『まあ、ありえない話でもないだろう』

「それなら、神と契約を交わして、エクストラスキルを解放してもらえたりしないか？」

アレンが重ねて質問すると、

『いや、それはやめておいた方がいい』

メルスの口調が変わった。

「ん？」

『飢餓に苦しむ国が、豊穣神モルモルと契約を交わした話は知っているだろう？』

豊穣神モルモルは、農村での野菜や小麦などの収穫の安定を願う人々から信仰されるようになり、その信仰は世界中に広まって、いつしか上位神となった。

上位神は、ふつうの神よりも多くの信仰を集め、結果、ふつうの神よりも広く、あるいは強く力を及ぼす。そんな上位神となったモルモルに、ある国の王が契約を願い出た。その国は、天候不順や虫の大量発生など、さまざまな理由で不作が長引き、飢餓に苦しんでいたのだった。

モルモルは快く契約を交わし、その国では一年中、どんな天候の時でも、人々がなにもしなくても、モルモの実がたくさん採れるようにした。人々はモルモの実を食べ、元気を取り戻した。モルモルに感謝しながら、彼らはまた元どおりの生活に戻った。

だが、やがて人々はあることに気付いてしまった。どんなに畑を耕しても、実のなる木を育てても、まったく作物が採れないのだ。ただ、モルモの実だけが、一年中、どんな天候の時でも採れるのだった。

　やがて人々は、モルモの実を他の国に売るようになった。モルモの実ならなにもしなくても手に入るが、それ以外も食べたくなる。そこで、実を売った金で他の農作物を買い入れ、それを食べるようになった。そうなると、モルモの実を食べるものは少なくなり、実が余るようになった。国のあちこちで、モルモの実が放置され、腐っていった。

　そして、ある日、王に豊穣神モルモルの怒りが下った。王はモルモルの怒りを静めるために、二度とモルモの実を腐らせないと誓い、国中にお触れを出した。人々は二度とモルモの実を腐らせないよう、自分たちでも食べながら、せっせと他国に売りに出るようになった。

　結果、今では、モルモの実は、世界中どこでも農奴でも買えるほど、安い値段で手に入るようになったという。

『神々が力を使えば使うほど、結果は不均衡なものになる。人間が、自分たちに都合のいい望みを叶えてもらおうとするのは勝手だが、たとえその望みが叶ったとしても、必ず代償がついて回るのだ』

　メルスの話を聞きながら、アレンはカミカミの実のことを思い出す。

　カミカミの実は、かつてアレンたちが生まれるより遥か昔に、ラターシュ王国で育てられていた果物だった。生で食べるとあまりにも酸っぱくて吐き出してしまうほどだが、干して水分を抜くと、甘さだけが残るので、ラターシュ王国では冬場の非常食として、貴族から農奴まで、国中で食べられていたという。

　だが、モルモの実が冬でも大量に、しかも安く手に入るようになったことで、カミカミの実を干す風習もなくなり、カミカミの木はラターシュ王国のあちこちに残っているが、今では誰も実をとろうとしない。グランヴェル家の庭先にもあって、食べてみたいと言うセシルを肩車させられたことがあった。

アレンが考え込んでいる一方で、仲間たちは再会を喜んでいる。中でも、リーダーを任せられたソフィーとキールは、それぞれのチームの状況を報告し合っていた。

「キールさんたちはすごいですね。……こちらはまだ魔獣を一掃できずにいます」

ソフィーが、自分たちのチームの魔獣掃討が、キールたちよりも遅れていることを気にするようなことを言ったので、

「いや、砂漠は広そうだからな。ソフィーのところの対応が遅れるのは仕方ないぞ」

とアレンは言う。

「そうですか」

急にアレンが割って入ったので、ソフィーはびっくりした顔をしながらも頷いた。

「そうだ、そろそろ行かなきゃな。結構待たせているみたいだから、みんな、こっちに来てくれ」

そう言ってアレンは仲間たちを、王都のはずれ、外壁のすぐ側に設営された、シア獣王女たちの陣へと案内した。

(そういえば、獣人たちの信仰する、獣神ガルムも上位神だったな)

獣人は、アルバハル獣王国を中心に、世界中で2億人ほどがいるという。その獣人たちが、獣神ガルムを自分たちの神として崇めている。かつて、人族から迫害を受けていた獣人が、独立と自由のために戦う力を求めてガルムに祈り、ガルムもそれに応えたという。

ガルムの恩恵を得て、獣人は中央大陸を離れ、南西のガルレシア大陸にアルバハル獣王国を築くことができた。当然、ガルムは獣人から、創造神エルメアに向けられるより遥かに熱心な信仰を受け、上位神に昇華したと言われている。

そのためか、ガルムは、獣人たちに対して特別な恩恵を施すことがある。ゼウ獣王子と十英獣が、S級ダンジョンの最下層ボス戦で見せた「獣王化」は、そうした恩恵の1つのようだ。それが、獣人には、武力を尊ぶ風習を生んだ。獣人の陣の外で、アレンたちを待ち受ける獣人の兵が、いつも誇らしげに胸を張っているのは、そうした理由だろう。

「こちらです」

獣人兵のきびきびした動きが、アレンたちをもっとも大きな天幕へ案内する。

そこには、シア獣王女と配下の獣人たちが、コの字の口をこちら側に開いた配置で座っていた。

彼らの前には、蓋付きの黒板が置かれ、神殿らしい建物の見取り図がチョークで描かれている。

そして、コの字の開いた口の側には、木でできた椅子が8脚置かれていた。どうやら、これがアレンたちの席のようだ。

「アレン殿ご一行がいらっしゃいました」

案内の兵の報告に、シア獣王女が黒板から顔を上げた。

今回の魔神討伐には、シア獣王女も参加する。たとえクレビュール王国の危機を救い、「邪神の化身」や魔獣の殲滅に協力しても、魔神戦に参加せずにいるのでは、今後の王位継承権を巡る動きに影響が出ると判断したようだ。

アレンが魔神討伐に向かうことを告げると、彼女の側《がわ》から協力を申し出てきた。

そして、今回の戦いに参加するのは、シア獣王女だけではない。彼女の隣に座る犀の獣人ルド隊長をはじめ、精鋭揃いの獣人部隊のなかで、星3つ以上の「才能」を持つ戦士が選ばれて参加することになっている。この天幕に集っているのは、そうした戦士たちだ。

アレンが、この5日間にルド隊長から聞いたところでは、彼は軍を退いてからシア獣王女のお目付け役兼世話役として、5歳の頃から彼女に仕えてきたとのことだった。それが、彼女が王位継承のための試練を受けることになった際、守り、ともに戦う部隊を編成することになり、隊長に任命された。

ルド隊長は、若かりし頃、獣王武術大会で総合優勝も果たした猛者と言う。

軍役時代の部下であった鹿の獣人ラス副隊長をはじめ、「才能」を持つ精鋭を中心に部隊を編成されたようだ。

「どうぞ、中へ」

アレンを先頭に、一行は天幕に入った。

「皆さんお待たせしました」

アレンが皆を待たせたことを詫びると、獣人たちが無言で会釈を返す。

その中で、ルド隊長が立ち上がり、アレンたちに向かって進み出た。

「ソフィアローネ王女殿下。ようこそお越しくださいました。こちらへどうぞ」

ルド隊長は、アレンの側を通り過ぎ、その後ろにいたソフィーを招いた。ソフィーは彼に導かれながら、シア獣王女の対面の席へと向かう。どうやら、この席が客人の中心人物の席になるようだ。

だが、ソフィーは、彼の引いた椅子には座らず、アレンを振り返ってこう言った。

「こちらには、アレン様がおかけください」

「……」

ソフィーのはっきりした口調に、シア獣王女も含め、獣人たちはアレンがこのパーティーのリーダーであると理解したようだ。

アレンは黙って進み出て、椅子に座った。

ルド隊長が、アレンの隣の椅子を引くと、ソフィーはにっこりと微笑んで、今度こそ椅子に座った。残る6人のうち、フォルマール以外が思い思いの椅子に座る。フォルマールだけは無言でソフィーの後ろに立つ。

全員が席に着いたところで、鹿の獣人ラス副隊長が口を開く。

「では、魔神討伐に向けた会議を始めます」

だが、

「すまないが、少し待ってくれ」

シア獣王女がそう言って席から立ち上がった。

(あんだよ?)

アレンがどうかしたのかとシア獣王女を見ると、彼女はアレンの隣に座るソフィーに向かって軽く会釈をしてからこう言った。

「余は、アルバハル獣王国のシア＝ヴァン＝アルバハルである。ローゼンヘイムのソフィアローネ王女殿には、お初にお目にかかる。このような形になってしまったが、一言挨拶をしたかったのだ。以後、よろしく頼む」

ソフィーも席を立ち、その場で深々とお辞儀をした。

「はい、シア獣王女殿下。ローゼンヘイムのソフィアローネでございます。こちらこそ、ご挨拶が遅れまして大変申し訳ありませんでした。どうぞよろしくお願いいたします。どうか、これからは、アレン様やパーティーの皆様と同じく、『ソフィー』とお呼びください」

顔を上げたソフィーのやわらかい笑顔に、思わず、

「そうか。余のことも『シア』と呼んでくれて構わない」

そう応えてしまったシア獣王女だったが、内心では、ソフィーが口にした「アレン様」という言葉に引っかかりを覚える。

獣人は、かつて人族、特にギアムート帝国から迫害を受けていた歴史を忘れていない。そのため、ガルレシア大陸に逃れてからは、主に軍事的な指揮系統の必要上、ひとまず人族の身分制度を模倣した社会構造を作り上げてきたが、「農奴」などの固定された奴隷身分を設けることはしなかった。奴隷と呼べるような存在は、犯罪者が懲罰として移動の制限がある奉仕を強いられるくらいで、仮に彼らに子が生まれたとしても、その子は平民となる。

そのような身分制度のある国で育ったシア獣王女にとって、ローゼンヘイムの王女が、自分のことは呼び捨てでよいと言いながら、仲間の1人を「アレン様」と呼ぶ理由が分からない。

アレンについては、本国であるアルバハル獣王国を通じて、それなりの情報を得ていた。中央大陸のラターシュ王国という小さな国の農奴の出身である。アルバハル獣王国と異なり、本来なら農奴は農奴のまま一生を終えることも少なくない人族の社会で、平民の身分を得て、学園に進学し、昨年の魔王軍とローゼンヘイムの戦いに参加して、そこでめざましい活躍を見せ、恩賞として、な

ぜかローゼンヘイムで「参謀」になった。

この経歴から考えるに、どうやらローゼンヘイムはアレンの実力を相当に買っているようだ。次期女王との呼び声も高いソフィアローネ王女が、本来なら最も身分の高いものが座るべき席を譲ったのも、自分が所属するパーティーのリーダーとして、その実力を認めているからだろう。

そこまで考えて、ふと、シア獣王女は、ソフィーのやわらかい笑顔に思わず応えてしまったことを思い返した。

ローゼンヘイムのエルフには身分の差がないと聞いているが、そのことが、ソフィーにあのような態度を取らせているのか。実力を認めれば、たとえ生まれが違っても、立場を譲ることを厭《いと》わない「自由」は、そのような国柄から生まれるのか。

シア獣王女は、アレンに「自分のことはシア様と呼べ」と言ったが、「シア」でもよかったかもしれないと思った。

「……シア殿下、そろそろ始めてもよろしいのでは？」

ルド隊長にそう言われて、シア獣王女はハッとした。

「そうだな」

そう言って席に座ると、対面に座ったアレンが「これは何待ち状態だ？」という顔をしているのが目に入った。彼の、シア獣王女から見て右側に座るソフィーの、さらに右隣に座るクレナも、「まだ始めないの」といった顔つきでこちらを見ている。彼女は背負っていた抜き身の大剣を、刃を下にして体の前に立てていて、両手は剣の鍔《つば》に乗っている。他のメンバーも、それぞれの武装を解除していない。これらは、王族を前にして、不遜な態度と言えなくもない。

しかし、これが彼らの流儀なのだろうとシア獣王女は考えた。

アルバハル獣王国内では、他種族の傭兵を雇うことはなく、彼女には獣人以外と共闘した経験がほとんどない。しかし、S級ダンジョンから戻ってきた獣人たちから話を聞くと、複数の種族が混じるパーティーは、一緒にいる時間が長ければ長いほど、互いの実力のみを評価し、出自や態度にこだわるところは少なくなるという。逆に、そのようなことを気にしていては、うまく共闘することができないということか。

そんなことを考えながら、シア獣王女はそれとなく自分の部下たちを観察する。自分が選んだ、いずれも猛者揃いだが、アレンたちのパーティーが武装を解除していないことに警戒するのは当然として、どこか気後れを感じているようにも見える。

シア獣王女が会議の場を観察している間に、ルド隊長が話し始めた。

「では……アレン殿、改めて確認させていただく。この壁を越えた先の神殿に、魔神がいるというのは間違いないのだな」

「そうです。先日、この黒板にまとめたとおり、神殿のこの位置に『祭壇』があり、そこには確実に1体の魔神がいます」

アレンは、この5日間、「邪神の化身」を含む魔獣の討伐のかたわら、鳥Aの召喚獣を使って、神殿の内外を観察した。

水の神アクアの神殿は、今いるクレビュール王国の王都と、その西側に位置するギャリアット大陸最西端の港町との間にある、岬の上に建っていた。クレビュール王国は、海底にある魚人の帝国プロスティアの従属国であり、王都の民は、神殿に祈ることで、宗主国である帝国にも頭を下げる形になっているという。

だからなのか、クレビュール王城と同じくらいの大きさの神殿は、王の権力と、それを認める宗主国の力を誇るように、手の込んだ彫刻が隅々まで施されて、まるで海中の景色をそのまま地上に再現したような外見をしている。

さらに、転移用の「巣」をいくつか作りながら、内部も調査して、「祭壇」の前に陣取る魔神を確認している。その調査結果をもとに、見取り図を作り、獣人部隊が作戦を立てる際に使うという、黒板に描いて共有している。

鳥Aの召喚獣はまだ神殿内にいる。今も、魔神が「祭壇」の前で退屈そうにしている姿を捉えて、その視界をアレンに共有している。

「ふむ……それで、少数精鋭での戦いになるということだったな」

「はい。私たちのパーティー8名と、シア様を含むそちらの精鋭5名の、計13名で魔神と戦います。魔神は強力で、例えば、現在そちらの全兵力である2000人を相手にしたとしても、1時間もかからず皆殺しにしてしまうでしょう。一方で、たった1体の相手に2000人で向かっても、神殿の中での戦いとなると、一斉に攻撃できるのはせいぜい10人程度で、残りは満足に身動きもとれません。だったら、神殿内では少数精鋭でかかる方が、1人1人の力を発揮できるはずです」

現在、シア獣王女配下の兵は約2000人いて、その全員が「才能」を持っている。その中で、星3つ以上の「才能」を持つものは何人いるか、アレンは事前にシア獣王女に質問していた。

そして、得られた回答が、以下の4人だった。

ルド隊長：槌獣王（星4つ）
カム部隊長（弓兵部隊）：弓獣聖（星3つ）
ゴヌ部隊長（補助部隊）：霊獣媒師（星3つ）
セラ部隊長（回復部隊）：大聖獣（星3つ）
（星4つがいるんだよな。さすが、獣王武術大会優勝経験者）
ルド隊長は犀の獣人で2メートルを超える巨軀《きょく》は、年こそ50歳を越えていそうだが、誰からもシア獣王女を守るという気迫を感じる。
猿の獣人ゴヌ部隊長の「才能」である「霊獣媒師」は、彷徨《さまよ》える死霊を呼び出す術を使い、敵を弱体化させたり、味方を強化したりできるという。バフとデバフの両方が使える職業のようだ。
熊の獣人セラ部隊長の「才能」である「大聖獣」は、彼女が指揮する部隊の名前から、どうやら「聖女」に近い「才能」だ。
この4人に、星3つの「才能」である「拳獣聖」を持つシア獣王女を加えた5人が、獣人部隊からの参加者だ。
他にも、星1つの「才能」を持つ者が約1700人、星2つの「才能」を持つ者が約300人いる。これは、一国の王女に与えられる兵の数として、決して多いとはいえない。まして、アルバハル獣王国は魔王軍の本拠地である「忘れられた大陸」との間に中央大陸を挟んでいて、これまで魔王軍との戦いに参加していない。そのため、他国、特に中央大陸の諸国に比べて、「才能」を持つ者が多く生き残っている。

しかし、そのほとんどが、アルバハル獣王国によって、バウキス帝国にあるS級ダンジョンでの労役に送り込まれ、そこでかなりの数が命を落としている。アレンがS級ダンジョンで出会ったサラとウルのように、生きて労役を終え、帰国できる者は、そう多くないのだ。そのため、いかに獣王女が王位継承権を得るための「試練」に赴くからといって、多くの兵を得ることはできなかったという。

しかも、国を出た時には3000人いた兵も、「邪神教」グシャラ聖教の教祖グシャラを捕らえるための戦いや、その後の「邪神の化身」との戦い、そしてクレビュール王都からの脱出と逃走の間に、星3つの「才能」を持っていた部隊長1人を含めて、約1000人が命を落とした。これ以上の犠牲を出さないためにも、彼らを神殿内に同行させることはしない。ラス副隊長も、星2つの「才能」である「槍豪」を持っているが、待機するように頼んだ。

「では、具体的にどう戦う?」

「まず、神殿内では、そちらの5名はシア様の指揮で動いてください。こちらの8名と一緒に行動するとなると、事前の取り決めが複雑になります。ですが、パーティー単位でまとまって動くなら、そこまで複雑な動きにはならないでしょう」

「なるほど。では、こちらはそちらの動きに併せて、援護するように動けばいいのか?」

「互いに援護しあうようにしましょう。たとえば、こちらがこう動いた時には、そちらはこう動く……」

アレンは席を立ち、地面に置かれた黒板の前にかがみ込む。そして、いくつかの場面を想定して、それぞれの動きを説明しながら、2パーティーの動きをチョークで書き込んでいった。

「……」

ルド隊長とラス副隊長は、黙ってアレンの説明を聞きながら、内心で、彼の語る作戦が、当たり前のようでかなり洗練されているのに驚いていた。

それぞれのパーティーが、前衛、中衛、後衛をどのように配置し、また、その配置を、敵、あるいは共闘するパーティーの動きに応じて、どのように変えるかを、きっちりと設定している。これは、特に自分たち獣人部隊の動きを見て、できること、できないことを把握しているからだと、歴戦の勇者である獣人たちはすぐに気付く。

彼らは20年以上、戦場に身を置いてきた。だからこそ、そうした彼らと同等の経験を積んでいるかのように戦略を語るアレンが、この若さで何を考えて生きていればこのようになるのかといぶかしんだ。

「……英傑の類《たぐい》であったか」

シア獣王女がぽつりと呟いたのを、それぞれ耳にして、ルド隊長とラス副隊長は、主が同じ考えに至ったことを察した。

「ちなみに、シア様は獣王化できますか？」

アレンがいきなり質問した。

「できたことはない」

シア獣王女が即答する。

「分かりました。『できれば』お願いします」

アレンとしては、魔神と戦うにあたり、勇者ヘルミオス率いるパーティー「セイクリッド」やゼウ獣王子率いる十英獣、ガララ提督にも参戦して欲しかった。

しかし、中央大陸、ローゼンヘイム、バウキス帝国近海での魔王軍との戦いが始まっている今、彼らの助力を得ることはほとんど不可能なはずだ。

となれば、せめてシア獣王女にも「獣王化」ができたらと考えたが、ゼウ獣王子でも、S級ダンジョンで初めて成功したくらいだというから、できる前提で作戦を立てるのはかえって危険だと判断した。

「あとは、実際に動きながら慣れていきましょう。どうしても敵《かな》わない場合は撤退も視野に入れて下さい」

アレンは、敵わないと判断したときの作戦を丁寧に説明する。シア獣王女率いるパーティーとの共闘は初なので、自分たちだけで戦う時以上に、速やかで安全な撤退ができるよう準備しなければならない。

そうしたアレンの説明に、最初は逃げ腰かと考えていた獣人たちだったが、話を聞いているうちに、同じく話を聞いているアレンのパーティーメンバーの、真剣そのものの様子を見て、考えを改めた。犠牲を出さずに撤退することが、命を捨てることより難しいことが、彼らにも分かっていたからだ。

「乱戦になるのはできるだけ避けたいです。でも、やむを得ない場合は……」

アレンの言葉に、シア獣王女は即座に頷いた。

「構わぬ。その覚悟を持たぬものはここにはおらぬ」

「本当にどうしようもなくなったら、魔神ごと神殿を破壊します」

「分かったわ」

アレンの右側に座るセシルが、出番ねという顔で頷いた。

「あくまで、『最悪』の場合だぞ」

「分かっているわよ」

（いや、本当に分かっているのか。マクリスの聖珠を装備して、魔力が上がっているからな。神殿だけじゃすまない威力になっているぞ）

対魔神戦で想定される動きを話し合い、終わった時には1時間以上が経っていた。

「ラス副隊長よ。そちらは任せたぞ」

鳥Bの召喚獣の背中から、シア獣王女が命じると、ラス副隊長は力強い返事で答えた。

「は！」

彼とともに別の場所に移動する予定の獣人部隊に見送られながら、アレンたちを乗せた鳥Bの召喚獣たちは神殿を目指した。

鳥Aの召喚獣が作った「巣」へ、一気に転移して奇襲をかけることも検討されたが、戦闘中の「巣」への転移もできるようにしておきたかったのと、魔神と会話をしなくてはいけないことが多いので、この段階では使わないことにした。情報収集も大事である。

鳥Bの召喚獣は、神殿の敷地の陸地側に降りた。

神殿は高い土台の上に立てられていて、陸地側には階段が設けられている。その側に、水の神アクアの像が立っていた。だが、その頭部は切り飛ばされて、少し離れた地面に2つに割れて転がっていた。像の首に残る切り口はなめらかで、鋭利な刃によって一撃で切り飛ばされたことが分かる。

階段を上り、土台の上にある神殿に入った。床や柱のいたるところに、海中を模した装飾が浮き彫りにされているのと反対に、神殿の構造はシンプルで、アクアに祈りを捧げるための場所でしかないことが分かる。入り口から、奥の祭壇まではほとんど素通しに近く、入り口付近からでも、神殿の奥に設置された、光の柱を噴出する「祭壇」と、その前にあぐらをかいて座る魔神が見える。

『遅かったなぁ。びびっちまって来ねえのかと思ってたぜぇ』

魔神が、よく通る声で話しかけてきた。

その姿はかなり大柄で筋骨隆々としているものの、人族の域を超えていない。

赤褐色の髪を無造作に短く刈り、上半身は裸、両肩から下げた2本の革ベルトを胸のところで交差させている。そのほか、体中あちこちにいくつもアクセサリーを着けていて、特に目立つのは、左右のそれぞれの腕にはまった、赤と黄色の宝石を埋め込んだ2つの腕輪だ。

足首のところで裾を絞った幅広のズボンをはき、腰に巻いた幅広のベルトには、いくつか小袋を下げていた。

そして、あぐらをかいた両膝の外側には、大剣が一本ずつ、無造作に突き立てられている。その輝きから分かるが、2本ともオリハルコン製だ。

「……」

アレンは無言で、改めてバスクの挙動も含めて全体を観察する。

『アレンってのはここにいるか？　ずっと俺のことを見てたよな？』

こちらを探るように見渡してくる魔神の目が、白目まで赤褐色に染まっているのにアレンは気付いた。妙に間延びした口調とのギャップが不気味だなと思う。

「そうだが、お前がこの祭壇を守る魔神か？」

アレンが返事すると、魔神はキッとアレンを睨む。そして、次の瞬間、ニマッと笑った。

『お前ね、のぞきなんて感心しない趣味を持ってるわりに、先輩に対する口の利き方がなっていないぞ。お仕置きしてやらないとな、いひひ』

その口調に、アレンは違和感を覚えた。鳥Aの召喚獣からの視点を共有して、今回の魔神には、ゴリラかなにか、猿の獣人が魔神になったものじゃないかという推測を持っていたのだが、そうではなさそうだ。

(獣人から魔神になったタイプなら、もっと真面目な感じがしそうだ……ん？　『先輩』ってなんだ？)

「先輩？　どういうことだ？」

『勉強不足だな、アレン。そんなんじゃSランク冒険者の証が泣くぞ。……もっとも、俺はあんなもんゴミクズだと思ってるけどな。……「修羅王」。人間だった時は、そう呼ばれてたんだよ。この名前くらいは知ってんだろ、あん？』

白目のない赤褐色の目をアレンに向け、ニヤリと笑った。

アレンは「修羅王」という単語に、冒険者ギルドのマッカラン本部長から聞いた話を思い出す。

(なんかすごいのが出てきたな)

今から20年前に、誰よりも多くの魔獣を狩り、その実力を認められ、Sランク冒険者に認定された、バスクという男がいたという。同じSランク冒険者として、たしかに先輩と言えなくもないが、行方不明になってずいぶん経つということだった。

「たしかバスクさんって言ったたっけ……そのSランク冒険者が、いつの間にか魔王軍の手先になってたってわけか？」

『なんだっていいんだよ、やりたいようにやれればよ。人間の軍隊は規律だなんだで窮屈だし、パーティーなんか組んでも足手まといが増えるだけでつまらねえ。魔王軍に入りゃ、好き放題暴れられる……って話だったのによ』

話しているうちに、魔神バスクの顔からニヤニヤ笑いが消えていく。

『たまらねえぜ、まさかこんなに待機させられるとは思わなかったぜ。「待て！」ってか？……俺は犬コロじゃねえんだぞ!!』

いきなり大声で怒鳴り出した。あまりの声の大きさに、広間の柱がビリビリと震える。

感情の起伏が激し過ぎてついていけないとアレンは思う。

「何だこいつは？　これが魔神なのか？」

シア獣王女が顔をしかめながら言った。

すると、バスクは彼女の方を見て、今度はニタニタと笑い出した。

『うほっ。かわいい子ちゃんがいるじゃねえか。なあ、俺んとこに来いよ。かわいがってやるぞ。いひひ』

軽装のシア獣王女を、頭からつま先まで、舐めまわすように見て、舌なめずりまでした。

「!?」

シア獣王女は色々な意味で身の危険を感じ、思わず1歩下がってしまう。

（思ったことを口にしているのか。だったら色々聞き出せそうだな）

アレンはそのまま情報を収集することにする。

「それで、この祭壇は何だ？」

『あん？　知らねえよ。魂集めてどうのこうのとか言ってたな。興味ねえからよく聞いてなかった』

（やはり、人間の魂を集めていたのか）

魂を抜き取られたものが魔獣「邪神の化身」になるのか、邪神の化身に変化する過程で魂を抜き取られるのか。いずれにしても、邪神の化身と「祭壇」は「魂を集める」ということには関連があるようだ。

ただ、バスクの口の軽さは魔王軍でも周知の事実のようで、詳しいことまでは聞かされていないのか、説明を受けたが興味がないから覚えていないのかまでは分からない。

しかし、このギャリアット大陸の東西南北4ヵ所で起きていることが、全て「人間の魂を集める」ために魔王軍が起こしたことだというのなら、彼らは魂を集めて何をするのか知る必要がある。

「それで、どうやったら魔神になれるんだ？　俺にもその方法教えてくれよ、バスク先輩」

アレンは急に話題を変えた。そうしながら、それとなく仲間たちを見る。

『うほ!?　お前も興味あるのか？　いいぞ。魔神はよぅ。キュベルに紹介してやろうか？』

「キュベルって、上位魔神のキュベル様か。あの方にお願いすればいいのか？」

「お、おい。貴様!?　何を言っている!!」

これまで、アレンとバスクのやりとりをいぶかしみながら聞いていたシア獣王女は、話題が妙な方向に進んでいるのに気付き、慌てたような声で言った。彼女の前後左右に展開する獣人部隊の精鋭4人も、彼女と同様、唖然とした顔になっている。

しかし、アレンの仲間たちは違っていた。ドゴラがアレンの左に、クレナがその反対にふらりと移動した。アレンの背後にいたソフィーとメルルがドゴラの背後に隠れるような位置に立ち、さらにその左側にセシル、一番後ろにキールが立つ。一方、クレナの右後ろには、フォルマールがそれとなく移動する。

彼らが戦闘態勢に移行するのに、シア獣王女が気付いた。ルド隊長を見ると、彼も同意を示すように小さく頷く。

だが、バスクはそれに気付く様子もなく、ゲラゲラと笑っていた。

『うひゃひゃ、かわいい子ちゃんはいいこと言うなぁ。そうだぞ、後輩、あんな何考えてんのか分かんねえ奴に「様」なんてつける必要はないぜ。敬うなら俺を敬え！　バスク様をよ！』

バカ笑いするバスクに、適当に頷きながら、アレンはキュベルのことを考える。

（魔王軍の情報はこれまでほとんど得られなかったからな、うほ、こいつは美味しいぞ）

メルスから聞いた話では、神々の視点から見た歴史上、この世界に魔王が現れ、人間界を侵略して人間を滅ぼそうとしたことは、何度かあったらしい。そして、その度に勇者も現れて、人間を率いて魔王と戦ったという。

その結果、人間が魔王軍を倒せば、人間界は存続し、新たな魔王の出現まで平和な時を過ごした。

一方で、勇者が倒され、魔王軍が人間界を支配することもあった。そうなると、魔王軍は人間を滅ぼしていく。

そして、ある程度人間が減り、人間側の反旗の芽がないと判断すると、それを「調和が乱された」と判断した創造神エルメアの命令で、メルスたち天使が人界に派遣され、魔王軍も、生き残った人間も一掃して、世界をリセットする。……こういったことも、何度も繰り返されてきたという話だ。

だが、今回の魔王と勇者の戦いは、魔王軍側に多くの魔神たちが参加している点で、これまでと大きく異なるとメルスが教えてくれた。だが、それがどういう理由によるものかまでは分からない。

（あのピエロの格好をした上位魔神も、「これまでと大きく異なる」理由だったりしないかな。ローゼンヘイム以来会っていないけど、また会ったらなにか聞き出せるかも）

『そういえば、後輩。人にものを頼むなら土産くらい用意した方がいいぞ。礼儀ってやつは大事だぞ。どうだ、お前の後ろにいる者たちの首とかいいんじゃねえのか?』

「え～。それはちょっと。先輩が口利きしてくださいよ」

（なるほど。力あるものを魔神にすることができると。だからヘルミオスは生かしていたのかな?）

魔神キュベルは、ヘルミオスと戦いながら、彼を生かしたままにしていた。バスクを魔神にしたように、力あるものを魔神に変えて手駒にするために、あえて生かしているのかもしれない。

アレンがふむふむと考えていると、

『まあ、雑談はこの辺までだなぁ。そろそろ飽きてきたし、そっちもいい加減準備できたろ?』

いきなりバスクの口調が変わった。

「ん?」

『分かってんだろ、そっちの準備ができるまで待っててやったんだよ。どうせ俺が勝つに決まってるけど、歯ごたえのねえ相手をぶちのめしたってつまんねえじゃねえか。アレン、せいぜい楽しませてくれよ。もし生きていたら、キュベルに会わせてやるよ』

バスクはゆっくり立ち上がり、左右の床に突き立てられていた大剣2本を抜いた。普通なら両手で扱う剣を、まるで木の棒を扱うように軽々と振り回す。

目付きが獰猛になっていく。歯をむき出しにしてニタリと笑った。

「みんなそろそろ始まるぞ。雰囲気に騙されて気を抜くなよ」

バスクの所作からそれは分かるが、やはり尋常な者ではないと判断し、アレンは仲間たちに警告する。

「ああ」

ドゴラが大斧と大盾を構えて頷く。

そのドゴラと、アレンを挟んだ反対側では、クレナとシア獣王女がすばやく前に出る。一気に距離を詰めていく2人に、ドゴラとルド隊長も続く。

シア獣王女の動きは素早く、クレナより先にバスクを間合いに捉えた。「拳聖」は、攻撃力と素早さに特化した「才能」のようだ。

しかし、バスクはそのシア獣王女よりも素早かった。彼女の、パンチをフェイントにした回し蹴りをひょいとかわし、クレナの横薙ぎの一撃をサイドステップですり抜けて、ドゴラとルド隊長が近づく前に、アレンのところへ到達していた。

2本の大剣がアレンに襲い掛かる。無造作に振るわれた二筋の斬撃を、アレンは連続バックステップでかわしたが、

（あぶ!?　って!!）

バスクはそのまま前に出て、アレンの腹めがけて前蹴りを繰り出した。

「がふ!!」

咄嗟《とっさ》に剣を使ってガードしたが、神殿の壁まで吹き飛ばされてしまう。

中央大陸、ローゼンヘイム、そして今いるギャリアット大陸に、虫Aの召喚獣を全部で49体召喚している。攻撃力は下がってしまったが、代わりに、かなり耐久力が上がっている。

だからこそ、なんとか耐えきれた一撃だった。もし耐久力がもっと少なかったら、腹を突き破られていたかもしれない。

（スキルを使用せずにこの一撃だと!?　何ちゅう攻撃力だ。普通の魔神より強くないか？）

「アレン様!?」

「大丈夫だ!!　ソフィー、精霊王の祝福を!!」

「は、はい!!　精霊神ローゼン様、お願いします」

『はは。今日はずいぶん早い呼び出しだね』

ソフィーの肩に座っていた、モモンガに似た姿の精霊神ローゼンが、ふわりと浮かび上がったかと思ったら、腰を振り、空中に光の雨を生み出した。

この「精霊王の祝福」は、仲間の全てのステータス値を3割上昇させる。効果は、ソフィーが魔力を消費するかぎり持続する。1秒につき、魔力を1ずつ消費するので、魔力を5000消費したなら、5000秒間効果が持続する。

効果範囲はソフィーの知力に依存するようだが、精霊神の力がすごすぎるのか、知力を上昇する装備を一切装備せず、平気で半径数キロメートルを超える。

おかげでソフィーの指輪は知力よりも魔力を上昇させるものをつけさせることができる。

光の雨を浴びながら、クレナとシア獣王女が、バスクの背後から回り込んだ。アレンを守るようにバスクの前に立ち、側面や背面を狙って攻撃を繰り出す。

そこに、スキルを発動したドゴラの大斧とルド隊長の大槌が加わった。

魔神相手であるが、守るべくシアが一緒にいるからか、ルド隊長も全身の筋肉を躍動させバスクとの戦いに臨む。

十分な前衛で固めた多重の攻撃で、前後左右から襲いかかる4人の攻撃を、バスクは両手の大剣をすばやく動かして受け流し、牽制する。

（めちゃくちゃ器用な奴だな。まるで阿修羅って感じだ）

ほとんど顔を動かさないのに、死角と思われる位置からの攻撃も的確にガードするバスクの様子は、まるで顔が3つあるかのようで、アレンは前世で見たことのある阿修羅像を思い出す。

『あんだぁ？　おめえらはよぅ』

「剣帝クレナ！」

「ドゴラだ!!」

クレナとドゴラが名乗りを上げる。

一方、シア獣王女とルド隊長は黙って攻撃に専念している。

『はぁ？　知らねえ。知らねえぞ!!　つうかよ、俺に名乗るならそれなりの二つ名で呼ばれるようになってからにしろや！　真修羅旋風剣!!』

バスクがそう叫んで両手を左右に突き出すと、２本の大剣が一瞬輝き、刀身を中心に小さな竜巻を発生する。その竜巻ごと、大剣が床に振り下ろされる。

「スキルを使うぞ！　『避けろ』!!」

アレンが叫ぶと、バスクを取り囲んでいた４人が瞬時に防御姿勢をとる。

次の瞬間、大剣から離れ床を走った小さな竜巻が、さらに小さな真空の刃に分かれて、周囲に飛び散った。どうやら自分を中心に範囲攻撃を繰り出すスキルだったようだ。

「あっぷ!?」

バスクに一番接近していたクレナが、盾代わりに構えた大剣に無数のかまいたちを受け、その場に倒れ込んでしまう。

『けっ。雑魚が！』

バスクは吐き捨てるように言うと、右手の大剣を逆手に持ち替えて突き込もうとしたが、

「ぬん！」

『あん？』

訝《いぶか》しげな顔をしながら、大剣を握った右手を顔の前にかざす。

その手の甲に、飛鳥のように飛んだ矢が突き刺さった。

「くっ、防がれたか！」

悔しそうな声を出したのは、「弓聖」のカム部隊長だ。その体は、エクストラスキルの発動時にみられる、陽炎《かげろう》のようなに揺らめきに包まれていた。

先ほどアレンが口にした「避けろ」は、危険な攻撃から身を守るためだけのものではなかった。

あらかじめ打ち合わせておいた、連携攻撃発動のための合図でもあったのだ。

だが、その奇襲は、バスクに察知されてしまったようだ。

『駄目だなぁ、声を出しちゃあよぅ』

「そうだな。声を出しちゃいけねぇなぁ」

アレンはバスクの口調を真似た。

『あん？　って、がはっ』

バスクの体を、フォルマールのエクストラスキル「光の矢《イルミリオン》」が貫いた。

今のフォルマールは、攻撃力の値を５０００上昇させる指輪２つを装備したうえに、「精霊王の祝福」の影響を受けている。それが、カム部隊長の奇襲をめくらました、一連の連携攻撃の最後の一撃として、バスクの無防備になった背中に直撃したのだ。

（どうよ？）

アレンが見守る中、バスクは、信じられないといった顔つきで、自分の胸から突き出した矢の先端を見下ろしていたが、

『いい攻撃だ！　ははは、こうでなくちゃあよ!!』

いきなり、嬉しそうに笑い出した。

『戦いってのはよ、痛くねえとなぁ！　楽しくなってきた。久々にめちゃくちゃ楽しくなってきたぞ!!　いひひ』

そう言って、両手に握った剣を床に突き刺すと、右手の甲に刺さったカム部隊長の矢を左手で引き抜いた。

そして、今度は血まみれの右手で、胸から突き出たフォルマールの矢を摑《つか》み、ボキリとへし折った先端を投げ捨ててから、左手を背中に回し、残る矢をメリメリと引き抜いてしまった。

（やっぱりだめか。変貌した後の魔神くらい強いぞ。やっぱりあの腕輪が原因だろうか）

アレンは、バスクが両腕に装備している、それぞれ赤と黄色の宝石がはまった２つの腕輪に注目する。

セシルが装備している「マクリスの聖珠」と同じようなアイテムだろうか。

『あん？　何見ていやがる。俺の聖珠がそんなに珍しいか』

やはり聖珠であった。

他にも全身に見たことのない装飾品を装備して、バスクは通常の魔神よりもずいぶん強い。

そのバスクが、床に刺した大剣を引き抜いて、ニヤニヤしながら突っ込んで来るのであった。

恐ろしい速さで接近するバスクの両腕に、バスクが『俺の聖珠』と呼んだ、黄色と赤色の宝石がそれぞれはめこまれた金属製の腕輪が輝いている。他にも、右足には音の鳴らない鈴が連なった足輪が、首には真っ赤な宝石を下げたペンダントが、耳には虹色に煌めく耳飾りが装備されている。

これらは全て、何らかのステータス値上昇効果のある装備ではないかとアレンは期待する。

バスクが防具らしいものを一切身につけていないのは、素早さに特化した「才能」の持ち主だったからというだけでなく、そうした装飾品に守られているからだろう。

（重要アイテムを持った敵を発見。殺してでも奪い取ることとする）

確実に倒して、装備品は手に入れたいとアレンは思う。

「メルス、出てくれ」

アレンがメルスを召喚する一方で、バスクへの攻撃にセシルたち後衛が加わる。

「フレア!!」

クレナとドゴラがバスクの側面に回り込んでできた隙間に向けて、セシルが攻撃魔法を放つ。

飛来した巨大な炎の塊を、バスクは2本の大剣をクロスして受け止めた。一瞬、魔神の全身が炎に包まれるが、大剣を振ってこれを振り払う。

そこへ、紫の電撃と氷の槍が順番に襲いかかる。いずれもセシルの攻撃魔法だ。

『ぬぬぬ！　そりゃあ聖珠か。そうかよ、クレビュールでマクリスってか』

電撃をかわし、氷の槍を叩き斬りながら、バスクが吠える。

「ソフィーも精霊魔法で応戦してくれ」

「分かりましたわ」

ソフィーは火の幼精霊サラマンダーを顕現させ、腕に抱いて魔力を与え始める。

ソフィーは、知力の値こそセシルに劣るが、使える魔力の量では大きな差はない。そして、精霊魔法は知力より、使用時に注《つ》ぎ込まれた魔力の量で効果が決まる。属性ダメージを与えるだけの単純な攻撃魔法であれば、一発に消費する魔力が多ければ多いほど威力が上がっていく。

精霊としてはまだ子供のサラマンダーでも、与えられた魔力の量によっては、一撃が必殺と言っていいほどの威力を持つことになる。

「サラマンダー様、お願いします！」

『アウアウア！』

ソフィーの魔力を吸収し、腕から飛び出したサラマンダーがバスクに突進すると、セシルの攻撃魔法とフォルマール、カム部隊長の矢も、タイミングを合わせてバスクに襲いかかった。サラマンダーが相手に到達する前に、相手の防御を崩し、到達後にも追加攻撃を加えるつもりだ。

だが、バスクは雷魔法をあえて受け、大剣を握ったままの右の裏拳でサラマンダーをはたき落とすと、左手の大剣で矢を打ち落とした。

『アウ〜』

サラマンダーは神殿の床にバウンドしてから、抱きつくようにソフィーの腕に飛び込んだ。込めた魔力が少なかったのか、バスクの手の甲にやけどが残る程度のダメージしか与えられていない。

『遠距離からうぜえな。うほ！　エルフのお嬢ちゃんもいるじゃねえか』

バスクが、今度はソフィーに向かって走り出した。

「させるか。ってがは!!」

バスクの進路を塞ごうとしたドゴラが、小石のように蹴飛ばされた。しかし、その間に、セシルとソフィーがそれぞれ別方向に逃れ、バスクの色々な意味での魔の手に落ちずに済んだ。

クレナやシア獣王女と違い、ドゴラはバスクの素早さについて行けない。それでも、なんとか動きを予測して先回りするが、今度は盾で防ぐのがやっとで、なかなか攻撃を当てることができない。

それでも、いつかエクストラスキルが発動できると信じているのか、前に出ることをやめない。

その結果、なんとか壁役にはなって、バスクの動きを遅らせることはできているといった状況だが、このままでは彼だけバスクのダメージを受け続けることになる。

「ルド隊長、ドゴラのフォローをして下さい」

「うむ！」

ドゴラと同じく壁役に徹するルド隊長にサポートに入るように言う。

最初から壁役をお願いしているルド隊長には守備力５０００上昇する指輪を２つ装備させている。

（これじゃ長期戦は無理だな。バスクはまだ本気を出していないだろうし）

これまで戦った魔神同様、バスクも「変貌」することができるだろう。だが、「変貌」前でこの強さなら、「変貌」後はどうなってしまうのか。

「メルス、属性付与はどうした。そろそろドゴラがやばい」

『どうやらあの耳飾りに防がれているようだ』

メルスはさっきから何度も属性付与を使っているが、なかなか効果が現れない。それは、獣人部隊の「霊媒師」ゴヌ副隊長も同じようで、彼が呼び出す死霊も、青白い霧となってバスクにまとわりつくが、相手の耳の耳飾りが怪しく光るたびに、宙に溶けるようにして消されてしまう。

「む、分かった。……シア様、獣王化はまだですか？」

（待ってるんだけど）

アレンが大声で呼びかけると、バスクの拳をかわしながら、シア獣王女が叫び返してきた。

「な!?　待て。今やっておる」

シア獣王女も、さきほどからエクストラスキル「獣王化」を発動しようとしている。だが、それらしい効果は現れず、また、自分自身でもうまくできているという感じはなかった。

（獣神ガルムも上位神なんだから、けちけちせずに獣王化の力を簡単に渡せばいいのに）

この世界には、創造神エルメアを頂点として、無数の神がおり、それぞれが世界の運行に必要な役割を司っている。特に有名なのは「火」、「土」、「風」、「水」の４柱で、「４大神」と呼ばれる彼らなくして、この世界の自然現象はうまく働かない。現在、世界中で少しずつ、火の光、熱、持続力が衰えているが、それは4大神の1柱である「火」の神フレイヤが、力の源である神器を奪われてしまったからだ。

さらに、創造神エルメアによって神器を与えられたばかりの、まだ若く、神になりきれていない「亜神」がいる。バウキス帝国にS級ダンジョンを作った「ダンジョンマスター」ディグラグニのように、人々から信仰を集めることを期待して、エルメアは神ならぬ存在を亜神にする。

つまり、神とは「世界を動かす力」を持ち、かつ、その力を振るうことで「人々から信仰を集める」ものであり、そうした神々の中で、特に多くの信仰を集め、世界の基本的な運行に欠かせない4大神より強大な力を持つに至った神を、特別に「上位神」と呼ぶことがある。

1000年前、獣人に、恐怖帝が統治するギアムート帝国から独立するための力を貸したと言われる「獣神」ガルムも、そうした上位神の1柱である。彼は、かつて獣人たちを強化した力を、獣人たちを統治するアルバハル王家に与えた。それが「獣王化」というエクストラスキルである。他にも、王家に生まれてくる子供には、必ず星3つ以上の「才能」を授け、さらに「獣王」の位を継いだものを、より星の数が多い「才能」へと転職させるようだ。

だが、その加護が、必ずいつでも授かるというわけでもないようだ。ゼウ獣王子も、S級ダンジョンの最下層ボスとの戦いで、たった一度「獣王化」ができただけだった。

上位神の授けるエクストラスキルには、特別な発動条件があるのかもしれない。

アレンはセシルに近寄った。

「セシル、準備してくれ。『最悪』ではないけど、プチメテオを使ってもらう」

「ええ」

「メルス、準備はいいな」

（完全に物理型のようだし、1キロメートルくらい転移できるか。あの耳飾りでキャンセルされないといいんだけど）

『ああ、問題ない』

味方を鳥Aの召喚獣を使って転移するのに移動距離の制約はない。

しかし、敵を転移するには、鳥Aの召喚獣と敵であるバスクの知力との関係によって変わってくる。

敵が圧倒的に高い知力を持つと、転移はできなかったりするのだが、敵の知力が低ければ、ある程度の距離まで強制的に転移させることができる。

アレンは、神殿の外、余裕をもって転移させることができると予想した、直線距離で1キロメートル先の場所に待機させていた、鳥Fの召喚獣の視界を共有し、準備が整ったことを確認する。

『みんな準備はいいな。始めるぞ!!』

アレンはバスクには聞くことはできない鳥Fの召喚獣の覚醒スキル「伝令」を使い、その場に移動した者たちに呼びかけた。

『へえ。まだ何かやろうってんだな。面白れえなぁ』

アレンの動きに、新たな動きを察したバスクが、顔をゆがませて歓喜した、次の瞬間。

『裁きの雷』

メルスが全魔力を込めた覚醒スキル「裁きの雷」を発動させる。

空中にまばゆい光が生じたかと思ったら、そこから無数の紫色の雷光が、バスクめがけて降り注いだ。

『はば!?』

バスクを直撃した電光は、彼の背後にあった「祭壇」ごと、周囲をまばゆい光に包んだ。

直後、空気が破裂するすさまじい音がして、光が晴れた後には、バスクだけが残されていた。

背後にあった「祭壇」は融解し、白い煙をあげる残骸が残っているだけだ。

ブスブス
バチバチ
バスクもまた、全身から白い煙をあげているが、こちらはまだ生きているようだ。だが、両手に大剣を握ったまま立ち尽くし、動こうとしない。

覚醒スキル「裁きの雷」は、単純なダメージだけでなく、着弾の衝撃によって直撃した相手を硬直させる。つまり、この一撃で死ななくても、一瞬だが行動不能に陥らせることができるのだ。

ただし、「精霊王の祝福」によってステータス値を強化された状態のメルスが放つこの攻撃を受けて、即死せずにすむのは、Sランクの魔獣やS級ダンジョン最下層にいるゴーレム、そして魔神くらいのものだろう。

そこへアレンは近づいていく。いくら硬直させられたとはいえ、バスクはすぐにも復活するだろう。そんなに時間はないので、作戦は自然にそして速やかに遂行される。

（転移）

バスクに触れると同時に、アレンは鳥Aの召喚獣の覚醒スキル「帰巣本能」を使い、目的地に転移する。「帰巣本能」は、仲間ではない相手を一緒に転移する場合には、手を触れなければならない。仲間以外を転移させるためにはいくつもの制約があった。

転移先は、神殿から1キロメートル離れた砂浜だ。

バスク、アレン、そして仲間たちが、潮風のにおいのする浜辺に出現した。

『は？　ここはどこだって。ん、あそこにいるのはなんだぁ？』

転移後、すぐにバスクは我に返った。

そして、波打ち際を背にした自分に、砂丘の斜面に階段状の列を成し、総勢1000人近い獣人の兵が、投擲《とうてき》槍を構えているのを見た。

彼らの体は、陽炎のようなものに包まれ、ゆらめいて見える。

『へえ』

バスクは、獣人の兵の並ぶ斜面の上に、神殿で自分と戦った、アレンとその仲間たちがいるのを発見し、ニヤリと笑った。

「私に続け！　ブレイブランス!!」

ラス副隊長が叫び、自分めがけて槍を投げつけてくるのを、バスクは余裕の表情で迎えた。両手の大剣で切り払うこともせず、避けようともしない。

『はあ？　お前らみたいな雑魚の槍など。って、ふぐう』

バスクの顔が苦痛に歪む。

槍は、バスクの予想に反して、彼の胸を貫いて、穂先を背後の砂浜にめり込ませたのだ。

（やっぱり、この作戦はいけそうだ。全員にフカヒレのサメ油をかけたのが効いたかね）

アレンとシア獣王女は、神殿内での戦いだけで魔神を倒しきれなかった場合に備えて、神殿ごと魔神を吹き飛ばす以外にも作戦を考えていた。

それが、獣人部隊のうち、遠距離攻撃が可能なエクストラスキルを持つ1000人ほどをこの砂浜に向かわせ、転移した敵を迎え撃つ準備をさせるというものだった。

魔神には、ノーマルモードのステータス値では、通常攻撃がほとんど通用しない。しかし、エクストラスキルなら、ローゼンヘイムでのレーゼル戦で、通じることが分かっている。

一応、念のため、バスクにもエクストラスキルが通じるかを、カム部隊長とフォルマールに確認させた。あの攻撃は、この作戦を決行するかを判断するための布石でもあったのだ。

しかも、待機させた獣人たちには、アレンがS級ダンジョンで集めに集めた攻撃力上昇の指輪を装備させたうえで、魚Cの召喚獣の覚醒スキル「サメ油」を使ってクリティカル率を1割上昇させておいた。魔神の耐久力がどれだけあるかは分からないが、クリティカルが出れば、攻撃が通るかもしれないと考えていた。

バスクが防具をほとんど装備せず、攻撃主体であることも今回の作戦を判断した理由だ。

さらに、この距離なら余裕で「精霊王の祝福」の効果が彼らにも与えられる。

今や、1000人の獣人部隊は、極限まで強化されていると言って良い。

「うおおおおおおお！！！」

「うおおおおおおおおお！！！」

「うおおおおおおおおおお！！！」

その1000人が、それぞれのエクストラスキルをバスクに向かって打ち放った。

『雑魚どもがぁぁぁぁぁぁぁぁぁぁぁ！！！！』

　雨あられと降り注ぐエクストラスキルを、バスクは両手の大剣を竜巻のように振り回して打ち落とそうとする。その腕の動きはあまりにも速く、アレンが前世で見た阿修羅像のように、腕が６本あるようにも見えるが、それでもすべての攻撃を捌《さば》ききれず、胸や腹、太ももに攻撃を受けている。

（素晴らしい。この作戦を「エクストラアタック」と命名しよう。あとは止《とど》めか）

「セシルも頼む」

　アレンの指示に、セシルがすばやく頷いた。

「行くわよ！　プチメテオ!!」

　マクリスの聖珠を装備して、セシルのエクストラスキルは発動までの時間が半減している。すぐさま、砂浜の上空に、焼けた巨大な岩が出現し、バスクめがけて飛んでくる。

　バスクはこれに気付いたが、エクストラスキルによる遠距離攻撃を雨あられと浴びて、その場から移動することができない。

　ついに、その姿が巨大な岩の陰に隠れたのを見て、アレンは「帰巣本能」を使い、獣人たちとともに、砂浜を見下ろす岬に転移した。

　いつ終わるとも知れない連続攻撃に、ついに砂浜に膝をついたバスクを、巨大な岩が押しつぶした。

　パキンッ
　赤熱した岩に押しつぶされ、岩の高熱で溶けた砂に包まれ、消し炭のようになったバスクの胸元で、ペンダントの赤い宝石が砕け散った。

それと同時に、バスクが一瞬で元どおりに回復した。

『「命のルビー」を使っちまったか。だが、楽しかったぜ。さて、次はグシャラの神殿で待ってるぜ。いひひ』

闇の中に、嬉しそうな笑いと足輪の放つ青い光を残し、バスクの姿が消えたのであった。

第四話　魔神狩りと解放された王化

上空から突如落下して、魔神を押しつぶすようにして砂浜に埋没した焼けた巨大な岩石に、流れ込んだ海水が触れて水蒸気が立ち上る。

その奇怪な様子を眺めるアレンたちは、しかし臨戦態勢のままだ。

「シア様!!」

作戦どおり、浜辺に待機していたラス副隊長が、シア獣王女の存在に気付き、砂丘を駆け上がってくる。

だが、それには目もくれず、シア獣王女はアレンたちに声をかける。

「やったのか?」

「今確認しています」

アレンは答えて、魔導書を開いた。

「倒してないわよね」

隣にいたセシルが、アレンの手元を覗き込んだ。

「そうみたいだな」

魔導書には、魔神を倒したというログは表示されていない。

「……」

２人の会話を聞き、シア獣王女は、どうやらアレンとその仲間たちは、自分たちには分からない何か不思議なものを見るか感じるかできるのだろうと考える。

そんなことには気付かず、アレンは魔神の生存を前提に、次の手を考える。

バスクの装備の中には、もしかしたら自動的に体力を回復するものもあるかもしれない。

また、腰の袋に、強力な回復効果のある薬などをもっているかもしれない。

こちらが、相手を倒しただろうと油断した隙をつこうと、身を潜めて機会を窺っているかもしれない。

（ここは確実な方法をとるか。あのレアそうな装備が消し飛ばないといいけど）

アレンは鳥Ｆの召喚獣を削除、再作成し、覚醒スキル「伝令」を使う。

『メルル。撃て』

「うん！」

メルルがミスリルゴーレムを操作して、大岩を受け止めようとしたバスクを狙い撃ちした多砲身砲の熱線を砂浜に浴びせた。

熱線は砂を跳ね飛ばし、波打ち際の海水を水蒸気に変えた。砂と水蒸気の煙幕の中で、セシルの「小隕石」が呼び寄せた岩石が、熱線を受けて、融解し、消し飛んでいく。

それでも、バスクを倒したというログは流れない。

やがて、メルルも射撃をやめ、砂と水蒸気の煙幕が晴れた後には、波打ち際の形が変わった砂浜だけが残っていた。

アレンは仲間たちとともに砂丘を降り、砂浜を調査したが、バスクの痕跡は見つからなかった。

「どうやら、逃げられたということか」

「アレンみたいに転移が使えるってこと？」

「恐らくな。スキルか、装備による効果なのか知らないが、たぶん脱出の手段も用意していたということだろう」

「むぅ」

クレナが不満そうにしているが、アレンも、欲しい装備があっただけに、逃げられたことが相当悔しい。

（俺の装備が。レベルアップが）

狙った獲物に逃げられたのは、この世界に転生してから初めてのことかもしれない。

だが、そうしたアレンと仲間たちの様子に、シア獣王女は唖然としていた。

彼女は今回、はじめて魔神と戦ったが、その強さ、恐ろしさは、1人の犠牲者も出すことなく追い払ったのが、万に一つの奇跡に思えるほどだ。

だが、アレンと仲間たちは、そのことを喜ぶどころか、どうやら魔神を倒せなかったことを悔やんでいるようなのだ。

「では……これからどうするのだ？」

「そうですね。あの魔神が守っていた『祭壇』、あれは、どうもよくないことに使われているようです。ですので、この大陸に残る『祭壇』を全て破壊しようと思います。当然、祭壇にいる魔神もついでに狩ります」

「つ、『ついで』だと?」

シア獣王女は思わずそう口にしてしまった。魔神とは、断じて「ついでに」狩るものではない。

しかし、他の人間ならば愚か者と笑って済ませるところを、アレンたちの戦いぶりを目の当たりにして、本当に「ついで」に魔神と戦えるのではないかと思わされてしまう。

兄のゼウ獣王子から、アレンに常識は通用しないと聞かされていたが、本当のことかもしれないと思い始めている。

「我らはいかがいたしますか? シア様」

背中に問いかけてくるルド隊長とラス副隊長の声に、シア獣王女は振り向かずに頷いた。

「当然、彼らに同行する。グシャラめを今度こそ誅戮《ちゅうりく》せねば、余の試練は終わったとは言えないからな」

シア獣王女が今、ここにこうしているのは、そもそも、父である獣王から、王位継承権を認められるために、「『邪神教』の教祖グシャラを倒せ」という試練を与えられたからだ。

そのグシャラ＝セルビロールは、1度はシア獣王女が捕らえたものの、いまは逃げ出して生きているばかりか、彼女が身柄を引き渡したエルメア教会の総本山である教都テオメニアを焼き、人々を「邪神の化身」なる魔獣に変える現象を引き起こしている。

今なお、ギャリアット大陸にはびこる恐怖と混乱の元凶となった。

それは、ある意味では、自分のせいかもしれないとシア獣王女は考える。

自分が、グシャラを生きて引き渡して欲しいという、エルメア教会の願いを無視していれば、多くの人間が、「魔獣に変えられる」という、死ぬよりも恐ろしい目に遭わずに済んだかもしれない。

そう思うと、父の試練を乗り越えるということ以上に、グシャラと決着をつけねばならないと思う。

「それでこそ我らが姫様。参りましょう、我らはどこまでもついていきますぞ」

そう応えたのは、シア獣王女が幼少のころから世話役をしてきたルド隊長だ。

久々に幼少期の呼び方をされ、シア獣王女は懐かしいような恥ずかしいような気持ちで振り向く。

ルド隊長の隣では、ラス副隊長も、頼もしい笑みを浮かべながら頷いていた。

＊　＊　＊

それから3日後のことだ。

カルバルナ王国軍のミュハン隊長は、自分たちが包囲していたカルロネア共和国の首都ミトポイが、完全に破壊されるのを目の当たりにし、絶句していた。

「なんと……」

彼の目の前には、ミトポイの防壁がぼろぼろに崩れ去り、その先に、吹き飛ばされた家々と、かつては共和制の中心地だった議事堂の残骸、そしてそれらを吹き飛ばした巨大な岩石が見えている。

ミトポイは、カルロネア共和国として独立する以前は、ギャリアット大陸南部地域に作られた商業都市の1つだった。

この地域は、起伏のない草原地帯が広がり、農耕にも畜産にも適していることから、それらを売買するための市場がいくつも作られ、それらは発展して都市となった。

やがて、北のカルバルナ王国中心部に対する独立運動が活発化すると、商業都市の中でもっとも栄えていたミトポイが、運動の拠点となった。その際、街は、カルバルナ王国軍との戦闘を想定して武装化し、街中を取り囲む防壁を設けたが、これはあくまで対人戦向けのもので、壁はそこまで高くない。

だが、それでも、カルバルナ王国との戦いに勝利し、独立を勝ち取ったことで、カルロネア共和国の首都となったミトポイの防壁を、ミュハン隊長は強固な要塞と考えていた。実際、キールと共にカルロネア共和国内に進軍し、魔獣たちと戦ううちに、この都市の防備の素晴らしさに、敵ながら感心したこともあった。

それが今、完全に廃墟と化していた。

しかも、それは、自分たちが戦っていた魔獣たちによって破壊されたのではない。

キールの仲間である、アレンと名乗る若い男が先導する作戦の結果なのだった。

街を滅ぼす直前、ミュハン隊長から、カルロネア共和国の現状について、すでに国として機能していないだろうと言われていた。首都ミトポイを包囲したカルバルナ王国軍は、防壁の中にも度々攻撃を仕掛けていて、その時の様子から、議事堂も魔獣の手に落ち、生存者も確認できないと思われる。魔獣たちが掃討されれば、いずれはカルバルナ王国の領土となるだろうという。

だったら、街が粉砕されても、もういいよねとアレンは判断した。

そこで、メルルのミスリルゴーレム「タムタム」の砲撃で防壁を撃ち破り、光の柱の発生源である、議事堂の向かいに作られていた「グシャラ聖教」の神殿まで射線を通すと、魔神をその場に釘付けにするためにさらに射撃を加えながら、セシルのエクストラスキル「小隕石」を使って神殿ごと押し潰した。

　おかげで、街はイチから作ったほうがよさそうなほどめちゃくちゃになったが、エルマール教国の神殿と違い、この街には、カルバルナ王国もきっと思い入れはないだろうと勝手に思っている。

　そのアレンは、あまりの光景に呆然としているミュハン隊長の側で、開いた魔導書を眺めて嬉しそうに笑っていた。

『魔神を1体倒しました。レベルが84になりました。体力が100上がりました。魔力が160上がりました。攻撃力が56上がりました。耐久力が56上がりました。素早さが104上がりました。知力が160上がりました。幸運が104上がりました』

「うしうし。今度は確実に倒したぞ。上昇値は60までの4倍で固定のようだな」

　魔導書には、魔神を1体倒して、レベルアップしたというログが表示されていた。魔神を倒した場合、経験値は入らず、代わりに強制的にレベルが1つ上昇する。

　レベルが80を超えて、ステータスの上昇値が飛躍的に上がるようになった。

　アレンは魔導書を開き、レベルアップ時のステータス上昇の検証結果に誤りがないか改めて確認する。


【レベルアップとステータス上昇の関係】
・レベルがアップすると、体力、魔力、攻撃力、耐久力、素早さ、知力、幸運の7つのステータスが上昇する
・上昇値はそれぞれ固定で、才能によって上がり幅は異なる

・レベル60まで、上昇値の最大は各ステータス40である
・レベル61より、それぞれ7つのステータスは、60までのステータスの上昇の2倍上昇する
・レベル81より、それぞれ7つのステータスは、60までのステータスの上昇の4倍上昇する
・例えば、アレンの素早さはレベル60までレベルアップ毎に固定で26上昇する。レベル61からレベルアップ毎に52上昇し、レベル81からレベルアップ毎に１０４上昇する

アレンは魔導書を閉じ、呆然としているミュハン隊長やカルバルナ王国軍の兵士たちを残し、次の目的地に向かう。

「なんだよ、あれじゃ俺たちの出番がないじゃねえか」

移動中のタムタム「モードイーグル」のラウンジで、ドゴラがそんなふうにクレナに話しているのを、アレンは聞いていた。

(出番というか、危険をなくしてるだけなんだけどな)

＊＊＊

さらに3日後、アレンたちはダークエルフ王オルバースと共に、ムハリノ砂漠のオアシス都市ルコアックを見下ろす砂丘の上にいた。

ルコアックは、数十年前、いきなりできた水源に人々が集まり、オアシスを形成したのが、その始まりだという。だが、今は、ギラギラした太陽の光を受け、毒々しい紫色のきらめきを放つ異様

な湖と、光の柱が立ち上る神殿を備えた、魔獣の住処となっていた。

「ブンゼンバーグ将軍よ、あそこに魔神がおるのだな」

「はい。オルバース王」

(配下を引き連れて、王が見学に来た件について。思いのほか、フットワークが軽いのかな)

アレンが、ソフィーを通じて、ダークエルフの長老に、このムハリノ砂漠の神殿で「祭壇」を守る魔神を狩るという話をしたのは、昨日のことだ。すると、ダークエルフ王自らが、戦闘に参加すると、将軍や兵を引き連れやって来た。

今は、アレンはもちろんのこと、配下のブンゼンバーグ将軍に、ソフィーたちとの共闘戦の戦果も含めて、自らの目で見て報告を受けている。

オルバースは、実際に魔神を倒すところを見てみたいのと同時に、ソフィーが参加しているパーティーのリーダーを見てみたかったと言った。

その際、「お前が『闇を振り払う光の男』か」と問われ、アレンは返事に困り、とりあえず「私はアレンです」とだけ答えておいた。

その返答のせいなのか、オルバース王は、今もジッとアレンを観察している。そして、その横のメルスを見ている。

(そんなにじろじろ見るなよ。やりにくいな)

そう思いながら、アレンはソフィーに指示を出す。

「じゃあ、ソフィー。精霊王の祝福を」

「はい。承りましたわ」

『はは。今日もいきなりだね』

宙に浮いた精霊神ローゼンが、腰を振り、「精霊王の祝福」をかけてくれる。

ステータス値の上昇を確認してから、アレンは鳥Bの召喚獣の背中で待機しているセシルに指示を出す。

「じゃあ、セシル始めるぞ」

「任せておいて」

セシルが応えると、鳥Bの召喚獣が飛び立った。

アレンとオルバース王は、昨晩、この砂漠地帯で起きたことの諸悪の根源であるルコアックの街も消し去ることで合意していた。

光の柱と魔獣の出現からもう何十日も経っており、その中心地点であるルコアックの街に、生存者はいないと思われた。念のため、霊Aの召喚獣とメルスが街中を調べたが、やはりそんなものはいなかった。

その、魔獣の住処となったルコアックの街から立ち上る光の柱を、セシルは、アレンたちの頭上高く舞い上がった鳥Bの召喚獣の背中から眺めた。そして、その根元にある神殿に狙いを定めた。

その体が、陽炎に包まれたようにゆらめく。

「プチメテオ!!」

セシルがエクストラスキル「小隕石」を使うと、上空に巨大な岩が出現した。真っ赤に焼けた大岩は、ルコアックの神殿めがけて、すさまじい速さで落下を始める。

マクリスの聖珠を装備し、精霊王の祝福を受け、セシルの魔力はとんでもないことになっている。

発動までの時間軽減だけでなく、ダメージ量も増しているため、出現した大岩は、直径100メートルを超えるまでになっていた。

「おおお!!」

真っ赤に焼けた大岩が降って来る、おそろしい景色を目にして、ダークエルフたちから動揺の声が上がった。

しかし、その声も、大岩が街ごと神殿を吹き飛ばしてしまうと、いっせいに途絶えてしまった。

エクストラスキル「小隕石」のすさまじい威力に絶句したのだ。

しんと静まりかえった砂丘に、セシルを乗せた鳥Bの召喚獣はゆっくり下降する。

「どう？　やったかしら」

「ちょっと待ってな。って、おおおお!!　レベルが上がったぞ」

アレンが魔導書を確認すると、ずらっとログが表示される。

『魔神を1体倒しました。レベルが85になりました。体力が100上がりました。魔力が160上がりました。攻撃力が56上がりました。耐久力が56上がりました。素早さが104上がりました。知力が160上がりました。幸運が104上がりました。王化の封印が解けました』

今回、アレンは、魚Cの召喚獣に特技と覚醒スキルを使わせてバフをかけ、鳥Bの召喚獣に乗せ、セシルの攻撃を補助させただけだったが、「魔神を倒した」の一員として、レベルアップの対象になったようだ。

これは、メルルたちゴーレム使いが敵を倒した際、ゴーレムに乗っているだけで特に何もしなくても経験値取得の対象となることと同じだと言える。

「『王化』って、これ、使いたかったスキルじゃない？」

鳥Bの背中から降りて、アレンの側に来ていたセシルが、魔導書に表示されたログの一部を指さして言った。

「本当だ！　王化だ!!」

クレナも、アレンのスキル解放を自分のことのように喜ぶ。

この様子を、オルバース王とシア獣王女は唖然として眺めていた。

「……」

恐るべき敵である魔神をあっさり倒したことや、それがただの一撃で済んでしまったことよりも、はしゃいでいることに、理解が追いつかない。

こうして、バスクこそ逃がしたものの、エルマール教国のテオメニア神殿にいたリカオロンを含めて3体の魔神を狩り、4つの光の柱とそれが発生する「祭壇」を破壊した。

アレンはようやく解放されたスキル「王化」にワクワクが止まらない。

「オルバース王、私たちは残って確認しなければならないことができました。後ほど、里へご挨拶に伺いますが、ひとまずここはお戻りください。メルス、将軍たちと共に送って差しあげて」

せっかく精鋭を引き連れてやってきたというのに、武器を構える暇もなく魔神が倒されてしまい、唖然としているダークエルフ王オルバースに別れを告げる。話さなければならないことがあるのは分かっているが、気持ちがそちらに向かない。話す口調も早口になっていた。

「そうか」

オルバースはあきれた様子で頷くと、ソフィーに向き直った。

「それでは、ローゼンヘイムの王女よ、また会おう」

「加盟の件、是非ともご検討をお願いします」

「長老会を開かねばならぬ。回答は少し待ってくれ」

ソフィーとオルバース王は、「邪神の化身」らと戦いながら、その間に、エルフとダークエルフの関係の今後について意見を交わしていた。

魔獣相手に共闘したからという以外にも、主にオルバースの側に、双方の距離を縮める理由があった。

見送るソフィーが深々とお辞儀をし、オルバースがはっきりと頷き返すと、次の瞬間には、ダークエルフの将軍たちは姿を消している。メルスとともにダークエルフの里へと転移した。

一方、シア獣王女と魔獣討伐の精鋭4人は、アレンを少し離れたところから眺めている。

「シア様、あの者は……」

ルド隊長が、なにやらそわそわしている様子のアレンを示して言った。

「どうやら、我らには分からぬ方法で、何らかの力を手に入れたようだな。エルメア様から特別な加護を受けているのかもしれぬ」

この世界に生きている全ての種族が、それぞれにこれと思い定めた神を信仰し、加護や恩恵、祝福を期待する。エルフが精霊神ローゼンに、獣人が獣神ガルムにそうするように、人族はたいていエルメアに信仰を捧げ、加護を期待し、願う。

そして、それを受ける神によって、信仰と加護の間に定められる「理《ことわり》」には違いがある。だが、「理」に従い、それを守るからこそ、加護が授けられるという仕組みは、どの神でも同じこと。

シア獣王女は、エルメアが、信仰を寄せる者たちに「試練」を与え、それを乗り越えることを期待する神であることを知っている。

ということは、人族を含めたこの世界を滅ぼそうとする魔王軍を「試練」とした時、それを乗り越えることを期待され、力を与えられたのがアレンという存在で、彼を支え、共に戦う「試練」を与えられた仲間たちがいるということなのかもしれない。

シア獣王女はそう考えたのだ。

「ガルム様は何かおっしゃられましたか？」

「何も。力を貸してもくれぬ。兄には『獣王化』の力を貸したというのに、何故、余にもそうしてくださらぬのか……」

アルバハル王家の一族は、獣神ガルムより、獣人を統べるための特別な力を授かっている。その中には、ガルムとコンタクトを取る能力も含まれる。

そして、これは、アルバハル王家以外にもいくつか存在する、獣人集団の長とその一族にも与えられているものだった。ガルムは、獣人の命と尊厳を守る責務を担う者には等しく加護をもたらすとも言えるが、また別の言い方をすれば、常に「獣人を守る力を持つ者」が絶えないよう、あちこちに保険をかけているとも考えられる。

そのためだろうか、獣神ガルムは、魔王軍との戦争を積極的に支持しない。だから、ガルレシア大陸の獣人国家は、どこも魔王軍との戦争に協力しないのだ。

ゼウ獣王子が、ローゼンヘイムとの同盟を理由に力を貸したのは、ある意味で、獣神の意向を無視した行為とも言えた。

　考え込むシア獣王女を、キールは少し離れた場所から眺めていたが、彼女の耳がぺたりとたれるのを見て、自分の後頭部に手をやった。そして、砂漠の遮るもののない日差しに、頭がずいぶん熱せられているのを知ると、側にいたメルルに話しかけた。

「このままここでアレンに付き合ってると、みんな焼き肉になっちまいそうだ。メルル、屋根出してくれないか」

「うん、分かった。むん！　タムタム降臨。モードタートル!!」

　メルルは頷くと、背中を丸めて前傾姿勢になり、体の左右に両腕を沿わせて、亀の甲羅を模したポーズを取る。メルルのかっこいいポーズシリーズの1つで、アレン命名の「堅牢なる亀のポーズ」だ。

　ミスリルゴーレム「タムタム」が出現し、全長50メートルを超える横長の八角形に変形した。その名のとおり亀に似て、移動速度が低くなる一方で耐久力が格段に高まる。特に、甲羅にあたる部分は最も耐久力が高く、可動式で角度をつけることができ、味方や要塞を砲撃から守る盾にもなる。

　メルルはこの機能を利用し、タムタムを仲間たちから日光を遮る位置に移動させ、甲羅を立てて日陰を作った。これで、シア獣王女たちも含めて、皆が日陰に入ることができた。

　だが、アレンはそんなことにも気付かないくらい、スキル検証にワクワクしている。

（何もない砂漠なのもいい）

　ここなら、特技や覚醒スキルの効果などを検証するのに、何の遠慮もいらない。もっとも、草原や森林なら遠慮するのかと聞かれたら、それはまた別の話だとアレンは答える。

と、その時だ。

ピコン！

アレンの手の中で、開いた魔導書のページが光り、勝手に文章を表示した。

『アレン様

神界スタッフ
第一天使ルプト

拝啓　平素は格別の御愛顧を賜り厚く御礼申し上げます。

さて、貴殿がスキル「王化」を解放されたことにともない、以前よりご利用いただいておりましたスキル「指揮化」の効果を、以下のように調整させていただきましたので、ご査収のほど、よろしくお願いいいたします。

また、「王化」対象となった召喚獣は見た目が変化いたします。こちらも合わせてご確認いただけますと幸いです。

貴殿のますますのご健勝とご健闘をお祈りいたしますと共に、今後とも変わらぬご利用をお願い申し上げます。

敬具

記
・指揮化のステータス値の増加量を５０００に固定
・兵化のステータス値の増加量を２５００に固定
・クールタイムを短縮
・効果範囲を拡大

以上』

（なんだ、これ。下方修正かかったのか？　ナーフか？　ナーフなのか？）
アレンが文章を読み終えた時、メルスが戻ってくる。
すると、さっきの文章の次に、新たな文章が表示された。

『メルスへ。ステータスの調整は真摯に行うべきです』

アレンは魔導書を開いてメルスに見せた。
「ルプトからメッセージが届いているぞ」
メルスは、魔導書に目を走らせ、露骨に嫌そうな顔をした。
『……ルプトめ』
どうやら、メルスとルプトの兄妹間では、目指すべき召喚獣像に違いがあるようだ。
（バンドの音楽性の違いのようなものか）

アレンとしては、スキルの効果や召喚獣のステータスを、検証作業を通じて把握した上で作戦を立てているので、一度確定したはずの仕様が検証後に変更されることに関しては色々と思うところがあるが、不満顔のメルスに免じて、これ以上の追及はしないことにする。

「とりあえず検証に戻るぞ」

アレンは、スキル検証の実験台1号にするならメルスがいいと考えていた。「王化」前の姿が自分と同じくらいのサイズなので、どう変化するのか見やすいと思ったからだ。

『ああ』

メルスが頷いたので、「王化」を使った。

「メルスを王化！」

パアアァ!!

メルスの体が輝き、次の瞬間には姿が変わっている。

「おおお!!」

側で見ていた仲間たちから声があがった。

それまで、メルスの背中には、左右に1枚ずつ、計2枚の羽が生えていた。その羽が、「王化」を使うと、左右に3枚ずつ、計6枚になった。

さらに、白い腰布を巻いただけだった衣装が、白を基調とした、金色の刺繍や色とりどりの宝飾品で煌びやかで豪勢な上下そろいの服になっている。

だが、それ以外、10代後半の人族に似た体型、性別不詳の顔立ち、くりくりした天然パーマの茶色い髪などは、何も変わっていない。

「大きさは変わらないんだな」

『そのようだな』

メルスが、自身の変化を確かめるように、手を握りしめたり腕を振ったり、全部で6枚の羽を広げたりしている。

アレンはステータスを確認しようと魔導書に目を移した。

「ぶ!?」

そこにはとんでもない数値が表示されていた。

【種　類】 天使
【ランク】 A
【階　級】 王
【名　前】 メルス
【体　力】 32000
【魔　力】 32000
【攻撃力】 32000
【耐久力】 32000
【素早さ】 32000
【知　力】 32000
【幸　運】 32000
【加　護】 全ステータス値2000アップ
【特　技】 属性付与、天使の輪、指揮化
【覚　醒】 裁きの雷

王化前と比べて、メルスのすべてのステータス値が1万も増えている。これは、これまでアレンが目にしたどの召喚獣よりも高い値だ。

（おお！　たしかにメッセージのとおりステータスが上がってるぞ）

アレンの反応を見たクレナも、どれどれと魔導書を覗き込む。

「メルスすごーい！」

アレンは魔導書から顔を上げ、かつてルコアックの街があったあたりに埋まっている大岩を指さした。

「ちょっと、あの大岩に『裁きの雷』を撃ってみてくれ」

『分かった』

メルスが6枚の羽を広げ、両手を前に突き出すと、大岩の上空にまばゆい光が生じたかと思ったら、そこから無数の紫色の雷光が大岩めがけて走り、次の瞬間、轟音とともに大岩が砕け散った。

（おおお！）

アレンは心の中で喝采した。「王化」は「指揮化」などと同じく、召喚獣のステータス値を増加させる。それにともなって覚醒スキルの威力も上がって、単純な与ダメージが増している。これは魔神戦が有利になるのではと分析を進める。

そして、他にもスキル効果の変化がないかを検証しようとして、メルスの特技に「指揮化」が追加されているのを発見する。

（やはり、特技に「指揮化」が出てきたか）

「指揮化」は「王化」と同じく対象を強化する。その強化値は使用者のステータス値に依存するので、召喚獣が使用する場合、王化しているかいないかで、強化される値が変わってくる。

だが、召喚獣が「指揮化」を使う場合、対象になれるのは特技を使用した召喚獣と同じ系統に限られてしまう。つまり、メルスの場合、同じ天使系の召喚獣がいないため、指揮化できない。

（実験台2号がいるな）

「オロチ出てこい。王化するぞ」

アレンは全長100メートル、首が5つあるヒュドラの姿をした竜Aの召喚獣を呼び出し、王化した。

砂漠がまばゆい光に包まれたかと思ったら、全長が3倍の300メートルになった、超巨大な竜Aの召喚獣がそこにいた。

『グルアアアァ!!』

『グルアアアアァ!!』

『グルアアアアァ!!』

こちらも3倍の15本になった首の先端で、それぞれの頭が一斉に吠えた。

「でけえ。なんだこりゃ!?」

アレンの検証作業に興味を持たず、日課である斧の素振りをしていたドゴラも、あまりの声の大きさにびっくりして、思わず竜Aの召喚獣を見上げてしまった。

「セシル。メルスは大きくなっていないのにオロチはデカくなったぞ。何が違うんだ？」

アレンにいきなり問いかけられても、セシルには答えられない。

「さあ？　って私に分かるわけないでしょ」

「ふむ。先に大きさの確認だな。ハッチ出てこい。王化だ。ってあれ？」

虫Aの召喚獣を王化すると、見た目はいかつくなるが、大きさが竜Aと比べて、はっきりと巨大になったわけではない。変化の感じはメルスと同様のようだ。

アレンは次々に召喚獣を王化していく。

砂漠地帯に全系統の召喚獣が1体ずつ出現して、召喚獣の動物園みたいになった。

王化しては魔導書でステータスを確認したが、ステータス値が1万増加するのと、特技に「指揮化」が付くのは、どの召喚獣を王化した場合でも共通するのに対し、見た目が変化するかどうかはバラバラで、法則性のようなものは見つけられなかった。

「王化」の検証に入って、1時間ほど経った時だ。

『アレン殿。「裁きの雷」が使えるようになったぞ』

王化の実験台1号になってから、一言もしゃべらずに突っ立っていたメルスが、いきなり声をかけてきた。

「え？」

（マジで）

これまで、「裁きの雷」のクールタイムは1日だった。王化したことで、その時間も短縮されたようだ。

（王化は単純なステータス値の上昇以外にも、召喚獣に有利なことがあるんだな。ん？　ってことは、見た目が変わるかどうかにも意味があるのか？）

アレンは、王化しても見た目が大きくならなかった虫Aの召喚獣を眺めて、ふと、あることを思いついた。

「もしかして、他の召喚獣と区別されないようにするために、見た目を大きくしないようにしているのか?」

「え? どういうことよ?」

セシルが訊ねてきたので、アレンは、自分の考えを整理しながら答える。

「あのハッチは、何もしなくても100体の子ハッチを生むことができるけど、それとは別に、特技『王台』を使って、1時間置きに1体の親ハッチを生むことができる。この親ハッチは、元のハッチと同じように100体の子ハッチを生むことができる。3時間もすると、元のハッチに加えて、3体の親ハッチが、それぞれ100体の子ハッチを生むから、400体の子ハッチが生まれてくる。ここまでは分かるか」

「何よ、それくらい計算できるわよ」

「元のハッチを王化しておくと、王化したハッチは、400体の子ハッチと一緒にいれば、この全部を指揮化して、さらに強くできる。もし王化したハッチが一緒にいなくても、『王台』で親ハッチを生み出すごとに指揮化していれば、指揮化された親ハッチには『兵化』の特技がつくから、それぞれの場所で生んだ100体の子ハッチを兵化することができる」

今、アレンは、同時に召喚しておける枠のうち、49体を虫Aの召喚獣に割り当てている。

これは、虫Aの召喚獣の仲間を増やす特技が、単純な戦力増強に最も適しているからだ。

このギャリアット大陸で、アレンたちは、かつてローゼンヘイムで戦ったのとは比べものにならない数の魔獣と戦わなければならなかった。それは、この事件の裏で糸を引いている魔王軍が、「犠牲者を魔獣に変える」手段を使って、魔獣の数を一気に増やす作戦に出たからだ。

これは、今後起こる魔王軍との直接対決にも用いられる可能性が高い。その時、虫Aの召喚獣の特技は絶大な効果を発揮する。

しかも、虫Aの召喚獣には、敵の魔獣を使役できる特技「使役針」もある。親ハッチ子ハッチを増やし、使役針で敵の魔獣を味方にできれば、1日で万の軍勢を作ることができる。

しかも、「王化」すれば、虫Aの召喚獣に仲間を強化する能力も与えられる。そうなれば、同時召喚枠を多少減らしても、戦力は今よりももっと大きくなるはずだ。

「うん、それで？」

「だけど、これには弱点があって、子ハッチは、自分を生んだ親ハッチがやられると、その瞬間に消えてしまうんだ。つまり、元ハッチがやられると、一瞬で全てのハッチが消えてしまう。もし魔王軍がこのことを知ったら、元ハッチを探すだろう」

「ああ、だから元ハッチが見つかりにくくするために、大きさをあまり変えないようにしてるって言いたいのね？」

「たぶんな。それで言うと、ツバメンも王化した時に大きさが変わらないけど、これも敵陣に潜入して情報収集したり、奇襲に必要な転移先である『巣』を作るからだろうな」

アレンが指さした鳥Aの召喚獣に限らず、敵陣に潜入することが多い鳥系統の召喚獣は、あまり大きくなりすぎて目立つことがないようにしているのだろう。アレンたちが飛行手段にしている鳥Bの召喚獣は、引き続きアレンが指揮化で大きくしなければならないようだ。

「じゃあ、ソラリンの見た目が変わらないのは？」

セシルは、そら豆に手足が生えたような姿の草Aの召喚獣を指さす。

「たぶん、変えても意味がないってことなのだろう」

「なるほどね」

セシルはかがみ込んで、王化したことで胸を張っている草Aの召喚獣を撫でてあげた。

＊　＊　＊

それから5日間、アレンは「王化」の検証をすすめた。

その中で、王化したハッチに「王台」を使わせ、生まれた親ハッチにさらに子ハッチを生ませて、できあがる子ハッチ軍団の上限は1万体であることが分かった。

（さて、検証結果はこんな感じか）

アレンは「王化」のメモを魔導書にまとめた。


【指揮化・王化スキルの特徴】
・王化して階級が「王」になるとステータス値が1万上昇
・指揮化して階級が「将軍」になるとステータス値が５０００上昇
・兵化して階級が「兵隊」になるとステータス値が２５００上昇
・獣、石、魚、竜の系統の召喚獣は見た目と大きさが変化する
階級「王」で3倍、「将軍」で2倍、「兵化」で1・5倍
・天使、霊、虫の系統の召喚獣は大きさが変化しないで見た目がゴージャスになる
階級「王」、「将軍」、「兵化」と階級相応の見た目となる

・鳥、草の系統の召喚獣は大きさも見た目も変化しない
・指揮化した鳥系統の召喚獣は見た目も大きさも変わる
・王化できる召喚獣は、Ａランクの各系統に1体ずつ
・指揮化できる召喚獣は、Ｂランクの各系統に3体ずつ
・兵化できる召喚獣には、ランク、数の制限なし
・王化した召喚獣による指揮化は、直線距離で１００キロメートル以上離れると解除される
・指揮化した召喚獣による兵化は、直線距離で10キロメートル離れると解除される
・王化、指揮化、兵化全てについて、召喚士からいくら離れても、解除されない
・覚醒スキルについて、「王化」は1時間、「指揮化」は3時間、「兵化」は6時間のクールタイムを必要とする

その頃には、今回の事態の直接の原因となる事件がエルマール教国で起こり、世界中に向けて救難信号が発信され、バウキス帝国の宮殿でそのことをアレンたちが知った時から、かれこれ1ヵ月ほどが経過していたのであった。

第五話　問われる覚悟と騒動の顚末

アレンが「王化」の検証に夢中になっている間、仲間たちは何もしていなかったのかというと、そういうことはない。

メルルのミスリルゴーレム「タムタム」の飛行形態「モードイーグル」に乗り込んで、今いるギャリアット大陸の中心辺りの空中に浮かぶ、直径10キロメートルほどの「島」を調査していた。

その「島」は、地面からえぐり取られた大地が、そのまま宙に持ち上げられたようなかっこうで、最初に見た時、白く光る膜のようなものに覆われていた。これは、島への侵入を防ぐ結界のようなものだったようで、アレンが虫Aの召喚獣に破壊させようとしたが失敗した。

しかし、膜の色が、エルマール教国で魔神リカオロンが守っていた光の柱と同じ色をしていることから、ギャリアット大陸の四方から光の柱が集まって、光の膜を作っているのだろうと推測した。

そして、すべての光の柱を破壊した今、再び「島」を訪れた仲間たちは、「島」が光の膜がない状態で浮いているのを確認した。光の柱を破壊すれば、膜はなくなり、「島」に侵入できるようになるだろうという予測は、正しかった。

こうして、「島」に入ることができるようになったので、まず、一緒に連れてきた召喚獣を送り込み、「島」を調査させた。

そして分かったことだが、この「島」は縦10キロメートル、横8キロメートルほどの楕円形の岩の塊が宙に浮いたようなもので、むき出しの岩肌に植物は生えておらず、生き物もいないようだった。

ただ、「島」の中央に大きな山があり、その頂上に、神殿があった。そして、これは「モードイーグル」に乗っていても見えたのだが、神殿の天辺《てっぺん》で何かがメラメラ燃えているようなゆらめきがあった。

中を調査させようと、鳥Eの召喚獣と、霊Aの召喚獣を潜入させると、いきなり視覚の共有が切れたので、砂漠で「王化」の検証中だったアレンはびっくりした。どうやら、この神殿に、島を覆っていた光の膜に近い効果があるらしく、アレンのスキルの影響は及ばないようで、鳥Aの召喚獣の転移スキルの目標となる「巣」も設置できなかった。

しかし、内と外をつなぐことができないだけで、召喚獣は潜入できたので、ひととおり調査が終わったら脱出して、結果を伝えてもらうことにした。

その結果、神殿の中は、アンデッドや死霊系の魔獣の巣窟になっており、かなりオドロオドロしい雰囲気であることが分かった。さらに、最上階には、壁をすり抜けられる霊Aの召喚獣でも入れなかった門があり、それならと鳥Eの召喚獣に外から調査させると、窓から見える最上部には、邪神教の教祖グシャラと、もう1体の魔神らしき者、そして、あのバスクがいた。

そして、神殿内に、宝箱らしきものは見当たらなかった。アレンは、魔獣がいて、ボスもいるのなら、絶対宝があるだろうと勝手に思っていた。バスクが貴重な装備をしていたので、それくらいのものがないか、あればボス戦前に全て回収したいと考えて、神殿の構造や、ボスがいたらそこまでのルートを調べるだけでなく、宝のことも召喚獣に調べるよう指示していたが、あてが外れた。

敵は多数配置するのに、宝箱を1つも置かないなど、マナーがなっていないなとアレンは怒り心頭に発した。この世界には、ダンジョンや敵の城を攻略する冒険者のために用意する宝箱という概念はないようだ。

だから、神殿を破壊することにした。魔獣が待っているだけの神殿に、わざわざ入ってあげる必要はない。先にマナー違反をしたのはそちらだろう。

しかし、神殿を破壊することはかなわなかった。

例によって、マクリスの聖珠を装備し、さらにエクストラスキル「精霊王の祝福」によって知力と魔力を上昇させたセシルがエクストラスキル「小隕石」を使ったが、神殿に当たる寸前でかき消された。メルスの覚醒スキル「裁きの雷」でも同じことだった。

どうやら、どんな攻撃も、外側からのものは、神殿の天辺の燃えている何かに当たるや否や、光る膜のようなものを生じ、かき消されてしまうようだ。

メルスの分析では、これはかなり強い魔力が込められた結界で、破壊するなら侵入して内部から攻撃するしかないだろうということだった。

そこで、「王化」の検証が終了するのを待って、全員で島に降りて、神殿に潜入することになった。

そうして、現在に至る。

アレンたちは、タムタム「モードイーグル」に乗って、「島」に到着した。ごつごつした岩肌が剝《む》き出しの島に降りて、最後の打ち合わせを終えたところだ。

山の天辺の神殿を見上げ、難しい顔をしているアレンに、シア獣王女が話しかけた。

「いよいよ敵の本拠地ということだな」

彼女の周囲には、バスクと戦った４人の精鋭が控えている。彼らも神殿攻略に参加するとのことだった。

「はい。そうですね。お宝は何もありませんでした」

アレンは残念そうに答える。

「宝……？　いや、なんでもない」

恐ろしい魔神と戦う前だというのに、神殿内の宝にこだわるアレンに、シア獣王女はそろそろ呆れだしていた。

「僕は居残りだね」

そう訊ねるメルルの肩には、鳥Ｆの召喚獣が留まっている。

「もしかしたらだが、神殿を守る結界のようなものが破壊できたら、『伝令』で報せるから、外から攻撃をしてくれ」

「分かった」

(さて、そろそろはっきりと言っておかないとな。まずはシアからだな)

アレンはシア獣王女に話しかけた。

「神殿の最上部にはグシャラと、あのバスクもいます。他にも魔神がいるかもしれません。かなり厳しい戦いになるでしょう。どうしますか？」

「ここまで来て引き下がれるものか」

これまでの戦いで、魔神を狩ったのは全てアレンたちだ。もっと言うならセシル1人の活躍だ。シア獣王女は、配下の精鋭も含めて、功績をあげたと言えるような働きはできていない。

その上、本来自分が倒すべきである、「邪神教」の教祖グシャラがいると分かって、戦闘にも参加しなかったでは、ここにいる目的が果たせないと言う。

「犠牲を覚悟しなければならないですよ。部下の方々も、もしかしたらご自身も」

「無論だ。余の配下に臆病者はおらぬ」

アレンは、シア獣王女を、気位も高いし、兵への指揮も優秀だが、部下の死を嘆いたり、ラス副隊長が死にそうな時は涙を流すなど、冷徹なリーダーではないと思っている。「安全マージン」を取るといった判断もしないので、いざという時には足手まといになるかもしれない。

だが、ルド隊長が止めないので、「分かりました」と了承するしかなかった。

次に、アレンはドゴラに話しかけた。

「ドゴラはどうするんだ？　メルルと待っていてもいいぞ。いざという時に転移させられないかもしれないんだぞ」

アレンは、かつて、ゼウ獣王子の部下の「十英獣」の1人、占星獣師テミに、ドゴラの発動できないエクストラスキルについて占ってもらい、「南東の方角に近づくと、ドゴラが命を失いかねないことになる」と言われたことを気にしていた。

占ってもらった時、バウキス帝国のS級ダンジョンにいたので、そこから「南東」といったら、その時は中央大陸にあるラターシュ王国のことかと思った。

しかし、よくよく考えると、今いるギャリアット大陸は中央大陸の南東にあり、バウキス帝国から見れば、同じく南東の方角にあることになる。

だから、リカオロン、バスクと戦って以降、光の柱を破壊するために魔神と戦う際には、セシルやメルルの超遠距離攻撃で片付けてきた。ドゴラが魔神と直接戦う場面を、できるかぎり減らしたかったのだ。

もちろん、リカオロンやバスクと戦った時も、アレンの魚系統の召喚獣によって守りを固め、キールの補助魔法も期待し、敵の拘束に特化しているソフィーの精霊魔法も使って、他の仲間同様、ドゴラがやられないように配慮していた。

しかし、それも、相手が魔神1体だけだったからだ。

少なくとも、今回はグシャラとバスクの2体と同時に戦わなければならない。となると、これまでにない激戦が予想される。むしろ、今回の戦いこそが、テミの予言した「命を失いかねない」試練なのではと、アレンは考えている。

これまでは、もしドゴラが危険な状態になれば、彼だけでも両親のいるロダン村に飛ばそうと思っていた。だが、それも今回は使えないと考えた方がいい。神殿に「巣」を設置できないということは、内側からも転移できない可能性が高い。

それに、アレンが「王化」を使えるようになったので、メルスをはじめ、召喚獣の強さは底上げできる。ドゴラが必ずいないといけないという理由もない。

だが、

「あ？　何言ってんだ。行くに決まってんだろ」

ドゴラはアレンを睨み返して即答した。

「……ドゴラ」

クレナが心配そうにしている。当然、他の仲間たちも、心配そうにドゴラを見ているが、ドゴラはむしろ胸を張って言う。

「アレン、お前、くどいぞ。俺はお前たちの仲間だ。一緒に戦うのは当たり前だろ。何度も言わせんな」

アレンはドゴラの視線を受け止めた。

確かに、アレンはこのパーティーのリーダーだが、仲間たちとはあくまで対等、決して上官と部下、配下といった関係ではない。命令することも、強制することもできない。

相手の意思が変わらないのを確認して、ドゴラとの最後の問答はこれくらいにしようかと思う。

「分かった。くれぐれも気をつけてくれ」

「分かってる。母ちゃんみたいにくどくど指図すんな」

2人のやりとりをじっと見守っていた仲間たちは、その言葉にホッとする。

そして、いよいよ決戦なのだと、気を引き締めた。

「じゃあ行くぞ！」

アレンの掛け声で、全員が鳥Bの召喚獣に乗り、神殿へ向かった。

山頂付近に作られた神殿の入り口から、ずんずん中に入って行く。

「普通に入れたわね」

「ああ、皆、隊列を維持してくれ」

セシルはエクストラスキル「小隕石」すら消し去ってしまう光の膜の防壁が、自らが立ち入る際には生じないことに違和感を覚えるようだ。

（たしかにな。まるで俺たちを誘い込むような感じだな）

セシル以外にも不安の表情を浮かべる者が何人かいたので、アレンは改めて気を引き締めるよう声を上げた。

アレン以外は、神殿の中を見るのは初めてだ。そのアレンも、漂う異臭に鼻が曲がりそうになる。

そこへ、骸骨の戦士が大挙して押し寄せた。

「なんか辛気臭《しんきくさ》いところだな。ターンアンデッド！」

キールが愚痴をこぼしながら、スキルの浄化魔法を食らわせる。

これにより、骸骨の戦士の大半がガシャガシャと崩れ、残りは前衛がサクッと倒した。

神殿内は、迷うような構造でもなく、寄り道する必要もない。すでに霊Aが調べてくれている道順に従って、サクサクと敵を倒しながら、最上部の「門」まで到達した。

神殿の「門」の扉は、遠くから見ると真っ白だったが、近寄ってみると、無数の骸骨が埋め込まれていることが分かった。人族や魚人だけでなく、魔獣とおぼしいものの骸骨もあり、オドロオドロしい印象が満タンだ。

「中に入るぞ」

「おう！」

大斧と大盾を構えたドゴラが声を張る。

「ドゴラ、そんなに気を張らないで大丈夫だぞ」

「分かってるぞ」

もう一度、仲間たちの様子を確認してから、アレンは巨大な扉を押そうとした。

だが、扉は、軽く触れただけで自然に開いて、アレンたちに中の様子を見せた。

天井の窓から光が差し込み、広大な広間をそれなりに明るく見せていた。そして、アレンたちの真正面、広間の奥に、こちらは暖炉の炎のようにオレンジに光るものがある。

それは、これまで見たものよりかなり大きい「祭壇」から噴き上がる漆黒の炎の中に浮かぶ、真っ赤な皿のようなものだ。遠くてよくわからないが、金属でできているような質感で、黒い炎の中にあっても、ゆっくりと強弱の変化するオレンジの光を放っている。

(あれは……火の神フレイヤの神器か)

メルスの話では、これが火の神フレイヤから奪われた神器で間違いないという。

そして、その「祭壇」とその上の神器の前に跪くローブ姿の人物がいる。

「グシャラめ」

シア獣王女が呟くので、アレンはローブ姿の人物がグシャラだと思った。

これもメルスの話だが、グシャラは上位魔神の可能性がかなり高いという。リカオロンがグシャラに「様」と尊称をつけていたが、魔神である自ら以上の者に敬称をつける可能性が高い。

そのため、魔王でないなら「上位魔神」というわけだ。

跪いて神器を拝むグシャラの隣には、ボロボロになってはいるものの、エルメア教会の高位の神官が着るローブをまとった骸骨が立っている。どうやら、テオメニアが襲われた際に殺された高位の神官が、アンデッドにされた者のようだ。

(何だ？　唐突に現れたな。ん？　高位の神官ってもしかして)

明らかにボロボロの神官の法衣の首に、金色に輝く首飾りが不自然なほど強調されているように感じる。

そして、「祭壇」からアレンたちのいる扉までの間に敷かれた長い絨毯《じゅうたん》の左右には、等間隔に太い柱が並んでいるが、その一番奥、右の柱を背もたれにして座っているのは、あのバスクだった。

目の前の床に2本のオリハルコンの大剣を突き立て、あぐらをかいた姿勢で、顔だけをこちらに向けている。

『お！　やっときたかぁ。ア～レ～ン。おせ～ぞ～。お前はいつも俺を待たせてくれるなぁ。いひひ』

緊張感もなく、待っていましたという表情だ。

「逃げ出したと思ったら、こんなところにいたのか」

アレンはとりあえず挑発してみた。相手を煽り、怒らせることで、勝利が近づく場合があることを知っている。

だが、バスクは挑発にはニヤニヤした表情を崩さなかった。

『いやあ、あん時は楽しかったな。死ぬかと思ったのは久しぶりだったぜ。でもな、今回は前みたいにはやらせねえよ。それでいいなら、もう1回やろうぜぇ！』

アレンの挑発はバスクには通用しなかったのであった。

「祭壇」の上に浮かんだフレイヤの神器を取り巻くように、「祭壇」から吹き出している漆黒の炎は、泥のようにねっとりと形を変えて、時折、嘆き悲しみを声なく叫ぶ顔のように見えることがある。前回戦った時、バスクが「神器に命を集める」とかそういう話をしていたので、あの黒い炎は光の柱を作るために殺した人々の命が集まったものかもしれない。

（やはり人の命を集めるのが目的だったんだな）

アレンは神器の役割について、1つの結論を得る。

今回、魔王軍によって、多くの人が「邪神の化身」に変えられた。

そして、一度「邪神の化身」になった人は、命を奪われ、元の体に戻れなくなったようで、人間として復活できなくなっていた。

これだけだと、「命を奪われたから『邪神の化身』になった」のか、「『邪神の化身』になったから命を奪われた」のかは分からない。

しかし、「邪神の化身」に攻撃された人も「邪神の化身」になり、復活できなくなった。ということは、「『邪神の化身』になると命を奪われる」のであり、「命を奪う」という目的のために、「攻撃した相手を自分と同じ『邪神の化身』に変える」特性を「邪神の化身」に持たせたのだろうという想像ができる。

そして、「邪神の化身」になった人々の命は、どこにいくのかというと、「祭壇」の神器だ。ここからはアレンの想像だが、集めた命は光の柱になって、この「島」を守る結界となっていたのではないか。あるいは、魔王軍には、他にも集めた命を使ってしようとしていることがあるのかもしれない。

そして、その計画は、今、「祭壇」を拝むグシャラによって実行されたようだ。

かつて、シア獣王女が率いる獣人部隊に捕まった際、グシャラはまったく抵抗しなかったというが、彼が上位魔神だとするなら、わざと捕まったのだ。

「お前がグシャラか？」

アレンが問うと、ローブ姿の男は立ち上がり、こちらを振り向いた。その顔は、作りこそ人族と同じだが、青白くぬめぬめとした質感の肌をしていて、明らかに人間ではない。

『そうですよ。そういうあなたはアレンですね。入信をご希望ですか？』

グシャラは甲高い声で問い返してきた。

「いや、普通に倒しにきた。だけど、その前に、何をしているか教えてもらえるか？　これまで倒した魔神どもは皆、口が堅くてな」

アレンがそう答えると、グシャラは甲高い声で笑った。

『あらあら、せっかちな上に冗談も通じないとは。まさか、あなたが本気で入信を希望していると、私が思っているわけがないでしょう。……ねえ、そう思いません？　キュベル様』

グシャラがそう言うのと、彼の隣に、ピエロのような格好の魔神が出現したのは同時だった。

「!?」

アレンは仲間たちが息を呑むのを聞いた。アレン自身も、ローゼンヘイムで会ったことのある、この魔神が、いきなり現れたことに緊張してしまう。

（急に出てくるなよ。ていうか、こんなことができるなら、不意打ちで襲ってきてもおかしくなかったぞと）

アレンは、メルスから、魔王軍の構成について、分かっているかぎりのことを聞いている。その中で、この魔神は「参謀」という立場にいて、魔王直属の部下として独自の動きをしているということだった。

さらに、現存する魔神の中でもっとも長生きなのだとも、すべての魔神の中で最初に生まれた者なのだとも言われ、「原始の魔神」と呼ばれてもいるらしい。ピエロの仮面を被っていて分からないが、その素顔はヨボヨボの爺さんなのかもしれない。

そのキュベルが、まるで最初からそこにいたみたいに、平然と話しかけてきた。

『やあ、アレン君。久しぶりだね。よくぞここまでたどり着けたね。さすがはエルメアに導かれた英雄ってことかな』

「英雄?」

アレンは、キュベルが「英雄」という言葉を口にしたのに違和感を覚える。と同時に、バスクが今にも噴き出しそうな顔になったり、グシャラも「ククク」とほくそ笑んでいるのが目に入った。

(なんなんだ?)

『かわいそうに、本当に何にも知らないんだなあ。そのままじゃ死んでも死にきれないだろうし、少しくらいなら教えてあげてもいいよねっ』

キュベルはぴょんぴょん飛んだり跳ねたりしながらそう言う。

(「冥途の土産」というやつか。思いのほか親切な奴なのか?)

アレンは、今、何が起きているのか知ることは優先事項と考える。

「冥途の土産をくれるのか? くれるなら欲しいぞ」

アレンがそう答えると、キュベルはいきなりキャハハ! と笑い出した。

『自分から「冥途の土産」なんて言っちゃって、アレン君って面白いねぇ。よしっ! そんなら特別に教えてあげよう!』

キュベルはその場でくるっと回って、ジャンプしたかと思ったら、あぐらをかいた姿勢で宙に浮かんだ。

そしていきなり話しはじめる。

『最初はバスク君だったみたい。でも、彼はさあ、どうすれば強くなれるのかばっかり考えて、他人のことに興味がなかったから、人間たちの手に負えなかったんだよね』

「ん？　バスク？」

何の話だとアレンは思う。どうやら、この大陸で起きていることや、神器に関する話ではないようだ。

『その次はヘルミオス君。エルメアが彼に「勇者」の才能を与えたのは、バスク君の件での反省を活かしたつもりだったんだろうね。自分よりも他人を優先する優しさを持った人物なら、うまくやれるだろうって。だけど、これもうまくいかなかった。何でだと思う？』

「優しすぎたからとか、そういうことか？」

アレンは答えながら、キュベルが話しているのは、創造神エルメアが魔王や魔王軍と戦うために用意した人物のことで、「英雄」とはそうした人物を指して使っているらしいと理解した。

『さすがアレン君、正解です！　だからね、エルメアは、強さを求めながら、同時に、人間の側につく可能性のある者、そんな非常識な存在が、この世界に誕生するのを待つのはやめにしたんだ』

「だから……別の世界から俺を呼んだということか」

アレンは、バスクのように協力すべき他人を無視してまで自分だけの強さを求めることもなく、ヘルミオスのように他人に気を遣いすぎて行動が遅れるようなこともなく、何かに満足して歩みを止めず、驕らず、社会性もそれなりにある存在を求めて、エルメアは自分を選んだのだろう、と推測する。

『そういうこと！』

キュベルがそう言って、空中からビシッとこちらを指さした。

また正解をしてしまったようだ。

『なぜそこまで神界について知っている』

メルスが口を開いた。

『ああ、メルス君だ。なぜって、そりゃあ、君の仲間に聞いたからに決まってるじゃない。エルメアに直接聞くことなんかできないからさあ』

『貴様にそのようなことを教えるような仲間はいない』

『そんなことないよ、皆、親切に教えてくれたよ。もちろん、めちゃくちゃ抵抗した後で、だけどね』

キュベルの顔を覆う仮面が、受ける光の加減でか、ニヤッと笑ったように見えた。

『き、貴様!!』

メルスが6枚の羽を震わせて怒鳴っても、キュベルは平然としている。

『まあ、そこまでしなくてもよかったんだけどね。一応、神界の方の進捗《しんちょく》状況も確認はしとかないとってくらいで。……アレン君はさ、今回のこの世界が誕生してどれくらい経つと思う？』

「ん？　たしか1万年かそこらって聞いていたかな」

以前、メルスから聞いた話では、創造神エルメアは、自分が生み出して管理・運営してきた世界が、人間や魔族によって「調和が乱された」と判断すると、世界をリセットするということを、数万年単位で繰り返してきたという。

『じゃあさ、今回よりも1つ前の世界は、どれくらい長持ちしたかは知ってる？』

「いや、知らん」

『ふーん、そんなら、そこは黙っておくけど、1つ前の世界はね、もっとも一っと長持ちしたんだ。だからさ、たった2回、「英雄」がうまくいかなかったくらいで、エルメアが「世界の調和が壊れた」って判断するなんてことはないんだ。間違いなく、3回目もある……で、実際そうなったってわけ。ね』

キュベルの口ぶりから、魔王軍がエルメアの考えを予測し、「英雄」対策をしてきたことが分かる。何十年もかけてギャリアット大陸に潜伏し、「邪神の化身」を生み出して混乱を招く準備をしたのは、創造神エルメアに選ばれた「英雄」……つまり、アレンを誘い出すためだったようだ。

（魔王軍にはこの世界を支配するための攻略本があるのか。ずいぶんなヘルモードだな）

どうやら、キュベルのように、世界のリセットを逃れて何万年も何十万年も存在しつづけた魔神は、魔王が誕生すれば、それを察知したエルメアが「英雄」を送り込んでくることを予測して、あれこれと手を回していたようだ。

確か、この世界に呼ばれた際、エルメアから提示された才能欄に「魔王」と「勇者」があったが、そのことも知っているのかもしれない。

「それじゃあ、今回のことで集めた命はどうするんだ？　それも俺を誘い出すためだけのことなのか？」

『そんなこと聞いてどうするの？　君には関係ないことだし、教えてあげても、どうすることもできないでしょ……死んじゃったらさ！』

そう言ってキャハハ！　と笑うキュベルに、アレンの共有による指示を受けたメルスが突っ込んだ。

『死ぬのは貴様だ！』

王化したメルスの素早さに反応できたのは、少し離れたところに座っていたバスクだけだった。

こちらも、すさまじい速さで立ち上がったかと思ったら、２本の大剣を振りかざし、キュベルとの間に割って入ろうとする。

『俺を無視すんなよ、天使さんよぉ！』

『邪魔だ。どけ!!』

メルスはその場で縦に一回転しながらバスクを蹴り飛ばす。

『へぐあ!!』

バスクは吹き飛ばされ、「祭壇」の奥の壁に激突する。

（「王化」の解放が間に合っていてよかった。魔神多すぎるし）

アレンは、あんなに苦戦したバスクを一撃で退けたメルスの強化具合に内心で喜んだ。

その間にも、メルスはそのまま空中に浮かび上がり、浮遊するキュベルに接近すると、ピエロの仮面めがけて拳を突き出した。キュベルはこれを手の平で受け止め、同時に、自分の腹を狙ったメルスのもう片方の拳も受け止める。

『へ〜、やるじゃない。力が戻ったのかな？』

『まあまあだ』

『ふふふ。それは困ったなあ。絶望が足りなくなっちゃうよ』

（絶望だと？）

『なんだと……？』

メルスはキュベルから飛び離れて距離を取った。ピエロの仮面の奥で、キュベルがニタリと笑ったように感じて、危機感を覚えたのだ。

『いやあ、準備はきちんとしておくもんだね。これで元のバランスに戻せるねえ』

そう言って、キュベルがあぐらをかいたままさらに上昇すると、彼が滞空していた地点を頂点として、神殿の床までの空間に黒い線が走った。

そして、その線が左右に開いて、長方形の闇が、まるで戸口のように広がると、
ドカッ
ドカッ
闇の奥から、馬か山羊のような蹄を持った獣が、地面を蹴って疾走する音が近づいてきたかと思ったら、長く鋭い角の生えた獣が現れた。毛はなく、全身が鱗に覆われているが、すらりと伸びた長い足やひきしまった体つきは、竜やトカゲよりも馬に似ている。

（麒麟《きりん》……かな？）

アレンが前世の記憶にある、似たような姿の神獣について思いを巡らせるのと、

『……調停神様』

メルスがうめくのは同時だった。

『さあ、調停神ファルネメス、お待ちかねの裁きの時間だよ』

キュベルがそう言うと、闇から現れた調停神ファルネメスは、憎悪のこもった瞳でアレンたちを睨みつけたのであった。

第六話　立ちはだかる絶望

調停神ファルネメスは、罪を犯した神々を裁くために、特別な力を与えられた上位神だ。メルスの話では、今から50年以上前、創造神エルメアに魔王の調停を命じられ、魔界に派遣されて以来、所在が分からなくなっていたということだった。

その調停神が、キュベルの呼び出しに応じて現れた。

洗脳されたのか、懐柔されたのか、いずれにしても、全身から立ち上る殺気というか邪気といい、こちらを見つめる憎悪に満ちた瞳といい、あきらかに味方ではないことが分かる。

『アレン君は逃げたりなんかしないだろうとは思うけど、一応、ね？』

キュベルがそう言うと、アレンたちの背後で、扉がひとりでに閉まった。

さらに、アレンたちの正面、「祭壇」よりさらに奥の方から、バスクの声が聞こえてきた。

『いひひ、やってくれるじゃねえかぁ』

（タフだね、やっぱり）

アレンが注視していると、バスクは「祭壇」のところまで戻ってきた。その足取りはしっかりしていて、まったくダメージを受けていないように見える。両手にはそれぞれ大剣を握っていたが、そのうち1本を床に突き刺すと、宙に浮いたままのキュベルに向かって言った。

『おい、キュベル。神器を使わせろ』

『はい、どうぞ』

キュベルはあぐらをかいた姿勢のまま宙を滑り、「祭壇」に近づくと、噴き上がる漆黒の炎に手を突っ込んで、フレイヤの神器を指で弾《はじ》いた。

神器はキュベルと同じように宙を滑り、漆黒の炎からバスクの手へと移動した。

バスクがそれを摑むと、神器はボッと炎を噴きだしたかと思ったら、１本の燃える大剣へと変わった。

大剣は、その剣身の大きさから、本来は両手でないと扱えず、その柄も両手で握るために、普通の剣よりも長くなっている。

だが、バスクはこれを、片手で持ち、まるで木の枝を振り回すかのように軽々と振るった。神器が変化した大剣は、もともと火の神フレイヤのものだったからだろう、深紅の剣身が常にオレンジ色の炎を噴き出していて、バスクが素振りをすると、空中に炎の軌跡を描いた。

『これが神器フラムベルクか。いいねえ』

バスクが満足げに頷くと、キュベルが口を開いた。

『イスタール君。彼らは道を外した罪人たちです。裁きを行うバスク君を癒してあげなさい』

『ア、アウアアア……、オールヒール』

骸骨神官は、金色に輝く首飾りが輝いたかと思うと、骸骨神官の持つスタッフの先端が輝き魔力が籠っていく。バスクの全身に光が注がれ、メルスと打ち合って殴られた際に受けたダメージが回復していく。

「イスタールだと？　やっぱり、イスタール大教皇なのですか!?」

キュベルが放った言葉と回復の様《さま》に、キールが思わず叫んだ。

グシャラとイスタール大教皇は、教都テオメニアの処刑の場にいたのだが、都が炎に包まれてから行方が分からなくなっていた。

それが、高位の法衣と杖、そして、煌びやかに輝く金色の首飾りを残して、無残に焦げた骸骨の姿となってアレンたちの前に姿を現した。

アレンももしかして大教皇ではと思っていたが、キールもそうであった。

学園の授業でも習い、50年以上に渡って人々を導いてきた大教皇の無残な変貌に、キールは怒りに震える。

『イスタール君には魔神になってもらったんだ。さあ、ほら、防具を纏《まと》わないバスク君に守りの魔法をかけてあげて』

『アアウア……、オールプロテクト』

キュベルの言われるがままに大教皇の放った魔法がバスクを包み込み、守備魔法の効果が発動したようだ。

（聖王の才能がある魔神の力を持った回復役が相手にはいると。最悪な状況が続くな）

キュベル、バスク、調停神と続いて、これほど敵にして困る回復役はいないとアレンは思う。

全ての状況が敵側に有利に運び、怒りに震えるキールと違い、必死に戦況を改善させる策を考えるのだが、キュベルの出し惜しみしない圧倒的な状況に困惑してしまう。

『ふん。あと、馬、こっちにこい』

大教皇の回復や守備の魔法には礼を言うこともなく、バスクは調停神ファルネメスに呼びかけた。

調停神ファルネメスがやってくる。

バスクはひょいと飛び上がり、その背中にまたがった。滞空しているメルスと同じ目線の高さになり、嬉しそうにニタリと笑った。

『クソ天使、いくぜぃ？　いひひ』

調停神が駆け出した。広間の床石を砕き、蹄の跡を刻みながら、メルスに殺到する。

メルスも、苦虫をかみつぶしたような顔をしたまま、6枚の羽を広げ、両手を腰だめにして調停神へ突っ込む。

2体と1頭が、広間の中央で激突したその瞬間、衝撃波が発生してアレンたちの髪を揺らし、耳に破裂音が届いた時には、メルスが床に叩きつけられていた。

『がふっ』

見ると、床に倒れたメルスの拳は砕け、黒く焼けただれていて、胸と腹には1つずつ、蹄の跡が刻まれていた。

『ひひひ。どうだ、痛えだろ』

勝ち誇って笑うバスクは、炎の軌跡とともにフラムベルクを振り抜いていて、彼を背中に乗せた調停神は、後足で立ち上がって、メルスを打ち据えた前足を宙に突き出している。

「キール、メルスを回復しろ。ソフィーは『精霊王の祝福』を!!」

矢継ぎ早に指示を出すアレンの顔には、いつもと違って余裕がなかった。王化して力を増したはずのメルスを、この戦いの切り札と思っていたが、やすやすと蹴散らされてしまったことが想定外だったからだ。

「やってる！」

アレンの指示が飛ぶ頃に、キールはすでに回復呪文を唱え終えている。キュベルの作戦に圧倒され出足は遅れたが、状況判断の速さはいつもどおりだ。

「ローゼン様、お願いします！」

『厳しい状況だね』

ソフィーに頼まれて宙に浮き、腰を振って「精霊王の祝福」を振りまく精霊神の顔も、緊張にこわばっている。召喚獣のステータスも3割増加する光の粒を受けて、メルスはようやく立ち上がった。

『うほ！　さらに強くなったか。いいねえ。そうでないと殺し甲斐がねえや』

『ふん！　行くぞ』

（うし、これでメルスはかなり強くなったはずだ）

・強化されたメルスのステータス
【名　前】　メルス
【体　力】　53690
【魔　力】　45500
【攻撃力】　41600
【耐久力】　56420
【素早さ】　45500
【知　力】　41600
【幸　運】　41600

へらへらと笑いながら両手に握った大剣を振るうバスクと、その拳と蹴りで攻めかかるメルスは、一見して一進一退といったところだ。しかし、バスクを背中に乗せた調停神ファルネメスの動きは速く、メルスの動きを先回りして、バスクに有利な位置取りをする。

この戦いを横目に、「祭壇」の前に立つグシャラが、アレンを狙ってきた。

『何を見ているのですか。こちらも行きますよ！　カーズファイア!!』

グシャラが両手を突き出すと、空中に無数の青白い炎の槍が出現した。全てがアレンを向いていて、音もなく宙を滑ってくる。

魔力を回復していたソフィーがこれに気付き、すぐさま水の精霊ニンフを顕現させる。

「ニンフ様。お力を！」

『うん。皆を守らないと』

合羽《かっぱ》を着た少女の姿をした水の精霊ニンフは、全身からしたたる水を操作して、炎の槍を遮る位置に、水の障壁を作り出した。そこへ炎の槍が次から次へと突き刺さり、瞬く間に水の障壁は沸騰して蒸発してしまったが、その時には、セシルが氷魔法を放っていた。

「ブリザード！」

今度は、グシャラめがけて無数の氷の槍が飛んだ。だが、グシャラが手を振ると、氷の槍の半数が空中でかき消された。残る半数は、グシャラの体に突き刺さり、一瞬、魔神をよろめかせるが、

『……オールヒール』

大教皇が回復魔法をかけて、グシャラの傷を癒やしてしまった。

『ほほほ！　楽しませてくれますね！』

グシャラの高笑いを聞きながら、アレンは召喚を行う。

「ロカネル、ハヤテ、オキヨサンこい!!」

『……』

『は！』

『ヒヒヒ』

ヒヒイロカネでできた全高45メートルほどの石像、白銀の毛に覆われた全長45メートルの巨大狼、そして美しい着物姿で灯籠を手にした女性が出現する。

このうち、石Aの召喚獣と獣Aの召喚獣は、王化したことであきらかに大きくなりすぎて、神殿の広間の前後を塞いでしまった。獣Aの召喚獣はなんとか立ち上がれているものの、方向転換がむ

ずかしく、石Aの召喚獣にいたっては、天井に頭がつかえて、正座したような状態から立ち上がることができない。

（いや、これでいい。これがいいぞ）

アレンはこの状況に満足している。石Aの召喚獣は、体から出すヒヒイロカネの球を操って、敵の遠距離攻撃を吸収して攻撃に変える特技「吸収」が使えるので、動く必要はないし、獣Aの召喚獣とともに、盾として使えるからだ。

（さて、次はどうする？）

アレンは召喚獣を盾に、グシャラの攻撃を防ぎながら、戦況を観察し、次の手を考える。

調停神に乗ったバスクには、メルス以外は近寄れない。クレナ、ドゴラ、シア獣王女、ルド隊長がいつでも攻めかかれる位置にいるものの、王化して素早さが増したメルスでもぎりぎり持ちこたえているような相手に、隙を見つけられないでいる。

グシャラには、セシルが攻撃魔法をぶつける以外に、フォルマールとカム部隊長が矢を射かけてもいるが、魔法に耐性があるだけでなく、耐久力も高いようで、いくら矢が刺さっても致命傷にならない。グシャラの攻撃は、石Aの召喚獣の金属球が受け止めているので、アレンたちにまでは届かないが、倒せないのでは意味がない。

それどころか、この2人は、大教皇の回復魔法を頼みにして、自らを守ることもなくガンガン攻めてくる。メルス、セシル、フォルマールにカム部隊長は、攻撃を外しているわけでも、ダメージを与えられていないわけでもないのだが、バスクとグシャラはちょっとやそっとの攻撃ではひるまないし、傷を受けてもすぐに回復されてしまい、隙ができないのだ。

そこまで分かって、アレンの頭の中で、倒す順序が決まる。

「大教皇を優先しよう！　クレナ、エクストラスキルを!!」

アレンの判断にキールは何も言わない。

「ああ、そうなるよな、ちくしょうめ」

生前どれだけの存在であっても、このままでは仲間たちも含めて全滅する状況にキールも覚悟を決めたようだ。

「分かった！」

クレナがぱっと身を翻し、大教皇へと向かう。獣Aの召喚獣の前足の下を駆け抜けるその体が、陽炎に包まれたようにゆらめいた。ステータス増加系のエクストラスキル「限界突破」を使った。

（ここからは時間との勝負だな）

エクストラスキルの「限界突破」も「精霊王の祝福」も、効果の持続時間には限界があり、限界を超えると、１日の間使えなくなる。その効果が切れる前に、３体を倒し切るか、撤退の判断を下す必要がある。絶望的な状況は継続していて、油断はできない。

と思っていたら、バスクが動いた。お互いにすさまじい連続攻撃を交わし、メルスが飛び離れた一瞬の隙をついて、調停神の脇腹を蹴ってジャンプさせる。

調停神は、襲ってきた獣Aの召喚獣の爪を空中で蹴り、その顎の下に着地すると、跳ねるように駆け抜けて、大教皇へ向かうクレナに追いついた。

『おっと。ジジイはやらせないぜぇ。大事な俺たちのパーティーだからな。いひひ』

決してパーティー思いな性格ではなさそうなバスクがふざけ半分に声に出しながら、クレナの背中を狙ってフラムベルクを振り下ろす。

「うん……やふ！」

殺気を感じて振り返り、咄嗟に武器をかざしたクレナは、致命傷こそ免れたものの、弾き飛ばされ、石Aの召喚獣のくるぶしに激突する。

「シア様、我らも前に出ましょう！」

「そうだな。ルド隊長よ。余に合わせよ」

「は!!」

そこへ、バスクと調停神を追ってきたメルスに加えて、シア獣王女、ルド隊長が攻撃を開始する。

だが、大教皇を守るように立ちふさがるバスクは、調停神のサポートもあって、連携する3人を寄せつけない。

重装備のために動きの遅れたドゴラも加わって、4対1の状況になっても、バスクの優位は変わらなかった。途切れることのない4人の攻撃を、半分はかわし、半分は受けるが、大教皇からの回復を受けて、まったくひるむことなく攻撃し続ける。

霊媒師のゴヌ部隊長が、調停神の動きを鈍らせようと死霊を呼び出すが、蹄に蹴散らされてしまうし、キールとセラ部隊長は、バスクの凄まじい攻撃を受ける4人を回復させるのがやっとだ。

状況は膠着《こうちゃく》しているが、こうなると、時間が経てばいずれはバフが切れるアレンたちの方が不利だ。

だが、キュベルはそうした状況を、さらに加速しようとする。

『思ったより強いね、アレン君たちは。この機会にきっちり殺しておかなくちゃ』

キュベルはグシャラの隣にいる。当然、グシャラを狙って放たれる、セシルの攻撃魔法やフォルマールとカム部隊長の矢の攻撃範囲にいるのだが、少しも気にした様子はないし、実際、これらの攻撃はすべてキュベルに届く前にかき消されている。

『キュベル様、いかがなさったのです?』

キュベルの独り言を聞きつけたグシャラが訊ねた。

『いや、彼らをもっと絶望させてもらいたくてさ。このままじゃ逃げられちゃうかもしれないし』

そう答えたキュベルは、「祭壇」に向き直ると、そこから噴き上がっている漆黒の炎に手を伸ばす。

すると、漆黒の炎は、鉄を含んだ砂が磁石に引き寄せられるように、キュベルの手に吸い寄せられていく。そして、上向けた手のひらの上で球状にまとまったかと思ったら、
ドクン
ドクン
心臓が脈打つように、一定のリズムを刻んで膨張と収縮を繰り返す。

『魔王様にお届けするのは、これくらいで十分だね。残りは君が使うといいよ』

キュベルが、手の中の黒い球体を見つめながらそう言った時、「祭壇」に残る、ずいぶんと小さくなった漆黒の炎が、細長い帯のようになって、グシャラにまとわりついた。

そして、ローブ越しに彼の体に吸い込まれると、一瞬ののち、グシャラの全身からゆらゆらと立ち上った。

『おお！　こんなにも力を分けていただけるとは、ありがたき幸せ!!』

体中から漆黒の炎を立ち上らせながら、グシャラは歓喜の声をあげ、改めて攻撃魔法を放つ。

『デスフレア！』

グシャラの両手から、小さな黒い火球がいくつも出現したかと思ったら、アレンたちめがけてするすると宙を滑るように飛んでくる。

「!?」

無数の拳大の火球から、アレンたちを守ろうと、獣Aと石Aの召喚獣が割り込む。彼らの体に触れた黒い火球は、触れた部分もろとも、黒いチリとなって消えていく。

次の瞬間、2体の召喚獣は光る泡になって消えてしまった。

それまで、盾となって敵の攻撃を防いできたことによるダメージの蓄積があるとはいえ、王化したうえに「精霊王の祝福」を受けている召喚獣が、一撃で倒されるほどのダメージに、アレンはゾッとする。こんなものをまともに受けたら、自分らではひとたまりもない。

アレンは作戦を変えた。獣Aと石Aの召喚獣を何体も召喚し、指揮化していく。

グシャラのさっきの攻撃魔法は、ダメージを与えながら消えていく攻撃を無数に繰り出すというもののようだ。だったら、王化して巨大になった召喚獣が1体いるより、小さくともそれなりに耐久力のある召喚獣を次々に繰り出すほうが、確実に防御できると考えた。

しかし、グシャラがさっきと同じ攻撃魔法を放ち、黒い火球をぶつけると、指揮化した召喚獣も、次々と黒いチリに変わっていった。

（まずいぞ……このままじゃ防ぎきれない）

そう思いながらも、アレンは次々と召喚獣を繰り出す。

しかし、グシャラも同じか、それ以上の数の黒い火球を生み出してくる。

広間の入り口側にはアレンの召喚獣が、奥側にはグシャラの黒い火球が、それぞれ生み出されると、群れをなし、互いに向かって波のように押し寄せる。

2つの波がぶつかり、打ち消しあううち、その勢いは強くなり、速度も増していく。

だが、次第に、グシャラの黒い火球の群れが、広間の入り口側に近づいてくる。

アレンが召喚獣を繰り出すよりも、グシャラが黒い火球を生み出すほうが早く、また、量も多くなっているのだ。

そして、アレンは、自分の召喚獣では抑えきれなくなった黒い火球の波が、バスクと戦う4人のところにも流れていくのを見た。

「いけない!!」

アレンはそう叫んで、4人を守るために召喚獣の群れの一部を差し向ける。

しかし、薄く引き延ばされた群れの一部は、勢いを増す黒い火球を防ぎきれず、召喚獣の防御を抜けた黒い火球が、シア獣王女に迫るのを許してしまう。

アレンの声に振り返ったシア獣王女は、十数個の黒い火球が、不気味にゆらめきながら迫るのを見た。

この黒い火球が、さきほど、巨大化した召喚獣に殺到し、消滅させたのを見ていた彼女は、この攻撃を振り払うべきか、避けるべきか、一瞬判断を迷ってしまった。

だが、

「いけない、シア様!?　がは!!」

黒い火球の攻撃を全身に受け、苦悶の声をあげたのは、ルド隊長だった。

彼の体のあちこちがチリとなって宙に舞う。

そして、ボロボロになったルド隊長がその場に崩れ落ちるのと、アレンが召喚し、王化した石Aの召喚獣が、巨大化したバックラーで、2人に迫る黒い火球の波を遮ったのは同時だった。

「ルド!? ルド……!」

自らを身を挺《てい》して守り倒れこむルドの体をシアは支える。

「姫様……いつまでもそのような泣き虫ではいけませんと、何度も申しましたぞ……」

シア獣王女の腕の中で、ルド隊長は微笑んでいた。こちらをのぞき込むシア獣王女の、頬に流れる涙へと腕を伸ばすが、手首から先がなく、昔のように涙を拭ってあげることができない。

シア獣王女は、右側頭部がなくなったルド隊長の、残った左目が輝きを失っていくのを眺めているしかなかった。

残った3人の部隊長が、慌てて彼女の元に向かうが、あちこち欠けて、体中ボロボロになったルド隊長の亡骸《なきがら》を抱きしめて、シア獣王女は動けずにいる。

キュベルは、巨大化したバックラーを透過しなければ見えないはずのこの様子が、まるで見えてでもいるかのように、満足げにほくそ笑んだ。

『ふふふ。いい感じに絶望してくれてるね。人々が絶望する様はなんて美しいんだ!!』

そして、少し離れたところで、メルス、クレナ、ドゴラと戦っているバスクに声をかける。

『バスク君~』

『あん? なんだぁ』

　バスクは、クレナを片手の大剣で牽制しながら、もう片方の手に握るフラムベルクでメルスの拳を払い、調停神の後足蹴りを大盾に受けて吹き飛ばされたドゴラを横目で確認しながら、キュベルに返事する。

『僕はもう帰るけど、アレン君たちはここで皆殺しにしておいてね。気に入った子だけ生かして連れ帰るとか、不公平なことなんかしちゃダメだよ～』

『はぁ？　そりゃねえだろ』

『そうは言うけどさ、バスク君。どうせ連れて帰っても、君、最後には殺しちゃうでしょ。それなら、同じところで死なせてあげたほうがいいよ。もちろん、1人ずつ順番に息の根を止めていって、全員をた～っぷり、絶望させてから、ね』

　そう告げた次の瞬間、キュベルはその場から消えている。まるで、初めからそこにいなかったかのようだ。

『ケッ、お楽しみもこの辺でしまいかあ』

　バスクはそう呟くと、フラムベルクを大きく振りかぶった。

『まずは……あいつかな。真紅蓮斬』

　すると、一瞬、フラムベルクの剣身が膨れ上がる。すぐに元に戻るが、今度は剣身から噴き出す炎が大きくなっていた。

「後衛！　狙われているぞ！」

　アレンが叫んだ時には、神器はすでにバスクの手を離れていた。

　すさまじい早さで投擲され、縦回転するフラムベルクは、まるで炎の円盤のようだ。

進路にある、グシャラの生み出した黒い火球の波を切り裂き、チリに変えながら、キールとセラ部隊長、ゴヌ部隊長のほうへ飛んでいく。

そこへ、ドゴラが立ち塞がった。

ドゴラは何も考えていなかった。

防げなかった場合、自分がどうなるかなど考えもしなかった。

かといって、ローゼンヘイムでの戦いの後、ラターシュ王国の冒険者ギルドで手にして以来、いくつもの戦いで、多くの敵の攻撃を防いできた、アダマンタイト製の大盾の耐久力を信じるという気持ちもなかった。

後衛の仲間を守れるのは、今、自分しかいないという意識もなかった。

ただ、無意識に体が動いた。

目を見開き、炎の円盤の動きを観察して、その軌道を予測し、割って入るべき最短距離を移動した。

大盾を構えた左腕をぴったりと脇につけ、右手を胸と盾の間に入れて、衝撃に備えた。

そして、衝撃がきた。

胸を中心に、後ろへ突き抜けるような衝撃を受けて後ずさったドゴラは、上体がさらに後ろに引っ張られるような感覚に抵抗し、起き上がろうとした。

そして、足を滑らせた。

だが、ドゴラは倒れなかった。

そのことを不思議に思う間もなく、全身に燃えるような熱さを感じた。ドゴラは反射的にもがこうとしたが、大盾を構えた左腕は動かず、右腕は感覚がない。

視界が真っ暗になって、叫ぼうとしても声は出ず、もがこうとしても熱すぎて体に力が入らない。

「ドゴラ!!」

アレンの叫びは、ドゴラにはもう聞こえていなかった。

飛来するフラムベルクを大盾で受け止めたドゴラは、盾ごと神器に貫かれ、広間の床に縫いとめられた状態で、神器の噴き出す炎に燃やされ、一瞬で黒い消し炭と化していたのだ。

「ドゴラアアアアアアアアア!!」

アレンと仲間たちの絶叫を耳にして、グシャラが嘲りの声を上げる。

『ほほほ！　お仲間に先を越されて悔しいのなら、無駄な抵抗をおやめなさい。そうすれば、すぐにお仲間のところへ送ってさしあげますからね！』

グシャラが高笑いしながら、即死級のダメージを与える攻撃魔法を放つ。

アレンは、グシャラの攻撃を、次々に召喚獣を繰り出して盾にすることで防ぐのに手一杯で、ドゴラを救う手立てを思いつけない。状況判断と先読みに長けたキールが、もしバスクの投擲とドゴラの動きを見ていて、回復魔法を「置いて」いたとして、それでもドゴラが回復しないのが、どういう事態を示しているのか、分かっていてもどうすることもできない。

ドゴラが一撃でやられてしまった上に、畳みかけるようなグシャラの魔法攻撃に、アレンたちが防戦以外の選択肢を採れずにいる間に、バスクを乗せた調停神が、黒い消し炭と化したドゴラの亡骸へ近づいていく。

『期待させやがって、雑魚が』

バスクはそう吐き捨てると、調停神の背中から身を乗り出して、フラムベルクの柄を握ったのであった。

第七話　ドゴラの帰還

ドゴラは、1人きりで、暗い森の中を歩いている。

森の木々は葉を落としているので、暗いのは頭上の空が妙に暗いせいだ。

あたりは凍えるような寒さで、風がないだけましだった。

さっき、気がついたらどことも分からない草原にいて、そこから、遠くに見える森を目指して、枯れた草をかき分けてここまで歩いてきた。

「うう、寒いな。どこだよここは？」

ブツブツ文句を言いながら、凍える森の中を歩いていく。

「アレンのやつ、俺が危険な目に遭ったら村に送るとか言ってたが……」

かつて、ドゴラは、エクストラスキル「全身全霊」がどうしても発動できない件について、アルバハル獣王国の占星獣師テミに解決方法を占ってもらった。

その際、「南東の方角にある」、「全身全霊」が発動できるようになるものに近づくと、「命を失いかねない」という結果が出たと言われたことを、一緒に聞いていたアレンが異常に気にしていたのを、ドゴラは覚えている。

それ以来、アレンは、ことあるごとに、万一のことがあれば、生まれ故郷のクレナ村に転送すると言っていた。

その度に、ドゴラは断っていたのだが、今回もしつこく言ってきたので、まさか本当に転送されたのでは……と思っていたら、果たして、森の外れまでやってくると、行く手に村のようなものが見えてきた。

「まさか、アレンの奴、本当に俺を送り返したってのか？」

ドゴラは白い息を吐きながら、そちらへ駆けていった。

たどり着いた先は、ドゴラには見覚えのある場所だった。

「なんだよ。本当にクレナ村じゃねえか！」

生まれた時から、学園に進学するまで住んでいた故郷を見間違えるはずはない。

空が暗いせいか、また、人気《ひとけ》がないからか、記憶にある姿より薄暗く静かだが、そこは明らかにクレナ村だった。

そのことが実感されると、ドゴラは、言いようのない怒りに駆られた。

仲間は互いに信頼し合い、守り合うものだと思っていたのに。

つらいことも苦しいことも、一緒に乗り越えるものだと思っていたのに。

それぞれの役割を果たし、力を合わせるものだと思っていたのに。

そして、仲間同士、お互いの考えは尊重するものだと思っていたのに。

それなのに、他の仲間たちが今も必死で魔神と戦っているという間、自分だけ村に送り返すなんて。

そんなことはやめてくれと、あれほど言ったのに。

「アレン、見損なったぜ！」

ドゴラは怒りに震える拳を握ってそう吐き捨てた。

しかも、転送された先が、アレンとの連絡のための召喚獣が配置されたロダン村ではない、というのがまた恨めしい。

もしロダン村なら、霊Aの召喚獣を見つけ出し、転送を要求するなり、文句の1つもアレンに届けさせることができるのに。

そのロダン村へは、クレナ村からは歩いて2、3日の距離だ。今の自分なら、全力で走れば1時間もかからずにたどり着けるだろうとドゴラは判断する。

「今から走ってでもロダン村に行くか……ん？」

ロダン村のある方角に向き直った時、ドゴラは小さな灯りを見つけた。

村の広場に、ぽつりと灯りがともっている。

そのことに気付くと、ドゴラは、村に入ってから、まだ誰とも会っていないことに気付いた。

空に浮いた「島」で魔神たちと戦っていたのは日中のはずだ。

だから、いくら暗くても、それは天気のせいで、夜になったからではないはずだ。

だが、空を見上げると、薄暗い空には雲ひとつなく、かといって月も星もなく、ただ暗いだけだった。

ドゴラは急に不安になった。ここは本当にクレナ村なのか。

だが、ひとまず灯りを目指して広場に向かうと、道すがら、今いるここがやっぱりクレナ村だと分かる。

「なんなんだよ……」

やがて、広場にたどり着く。そこは、確かに、見覚えのあるクレナ村の広場だ。

しかし、その真ん中にものすごい数の薪《まき》が積み重ねられているなんて、村にいた時は一度も見たことがなかったし、近づいてみると、薪が山と積まれているのに燃えているのは手前だけで、しかもその火は驚くほど小さかった。

「なんだこれ……ん？　婆さん？」

そして、巨大な薪の山に灯る、小さな小さな火の前に、薄汚れた灰色のローブを着た人影が座り込んでいる。ドゴラの位置からは、白髪交じりの赤い髪からのぞく横顔が、しわくちゃの老婆に見えたのだ。

ドゴラが近づくと、老婆のつぶやきが聞こえてきた。

『ああ、火が……いよいよこんなに小さくなって……』

そのしわがれた、弱々しい声を聞いて、ドゴラはほっとけないと思った。

「ったく。こんなしょぼい火に当たってないで、家に戻れよって」

そう言いながら、ドゴラは老婆の側にかがみ込むとたき火の様子を見た。確かに、火は小さく、消えかけている。

「火の育て方も忘れちまったのかよ、仕方ねえなあ」

ドゴラは薪の山から1本を抜き出して、残っていた皮を剝ぐと、細かくちぎって火にくべた。それから、火の左右の薪を抜き出して、空気の通り道を作る。空気の通りが悪くなっているところに、燃えにくい大きな薪しかなかったのだ。こんな状態では、火が育つはずがないのは、村人なら子供でも誰だってすぐに分かることだった。

ドゴラがたき火をいじっていると、老婆は顔を上げて彼を見た。

『そなたは誰じゃ？』

老婆の言葉遣いが、予想していたよりも丁寧だったので、ドゴラは思わず彼女のほうを見た。

バサバサの髪の下で、真っ赤な目がドゴラを見ていた。しわくちゃの顔は、どこか気品のようなものが感じられて、ドゴラはセシルやソフィーのことを思い出した。

しかし、なんでそんな気品ある雰囲気の老婆が、こんな村の広場で、おかしなたき火に当たっているのか。そもそも、ドゴラはこんな老婆がクレナ村に住んでいることを知らない。

「ドゴラだよ」

とりあえず、正直に名乗ってみた。

『ドゴラ？　何故ここにおる？』

老婆もドゴラのことを知らないようだ。もしかしたら、ドゴラが学園に行った後、誰かがよそに住んでいた親を呼び寄せて一緒に住むようになったとか、そういうことなのかもしれない。

「ああ、色々あって、戻ってきたみたいなんだ」

『戻ってきた、とは？　「門」をどうやって開けたのじゃ？』

「門だって？　んなもん、ってそう言えば開いていたなって、魔獣もいるのに不用心だな」

そういえば、魔獣の跋扈《ばっこ》する村で夜に門を閉めないのは不思議にドゴラは思った。

『そうか、わらわは「門」を開けっぱなしにしておったのじゃな……。それで？』

「なんだよ、俺はこの村の生まれなんだ。ほら、そこの武器屋、あそこは昔、俺の親父がやってたんだよ」

少し意味不明なことを言う老婆との会話だが、聞き取れることに返事をすることにする。

ドゴラは、広場に面して両開きの戸を開いている武器屋を指さした。ドゴラの両親は、すでにロダン村に移っていて、今は別の武器屋か鍛冶職人が住んでいるはずだ。

そういえば、アレンと初めて会ったのも、この広場でのことだった。

鑑定の儀を受けた後のことで、「剣聖」の才能を授かった子供がいることが分かり、それを聞きつけたラターシュ王国の騎士団が、実力を確かめにやってきた時のことだった。その子供、クレナが、副騎士団長と手合わせをさせられ、相手をボコボコにして実力を示したことで、将来は騎士に取り立てられるかもしれないことになった。

ドゴラも「斧使い」の才能を持っていると分かった後だったので、クレナのように実力を示す機会を得られればと思って、父親とともに、その夜に行われた騎士団との宴会に参加した。

その時、クレナと一緒にいた黒髪の子供が、アレンだった。

ドゴラは「才能なしの黒髪の子供がいる」というだけは聞いていたが、実際に会ってみると、何を考えているのかよく分からない変な奴だった。

自分やクレナ、そして同年代の子供と違い、表情のあまり変わらない顔で、黙って周りの人やものを観察している様子が、子供心にいけすかないと思った。

半年後、父親の武器屋の前で再会した時も、その印象は変わらなかった。

そこで、喧嘩をふっかけたら、ボコボコに返り討ちにされた。

だけど、喧嘩をふっかけられたアレンが、喧嘩をふっかけてきた自分を嫌いもせず、クレナと一緒の騎士遊びに誘ってくれたので、いけすかないという印象はなくなった。

変な奴だが、悪い奴じゃない。

『で、その武器屋のせがれが、何故今になって戻ってきたのじゃ、小僧？』

ドゴラが黙っていると、老婆が声をかけてきた。

「小僧じゃねえよ。俺はもう15だ。……戻ってきたっていうか、送り返されたって言った方がいいかもな」

変な奴のアレンは、いつの間にか魔王軍と戦うようになった。いや、魔王軍を滅ぼそうとまで言っている。相手は、世界の大国が束になっても、何十年も倒せない敵だというのに、滅ぼそうなんて、やっぱり変な奴だ。

だけど、アレンは1人じゃない。すごい仲間が何人もいて、その力が集まれば、どんな強敵も倒してきた。

剣聖の才能を持つクレナは戦いの天才だった。どんな相手でも軽やかに戦って、どんなピンチでも切り抜ける。

我儘《わがまま》なお嬢様だと思っていたセシルは、強力な魔法を使って多くの敵を一瞬でなぎ倒すし、ソフィーはエルフの王女で、精霊を使ってみんなをサポートするだけでなく、一撃で敵を消滅させるようなこともさせられる。

ソフィーと一緒にやってきたフォルマールは、いつもはほとんど喋《しゃべ》らず、アレン以上に何を考えているか分からないが、ものすごい速さで矢を射《う》って、外すことがない。直接戦闘に参加しないキールも、みんなの傷を癒やして、パーティーになくてはならない存在だ。

みんなそれぞれ違った力を持っている。その力を集めて、あのS級ダンジョンだって攻略したのだ。

でも……。

「俺、皆の役に立てなくてさ。それどころか、足手まといになっちまってたみたいで……」

そう呟いた次の瞬間、ドゴラは嫌な気持ちになる。

巨大なゴーレムを降臨させ、乗り込んで戦うことができる「才能」を持つメルル。彼女は、S級ダンジョンで、ゴーレムを操作するための魔導盤を手に入れて、その「才能」を活かせるようになった。

だが、それ以前、学園で一緒だった頃は、使い慣れない武器を手にして、おっかなびっくり戦っていた。

メルルの「才能」は武器を持って戦うためのものではない。「才能」を活かせない状況で、しかたなくそうしていただけなので、うまく戦えなくてもしょうがない。

ドゴラはそう思い、パーティーの仲間として、守ってやらなければならないと考えていた。

だが、「足手まとい」という言葉を口にした時、ドゴラは一瞬、その頃のメルルを思い出してしまった。そして、あの頃のメルルよりも、今の自分のほうがパーティーの足手まといになっていると思ってしまった。

それは、自分が、あの頃のメルルを、足手まといだと思っていたということだ。

「こんな俺が、英雄になりたいだなんて、笑っちまうよな」

テオメニアの神殿で魔神リカオロンと戦った時、自分だけエクストラスキルが発動できなかったことで、痼癪を起こしてしまった。

どうしようもないことで力を発揮できずにいた他人のことは内心で見下していたくせに、自分が思いどおりに力を発揮できないと痼癪を起こすなんて、情けない。

ドゴラは悔しくて泣きそうになった。

『……』

涙があふれそうになるのをこらえ、深く息を吸ったドゴラは、老婆の真っ赤な目が、自分をじっと見つめていることに気付いた。

まるで、自分のみっともない思いを見透かされているようだ。

だが、その視線からは、哀れんだり、見下したりするような感じは受けない。

むしろ、それならそれで、お前はこれからどうするんだと訊ねられているような気がした。

ドゴラは立ち上がった。

「悪かったな、婆さん。変な話聞かせちまって。……俺、もう行くよ」

『行くとは、どこへ行くのだ？』

こちらを見上げる老婆の問いに、

「仲間のところにさ」

そう答えながら、ドゴラは覚悟を決めていた。

たとえ殺されるとしても、最後まで皆と一緒に戦う。

だが、

『それは無理だ』

老婆がそう断言したので、ドゴラは思わず聞き返してしまう。

「どういう意味だよ？」

『言葉のとおりだ。そなたは死んでいるからな』

「何言ってんだ、婆さん。俺は……って、うわあああ!!」

ドゴラは、自分の胸から炎が噴き出すのを見て、思わず声をあげてしまった。

炎はドゴラの胸から噴き出して、薪の山に燃え移る。

薪の山が巨大なたき火になり、広場を明々と照らすと、ドゴラは、自分の足下から伸びた影が、体の前後を巨大なもので貫かれているのを見た。

『ふむ、どうやら、そなたはわらわの神器に触れて死んだようじゃな。だから、魂だけとなって、わらわの元に来ることができたのか。「門」も開いておったしの』

老婆がうんうんと頷くと、ドゴラの胸から噴き出していた炎がシュッと吸い込まれていった。

「あ、あれ？」

ドゴラが驚いていると、老婆が手を振る。

すると、再びドゴラの胸から炎が噴き出した。

『ほら、そなたの胸からわらわの炎が出ておる。そなたは胸を貫かれて死んだのだな』

そこまで言われて、ドゴラは枯れ草の草原に転移する直前、何が起こっていたかを思い出した。

神器が変化した燃える剣が、バスクによって投げられ、仲間を狙ったその攻撃を、自分は胸の前に構えた大盾で防ごうとした……。

「そうか……俺は！」

ドゴラは自分の胸から噴き出す炎を摑む。だが、熱さは感じなかった。そういえば、体も熱さを感じていない。

うんうん唸りながら、胸から炎を抜こうとしているドゴラに、老婆が声をかけてくる。

『小僧、何をしている？』

「俺は行くぞ。皆を守るんだ!!」

この炎が、あの神器の変化した燃える剣なら、これを抜けばどうにかなるかもしれない。ドゴラはそう思っていた。考えともいえない、直感というにも根拠のない、それは願いに近い心情だった。

『愚かな……そなたは殺されたのだろう。もし生き返れたとして、また命を落とすことになるぞ。それでも仲間を守りたいというのか？　死んでもいいというのか？』

老婆が確かめるような口調で言う。

「そうだ!!　今の俺にそれしかできねえなら、それでいい!!」

『まことに愚かな小僧じゃ……』

「俺は15だ。小僧じゃねえ!!」

ドゴラが言い返すと、老婆はすっとその場に立ち上がった。

『そうであったな。……では、ドゴラよ。わらわの使徒になれ。さすれば、そなたを生かしてやろう』

そう言った老婆の顔が、いつの間にか若い女性に変わっていた。白髪交じりのボサボサの赤髪も、長くつややかな深紅の髪に変わっている。

「婆さん……あんた、誰だ？」

『わらわはフレイヤ。火の神フレイヤである』

　火の神フレイヤがドゴラに名乗った。

「フレイヤ……って、婆さん、神様だったのか？」

　ドゴラはほとんど神の名前を知らない。しかし、フレイヤの名前は、ここしばらくの間に何度も耳にして覚えていた。

『いかにも、わらわこそ4大神の1柱にして火を司る神フレイヤである』

　フレイヤはニヤリと笑って答える。

「婆さん……あ、いや、え？　フレイヤさん、あんた、何で婆さんの格好なんかしてたんだ？」

『ふん。神の器は、そなたたち人間が、我らに寄せる心の力を蓄え、我らの力に変えて注ぎ込むもの。すなわち、我らとつながる力の通路なのじゃ。わらわの器を奪った魔神どもは、その仕組みを逆流させ、器に残っていた力だけではなく、わらわからも力を吸い取ろうとした。そして、口惜しいことに、それはおおむね成功したというわけよ……だが』

　フレイヤが巨大なたき火に手をかざすと、炎が倍の大きさになり、広場を昼間のように明るくした。それだけでなく、たき火が放つ熱も耐えられないほどの温度になって、ドゴラは慌ててその場から離れる。

「あちい!!　いきなり何すんだ!?」

『わらわもただ黙って魔神どもの好きにさせていたわけではない。まだ幾分か、力を残しておる。それを、そなたに貸し与えよう。契約じゃ』

　フレイヤの言葉に、ドゴラはハッとした。

「契約だと？　力を貸してくれる？」

『そうだ。そなたが生き返り、仲間を助けるには、それしかあるまい』

フレイヤがそう言い終えるか終えないかのうちに、ドゴラは食い気味に返事をした。

「分かった。契約してくれ」

『!?　ちょっと待て。なにも聞かずに決断してしまうのか？』

フレイヤは慌ててそう言ったが、ドゴラはきょとんとしている。

「なんだよ。あんたの、神様の力を貸してもらえるんだろ？　だったらやるに決まってるぜ」

『力は貸そう。しかし、それには代償を払う必要があるのだ。それは分かっているのか？』

「代償？」

『分かっておらんのだな……いや、何、アクアのしたように、魚になれとは言わんよ。わらわも追い詰められた身ゆえにな』

そう言われて、ドゴラは、神様の力を借りると人間じゃなくなるとか、よく考えずに力を求めてひどい目に遭った昔話を、聞いたことがあるのを思い出した。

だが、すでに心は決まっていた。

「いいよ。なんでも言ってくれ」

そう答えて、ドゴラは、フレイヤが自分の目をジッと見つめているのに気が付く。

探るようなその視線を、ドゴラは真っ向から受け止めた。

仲間を守る力を手に入れるためなら、なんでもやってやろうと思っていた。

今更、その決心を曲げたりはしない。むしろ、ドゴラにとっては、そうするほうが面倒ですらある。

『……ドゴラよ。そなた、英雄になりたいと言うたな？』

「ああ、そうだ。でも、どうしたらいいかは、ずっと分からないままだ」

ドゴラは素直にそう言った。

「でも、それが何か関係あるのか？」

『ああ。わらわは力を貸す。だから、そなたはその力を使い、英雄を目指すことを生涯の目的とせよ。それが、わらわの力を貸す代償だ。それでよいか？』

「は？　どういうことだ？」

『わらわはそなたに力を貸す。そなたはわらわの貸した力を使い、英雄を目指す。その過程で、多くの者が、そなたの働きを見るだろう。神から力を貸し与えられた英雄、いや、英雄を目指す者の姿を。さすれば、誰もが、火の神フレイヤの加護はあらたかなりと思うことだろう。さらに、もし、そなたが皆から英雄と讃えられる者になろうものなら、人間たちは、フレイヤこそ望みを叶える力を与える神なりと、わらわを讃え、信じる者は引きもきらぬはずじゃ』

「火の神フレイヤの力を持つ英雄になれ……ってことか？」

『そうだ。そなたには、今後、その生涯を英雄になること、英雄であることに捧げてもらう。わらわに、神器を奪われたことで失った以上の信心を集める、生きた証となってもらう。……どうじゃ、これがわらわの求める代償じゃ』

「分かった。それでいい」

ドゴラは即答した。

そして、フレイヤの目を見ると、その真っ赤な目は、あきれたように、しかし嬉しそうにこちらを見ていた。

『まさしく烈火のごとき生き方よな。……どうやら、そなたのような者こそ、わらわの使徒にふさわしいと言わざるを得ないようだ』

フレイヤはしみじみとそう呟く。

「……で、契約ってのはどうすんだ？　早くしないと、皆がピンチなんだ」

ドゴラが食い気味に訊ねるが、フレイヤはわざとゆっくり頷いてみせた。

『心配することはない。そなたは魂の存在故に異なる時間が流れている』

「え？　じゃあここはどこなんだ？」

『ここは火の神フレイヤの神殿である。神の器は、そなたたちがわらわに寄せる心の力を注ぎ込むものと話したであろうが。その器を通じて、そなたはわらわの元へやってきたのだ』

フレイヤがそう話し終えるか終えないかのうちに、ドゴラの周囲で景色が変化し始めた。

乾いた泥が剝がれるように、薄暗いクレナ村の風景が細かい破片となってこぼれ落ち、その奥から、太い柱がいくつも並ぶ、石造りの神殿内部の景色が現れる。

神殿内部は、全て同じ黒い石材でできていて、しかも鏡のように磨き上げられているので、これだけはクレナ村の景色からそのまま残った巨大なたき火の放つ光を反射して、まるで神殿全体が燃えているように見える。

ドゴラがきょろきょろと辺りを見回していると、フレイヤは巨大なたき火に手を伸ばした。

『この炎を、そなたは育てようと言うたな。これが神の炎であると、人間1人でどうなるものでもないと、あの時のそなたは知らぬ身であったろうに……だが、わらわは嬉しく思ったぞ』

フレイヤは聞かせるともなく呟くと、巨大なたき火に手を触れた。

そして、もう片方の手をドゴラに向けて差し伸べた。

『ドゴラよ。わらわの使徒となり、この炎を育てよ。英雄を目指せ』

ドゴラはその手を取った。そうすることが、フレイヤと契約を結ぶことだと直感したのだ。

「ああ、任せろ」

＊＊＊

『期待させやがって、雑魚が』

バスクはそう吐き捨てると、調停神の背中から身を乗り出して、フラムベルクの柄を握った。

しかし、消し炭と化した亡骸を広間の床に縫い留めているこの深紅の大剣は、バスクの引き抜きに抵抗した。

バスクは違和感を覚える。愛用のオリハルコンの大剣ですら、広間の床にあっさりと突き刺さり、抜くときもスムーズだった。神器の変化した剣はそれ以上の切れ味を持つ。床から抜けないなどということがあるはずがない。

『あん？　何だ抜けないってうわっちぃ!!』

ぶつぶつ呟いていると、いきなり手のひらが焼ける痛みを覚えて、柄と握った手の間から白い煙が立ち上った。思わず振りほどき、手のひらを見ると、焼けただれた皮膚が剥がれて、肉が見えている。

『クソッ』

後ずさる調停神の背中でバスクがそう罵るのと、赤熱した神器がオレンジの光を放射し出すのは同時だった。

神器はさらに、オレンジから青へ、そして白へと光の色を変えたかと思ったら、
ゴオオオオオオオ!!

轟音とともに、広間の天井へ届くほどの火柱を噴き上げる。

すると、その火柱の中に、大剣の形をした神器が、消し炭の亡骸ごと床から抜けて浮かび上がった。亡骸の両手から、大斧と大盾がこぼれ落ち、広間の床にぶつかって音を立てる。

そして、神器に貫かれた亡骸が、貫かれた傷を中心に、みるみるうちに再生していく。

青白い炎が傷から発生し、全身に燃え広がったと思ったら、黒く炭化した皮膚が剝がれ落ち、骨にまとわりついていた肉が元の色を取り戻した。

神器に貫かれたままの心臓が脈打ち始めると、血液が全身を駆け巡り、再び傷から発生した青白い炎が指先まで燃え渡ると、皮膚と体毛が再生して、カッと見開いたまま炭化していた両目が潤いを取り戻し、天井を見上げて瞬く。

『なんだ!?　どうなってんだ?』

『神との契約だわ……バスク、早くそいつから神器を奪いなさい!!』

バスクの怒鳴り声に、グシャラが叫び返した。

『うるせぇ、ごちゃごちゃ指図すんな!』

そう怒鳴り返したバスクと調停神の前で、噴き上がる火柱の中に浮いていたドゴラが、ゆっくりと床に降り立った。それと同時に、周囲の炎が胸の神器に吸い込まれてゆく。

やがて、火柱を完全に吸いきると、神器はすっとドゴラの胸から抜け、剣身を天井に向けて浮かぶ。これを見つめ、ドゴラが口を開いた。

「これが、あんたの神器か」

これに答えるように、神器から女性の声が聞こえた。

『ああ。カグツチと呼ぶがよい』

ドゴラは頷くと、大剣の形をした神器に手を伸ばす。

柄を握ると、大剣が白く発光し、青い炎を噴き出しながら、一瞬で大斧に形を変えた。

ドゴラは、大剣の形をしていた時よりも長くなったカグツチの柄に、もう片方の手を添える。

噴き出す炎は、青からオレンジに色を変えたが、ドゴラの体に燃え移ることはなく、熱によるダメージも受けていない。

そこへ、バスクを乗せた調停神が突っ込んできた。

『それは俺のだ。返せや!!』

バスクが叫び、調停神が後足で立ち上がった。メルスですら、直撃されれば無事ではすまなかった、強力な一撃を食らわす前足が、ドゴラに向かってすさまじい速さで振り下ろされる。

これに対し、ドゴラは、こちらもすさまじい速さでカグツチを振るい、迎え撃った。

「真殺戮撃!!」

星４つの「才能」である「破壊王」が使えるスキルのうちで、最も威力のある「殺戮撃」を使うが、その際、「真」という言葉を無意識に付け足している。

神を調停する一撃と、神の力のこもった一撃がぶつかり合う。

パンッ
空気の弾ける音とともに、弾き飛ばされたのは調停神のほうだった。

バスクを背に乗せたまま、後足で踏ん張ることもできず、広間の柱の1つに激突する。

『ヒヒン!?　グヒン!!』

『って、うは!!』

柱はこの衝撃を受け止めきれず、調停神のぶつかったところからへし折れた。

柱を突き抜けた調停神が、さらにその奥の壁に激突すると、その衝撃が天井に伝わり、柱の基部がはずれて、スローモーションのようにゆっくりと横倒しになる。

ズドォォン
轟音が鳴り響き、砕けた柱と床の破片が石煙となって舞う中で、ドゴラは静かに神器カグツチを構え直したのであった。

第八話　バスクの暴力、ドゴラの咆哮

石煙の向こう、調停神ファルネメスがぶつかった広間の壁際では、激突の直前にその背中から飛び降りたバスクが、ゆっくりと立ち上がった。

『なんだありゃ……』

呟きながら、壁から床にずるずると滑り落ちた調停神を見る。

その両前足は、ドゴラと打ち合った際にぐしゃぐしゃに砕け、立ち上がろうとするが上手くいかず、その場でもがいている。

やがて、石煙が晴れると、バスクの位置からドゴラが見える。

手にした神器から噴き出す炎にさらされているが、影響を受けている様子は見られず、それどころか、まるで炎と一体化しているかのような力強さを感じる。

『どうなってんだよ、おい！』

『おそらく、フレイヤに神器の使い手として選ばれたんだわ……』

グシャラの推測を聞き、バスクはニヤリと笑う。

『ケッ、あれが本来の力ってわけか……いいじゃねえか、期待以上だぜ、あの小僧。てことは、しかし、どうやらこれが最後の悪あがきってことだろうな』

そして、立ち上がろうともがく調停神の元に近づくと、

『この役立たずが、てめえにはもう必要なさそうだな。その力、寄越せ、駄馬が！』

その首に、手刀をたたき込んだ。

『グヒ!?　グヒヒア!!』

びくびくと痙攣《けいれん》する調停神の首から、いったん手首まで埋めた手刀を引き抜くと、その指先に漆黒の闇を固めたような玉を摘まんでいる。

『お、これこれ。これで俺も上位魔神だ』

バスクはそう呟くと、漆黒の玉を口に放り込み、喉を鳴らして嚥下《えんか》する。

次の瞬間、バスクの体が倍以上の大きさに膨れ上がった。

膨張に耐えきれず、皮膚があちこちで裂け、そこから紫色に光る細かい鱗が盛り上がってくる。穿《は》いていたズボンが破れ、赤い毛に覆われた下半身が露出したところで、今度は、バスクの体が急速にしぼみ始める。両手両足の爪が、太く、湾曲した、黒光りする爪に生え替わった頃には、変身以前に比べて一回り大きくなった程度に落ち着いていた。

だが、満足げに微笑むバスクの口は、文字どおり耳まで裂け、爪と同様に黒光りする牙がのぞいている。全身に走る細かい鱗の線が、まるで紫色に光る幾何学模様の入れ墨のように見える。

このバスクの変身を、じっと観察しているドゴラに、神器カグツチを通じてフレイヤが語りかけてくる。

『ドゴラよ。よく聞くのだ』

「あんだよ？」

『次の攻撃で奴を倒せ』

「どういうことだよ」

『この戦いで、そなたに貸し与えられるわらわの神力は、そう残っておらぬのだ。契約を交わしたばかりで力が十分に馴染んでおらぬこともある。いずれにしても、次の攻撃でしまいじゃ』

「分かった」

頷いて、ドゴラは歩き出した。カグツチを両手で構え、バスクの出方をうかがいながら、慎重に近づいていく。

それを見て、バスクも歩き出した。残ったオリハルコンの大剣を片手で無造作に握り、何気なく歩いてくるように見えるが、全身からはいつでも襲いかかれるという自信と殺気がうかがえる。

やがて、2人の足が自然と止まる。

お互いが、相手の間合いに入る直前で足を止めた形だ。

(なんだかよく分からないけど、ドゴラは復活したようだ)

そう考えていると、キールが補助魔法をかけ始めたので、アレンも石Aの召喚獣を連続召喚している間に、魚系統の召喚獣も呼び出して、補助スキルを使わせる。

王化した石Aの召喚獣でシア獣王女と獣人部隊の精鋭を守り、指揮化した石Aの召喚獣の連続召喚でグシャラの放つ黒い火球の攻撃をかき消しながらの作業で、目が回るような忙しさだ。

しかし、ルド隊長が攻撃を受けた時のことを思うと、こうでもしなければ、転職を繰り返した仲間たちであっても無事では済まないだろうと考える。

せめてグシャラを倒せればと思うが、黒い火球の攻撃を受けて生き延びた石Aの召喚獣たちが、特技「吸収」の金属球で受け止めたダメージを覚醒スキル「収束砲撃」で送り返しても、相手の全身を覆う漆黒の炎が防いでしまうし、隣の大教皇が回復魔法をかけてしまい、なかなか倒しきれない。

しかし、なんとか、グシャラの魔法攻撃をドゴラに届かせないようにはできた。

『ジジイ。さっさと回復と補助を寄越せ』

バスクが骸骨神官に命令する。

『アアアァ……。オールヒール。オールプロテクト』

大教皇が回復魔法を使い、バスクの傷が癒えていく様子を、ドゴラは黙って見つめていた。

「ちょっとアレン、止めてよ！　ドゴラがやられてしまうわ！」

バスクが強化されるこの状況に、アレンの背後にいるセシルも思わず声を上げる。

バスクの強さは先ほど調停神から抜き取った漆黒の石のようなものを口にしてさらに強くなった。

「ああ、分かってる。だが、この状況はもうドゴラに任せるしかない」

グシャラを抑え込むので手一杯なことにアレンは苦々しく思う。

『いひひ、お前らにもっと絶望を与えてやるよ。てめえらみたいなクソガキに、この力を使うことになるとはな……』

「……」

バスクの様子を無言で窺うドゴラに話しかけても無言のまま警戒を怠らない。

『ぐちゃぐちゃになれや。狂化《バーサーカーモード》!!』

メキメキ

先ほどの魔神石を食らったときのように全身の筋肉が膨張していく。

パンパンに張った筋肉と皮の間に挟まれた全身の血管が沸騰をはじめ、体全体を紫色に変色した血管が覆い、明らかに自らのステータスを強化していくようだ。

「なんなのよ……。こんなんどうしろって」

「自らのステータス増強系のスキルか。まだ、新たなスキルを隠し持っていたのか……」

石Aの召喚獣と飛び交う漆黒の炎の隙間からセシルの目に絶望が見え隠れする。

無表情のドゴラと違い、ここまでのバスクの強化具合に、アレンも最悪の結果を予想する。

バスクは目の前の二回りも三回りも小さい成人したばかりの男に対して全力で叩き潰す選択をしたようだ。

『お？　どうした小僧、ビビったのかぁ？　お前は何てったかな？』

勝利を確信しているバスクが、無言のドゴラに対して挑発するようにあざ笑った。

「ドゴラだ」

ドゴラは短く名乗った。その間もバスクから目を離さない。

相手は、こちらよりも速く、強い。

こちらは、相手に致命傷を与えられるとして、そのチャンスは1度しかない。

だったら、打てる手は1つしかない。

確実に当てるには、敵が自らの命を奪うため最も接近した、その瞬間にかけるしかない。

ドゴラはバスクから目を離さずに、はっきりとした上段の構えをとる。

これでは、カグツチを垂直に振り下ろす、と宣言しているようなもので、学園での実技であれば、叱責を受けることは間違いない。

『二つ名も持たねえ雑魚だったっけなぁ』

バスクは体の向きを変えず、視線だけでドゴラを追う。

「二つ名は、お前を倒して手に入れる」

『けっ！　雑魚のくせにでかい口叩きやがる!!　ヒャハハ!!』

ドゴラの挑発をバスクは許さなかった。

1人と1体の対峙する距離は突如として縮まっていく。

バスクの体が前方方向へ傾いたと思ったら、上段に構え動かないドゴラに対して、圧倒的暴力が迫る。

そして、

『それは俺のもんだ、返してもらうぜ!!　真修羅無双撃!!』

バスクの足下の床石が粉砕され、ぱっと舞い上がったと思ったら、その体は空中にあった。

両手で構えたオリハルコンの大剣を胸の前で横たえ、ゆっくりと横に回転しながら、すさまじい速さでドゴラへ突っ込んでくる。

ドゴラは近づいてくるその姿を、じっと見つめている。

極度に集中しているので、相手の動きが妙にゆっくりして見え、細かい筋肉の動きまで把握できる。その腕がどのように動こうとしているか、その足がどこに着地しようとしているか、なんとなく分かってしまう。

バスクの動きを予測しながら、高々と掲げたカグツチに意識を集中する。体中の血が吸い取られ、代わりに熱が吹き込まれ、ゆらゆら、ふわふらと体が浮かびあがるような感じがする。

まるで、今までエクストラスキルが発動しなかったのは嘘なように、全身の魔力がカグツチに吸われるような感覚だ。

やがて、目の前にバスクの巨体が降りてきて、そのつま先が床に触れた時、

「全身全霊《フルブレイズ》」

そう呟いて、ドゴラは腕を振り下ろした。

キイイイイイイイン!!

鋭い金属音が広間に響き渡り、打ち合う2人を中心に、粉砕された床石が放射状に舞い上がった。

『あぁ!?』

この一撃に全力を込めたバスクは、ドゴラのあまりにも強力な一撃に驚きの声を上げる。

オリハルコンの大剣はオレンジの炎をまとった深紅の刃を押し返せず、それどころか、少しずつ、ほんの少しずつ押し下げられていく。

「ふ、ぐうおおおおおおおおおお!!」

ドゴラが叫び、カグツチの刃から噴き出すオレンジの炎が勢いを増す。

『いい気になるなよ雑魚があああああああ！』

バスクが吠え、両腕に力を込めると、全身の皮膚が裂け、血を噴き出した。

カグツチの放つ炎に、噴き出した血が蒸発すると、後には紫に光る鱗が残っている。

右腕の指先から肘、左腕の指先から肘まで、それに両肩と背中が紫の鱗に覆われ、左右のこめかみの傷からは左右非対称のねじくれた角がのぞく。

『俺は、修羅王、バスクだあああああああ!!』

さらなる変貌を遂げたバスクが、しゃがれた声で叫び、両手で構えた大剣を少しずつ持ち上げていく。

ドゴラは歯を食いしばり、大剣を押さえ込もうとするが、カグツチが徐々に押し返されてくる。

カグツチと大剣に覆い被さるようにして、バスクの跳ね上げに抵抗しながら、ドゴラは神器に話しかける。

「フレイヤ！　これで最後なんだぞ！　もっと力を貸してくれ!!」

『ごちゃごちゃうるせえぞ死ねやあああああ！！！』

バスクは大剣の柄から左手を滑らせ、剣の先端を摑む。

紫の鱗に覆われた手のひらはオリハルコンの刃にも傷つくことはなく、横たえた剣身に左右から均等に力を込められるようになったバスクは、両手でドゴラの刃を押し返す。

押し返されたカグツチの刃が、前のめりになっているドゴラの顔の横に並び、オリハルコンの刃が見開いたドゴラの目の前に迫る。

その時だ。

『やれやれ。使徒のくせに、あるじに指図しようとは……』

バスクは女の声を聞いた。

『だが、4大神の1柱の使徒ともあろうものが、たかが魔神ごときに遅れをとっては、主であるわらわの名にも傷がつこうというもの』

女の声がそう言うと、カグツチから噴き出していた炎が消えた。

同時に、ドゴラの体を、色のない熱が覆った。

その両足が踏みしめる、砕かれた床が高熱によって溶け、真っ赤に煮えたぎり始める。

そしてカッと見開いたドゴラの黒い瞳が、燃える炎のような赤い光を放ったと思ったら、その光が赤から白へ、白から青へと変わる。

それにともない、カグツチの刃も、赤から白へ、白から青へと色を変え、色のない熱を空間に放射する。

『ぬあ!?』

バスクは、オリハルコンの大剣を押し上げようとしていた両手に違和感を覚える。

見下ろすと、大剣の剣身が、カグツチと接している部分だけ色を変えている。

神の鉱石と呼ばれ、最強の硬さと耐久性能を持つはずのオリハルコンが、カグツチの熱によって溶け始めているのだ。

『神の炎で鍛えた剣が、神に勝る道理はない。行け、ドゴラよ!!』

女の声が高らかにそう告げた時、バスクは両手の力が行き場をなくしたのを感じる。

分厚いオリハルコンの大剣が、真ん中から真っ二つに溶かし切られていた。

バスクは咄嗟に大剣を放し、自由になった左腕で頭を守り、右手でドゴラを殴りつけようとしたが、それよりも早くカグツチの刃が跳ね上がり……振り下ろされる。

『ぐは!?』

左肩に衝撃を受け、バスクがうめいた時には、ドゴラの振り下ろすカグツチの刃は、バスクの紫に光る鱗を切り裂き、左手を切り飛ばして肩に食い込み、肩甲骨を断ち切り進んで、胸の半ばまでめり込んでいる。

「うおおおおおおおおおおおおおおおお!!」

両腕を振り抜くと、超高熱の刃がバスクの上半身を左肩から右腰へ袈裟懸けに切断した。

これまでのうっ憤の全てを吐き捨てるように、ドゴラは大広間に響き渡る咆哮を上げたのであった。

第九話　グシャラの暴魔、アレンの頭脳

ドゴラが振り抜いた神器カグツチの刃が、どろどろに溶けた床にめり込む。

一瞬遅れて、バスクの左肩から斜めに切り裂かれた上半身が、切断面をずるりとすべって、溶けた床に背中から倒れ込んだ。

残ったバスクの体は、しばらくその場に立ち尽くしていたが、不意にこちらも後ろに倒れ、ドゴラの前に尻餅をつく形になった。

「ドゴラ！　気を抜くな！　バスクはまだ生きているぞ！」

アレンが、グシャラの魔法攻撃を連続召喚で防ぎながら、ちらっとのぞき込んだ魔導書から顔を上げて叫ぶ。

魔導書には、バスクを倒したというログが流れなかった。

「あ、ああ……」

頷いたドゴラの手が、カグツチの柄から離れた。膝からその場に崩れ落ちる。

バスクと競り合っている間、アレンとキールが回復をかけ続けていたので、体力も魔力も満タンのはずなのだが、魂を燃やし尽くしたとでもいうのか、立ち上がれないようだ。

その隣で、神器カグツチも、色を失い、ただの鉄の大斧になってしまったように見える。こちら

も、神の力を燃やし尽くしたということか。

アレンはグシャラの様子を窺う。

依然として、黒い炎を次々と飛ばしてくるが、なぜかドゴラを避けるようにしている。

というより、ドゴラの近くに横たわる、やられてしまったバスクに、黒い炎を当てないようにしているのかもしれない。

アレンの目が、バスクの切り離された半身に吸い寄せられる。足首に輝く足輪は、確か魔力のこもったアイテムだったはずだ。

(今しかない！)

「俺が行く」

そう言って、アレンは石Aの召喚獣の群れが作る壁から出て、駆けてゆく。

目指すはドゴラの近くに横たわる、切断されたバスクだ。

走りながら魔導書を確認するが、やはりバスクを倒したというログは流れてこない。

アレンが、ドゴラに目もくれず、その横を駆け抜けると、バスクの切り離された上半身がすっと頭を起こした。

やはり、死んだふりをしていたようだ。

『先輩がこんな目に遭ってるってのに、容赦がねえなあ、後輩！　じゃ、またな！　転移!!』

バスクの頭とともに上半身に残った右手が、切り離された半身に触れると、足にはまっている足輪が輝きだす。

次の瞬間、バスクはその場から消え去った。

（倒されたくせに、ふざけておる。逃げやがって!!）

倒した側が、倒された側のアイテムを総取りする、というのが、アレンの中の不文律であり、この世の掟だと勝手に思っている。

その、決して犯してはならぬ掟を犯したと、アレンはひとりで憤っていたが、ふと、真っ赤に輝く何かに目を留めた。

（ん、あれは確か……）

それは、バスクが、カグツチの斬撃をとっさに防御しようとして切り落とされた左腕だ。

バスクの転移に巻き込まれることなく落ちているその腕には、真っ赤な聖珠のはまった腕輪が装備されたままだ。

アレンが腕を拾い上げるのと、グシャラの放つ黒い火球の一部が、アレンたちに向かってくるようになったのは、ほぼ同時だ。

「おっと」

アレンは覚醒スキル「帰巣本能」を使い、ドゴラとともに、まだ生き残っている王化した石Aの後ろに転移する。

横たわるドゴラは、生きてはいるが、呼吸は浅く、ゆるやかで、目を開けようとしない。

バスクの致命的な攻撃を受けてから、復活するまでの間に、着ていた鎧は剝がれ、下に着ていた服は焼け落ちてしまっている。限りなく全裸に近い半裸のドゴラは、尊厳が色々零《こぼ》れてしまっているので、収納から外套《がいとう》を取り出して掛けてやった。

「おかえり。ドゴラ、すっごく頑張ってたね」

クレナが声をかけてきた。

アレンは拾ったバスクの腕から腕輪を素早く外し、自ら装備してみて、魔導書で効果を確認する。


【ルバンカの聖珠（腕輪）の効果】
・クールタイム半減
・攻撃スキル威力2割上昇
・体力＋5000
・耐久力＋5000

（攻撃力と素早さは上がらないか。しかし、クールタイム半減と威力2割上昇は大きいぞ。最近、攻撃力の高い敵と戦う機会が多くなってきたからな。耐久力も必要だな）

メルスの話では、聖珠は希少なもので、その上、もたらされる効果はランダムらしい。

やり込み要素しかないと思うと、アレンはワクワクが止まらない。

「ああ、えっと。これはクレナにだな」

アレンがルバンカの聖珠を渡すと、クレナは小躍りして喜び、いそいそと聖珠を腕にはめる。

「やった。真っ赤な聖珠だ!!」

「ちょ、ちょっと、こんな時に何しているのよ！」

アレンから渡された聖珠を装備して喜んでいるクレナを見たセシルが、不満げな声をあげる。

『ほほほ、そんなところに隠れて何をしているのですか。早く出てらっしゃい』

次々と黒い火球を飛ばしながら、グシャラが声をかけてくる。

現在、アレンたちパーティーとシア獣王女たちパーティーを、王化した石Aの召喚獣がかがみ込んで、文字どおり盾になって守っている状態だ。

（装備の更新だが）

さらにその向こうには、将化、兵化した石Aの召喚獣を配置して、特技「吸収」でグシャラの魔法攻撃を受けさせている。そのため、アレンたちを守る王化した石Aの召喚獣に届く魔法攻撃は分散されている。しかも、「精霊王の祝福」の効果を受けているので、最初に召喚して王化した石Aの召喚獣のようにすぐにやられてしまうことはない。

しかし、覚醒スキル「収束砲撃」を撃たせようと、より多くの魔法攻撃に体を晒せば、その前にやられてしまいかねないので、王化した石Aの召喚獣は動かそうにも動かせない。

また、将化、兵化した石Aの召喚獣のうち、なんとか「収束砲撃」を撃てるまで生き残った者が、カウンター攻撃をグシャラに浴びせても、

『オールヒール』

大教皇が回復魔法を使って、グシャラを回復させてしまう。

もちろん、彼らの魔力にも限界はあるはずで、魔法を使い続ければいずれは消耗してくるだろう。

そう考えていたら、グシャラと大教皇の全身を覆う漆黒の炎が薄くなったタイミングで、「祭壇」から漆黒の炎が流れてきて、彼らの漆黒の炎を回復させてしまう。

（あの「祭壇」があるかぎり、敵の魔力はほぼ無限、攻撃してもダメージは通りにくく、撃ってくる魔法は超強力で受けたら即死、と。そうかそうか。あと少し確認しないといけないことがある

な)

「おい、グシャラ」

王化した石Aの召喚獣の後ろからアレンは語り掛ける。

『ほほほ、まだ何か？』

「バスクは逃げた。調停神は戦えない。あとは貴様らだけだ。逃げるなら今のうちだぞ」

『ほほほ。そちらこそ、フレイヤの神器が力を使い果たしたようではないですか。これ以上何ができるのですか？』

「そうか。逃げないなら最も残酷な死に方をすることになるぞ」

『ふふふ。このような状況でそのような脅しなど。何か作戦があるのでしょうが、せいぜい足掻《あが》くことです』

(ほう、生きては帰さないと。しかし、ふむ。ここまで強気な態度は、「祭壇」から貰っている力は無限に近いくらい続くとみて良いぞ。だが、お互いに決め手がないのは事実のようだな)

確かに、グシャラの魔法発動速度は、セシルのエクストラスキル「小隕石」やメルスの覚醒スキル「裁きの雷」よりも速く、その後のクールタイムもかなり短い。

「ドゴラ」

「ああ」

アレンの呼びかけに、ドゴラは目を閉じたまま答える。

「安心して寝ていろ。バスクに比べたらどうってことなさそうだ。勝ったら起こす」

「分かった」

ドゴラはそう呟くと、深く息を吐いて、それきり深い眠りについた。

「……」

顔を上げたアレンは、仲間たちが何か言おうとしているのを察する。逃げることもできず、強力な範囲魔法によって追い込まれたことがないのが不安なのかもしれない。

問題ないと視線を送りながら、改めて作戦を練る。

(えっと、知力が足りないから、オキヨサンを増やしてと)

手早く霊Aの召喚獣を60枚にして、装備していた指輪を2つとも外し、知力の値が5000上昇する指輪2つに変える。

「セシル、すまないが、聖珠を貸して」

「え？　分かったわよ。返してよね」

セシルからマクリスの聖珠を受け取り、装備する。

「精霊王の祝福」の効果も合わせて、これでアレンの知力の値は41000に達した。

(おお、これが4万超えの知力の世界か。見える。見えるぞ。グシャラよ。貴様の全てが見えるぞ！)

知力の値が上昇すると、状況を分析する能力が増加する。今のアレンには、グシャラと大教皇の全ての動きの細部が理解できる。

アレンは消滅させられる端から石Aの召喚獣を繰り出し、あえてグシャラの攻撃魔法を受けさせながら、数分間、その様子を観察した。

仲間たちはその様子を、期待と不安の混じった目で見つめている。それも、アレンが勝利宣言をした後に敗北したことが未だないと知っているから、どうにか期待を持ち続けていられるだけだ。

シア獣王女とその部下たちは、アレンを信じるに足る経験をしていないため、この世の終わりのような顔をしている。

(結構な乱数な件について)

やがて、観察を終えたアレンが、唐突にソフィーに声をかける。

「ソフィー。まだ『精霊王の祝福』は続くか」

「はい。まだ、大丈夫です」

精霊魔法の効果は、ダメージ量も成功確率も、効果時間も、消費した魔力量で決まる。知力より魔力の方が大事になるので、ソフィーは魔力の値が5000上がる指輪を2つ装備して、「精霊王の祝福」を使った。

「どうするのよ？　魔石も無限じゃないんでしょ」

石Aの召喚獣を連続召喚しているアレンだけでも、すでに万単位の魔石を消費している。精霊魔法の効果を持続させるソフィー、仲間たちを回復し、バフをかけ続けていたキールとセラ部隊長も合わせれば、この1時間弱の間に、10万に届く数の魔石が失われていた。

「そうだな。これを返しておくから、魔法の準備を」

「ええ。どうするの」

アレンから返されたマクリスの聖珠を装備しなおして、セシルが訊ねる。

アレンは肩の上に鳥Fの召喚獣を乗せた。

この瞬間、仲間たちは自分らにしか聞こえない特技「伝達」でこれからの作戦を伝えられると予想できたようだ。

それと同時に、理解を誤ると、この絶望的な状況で敗色が濃くなることも容易に想像ができ、改めて仲間たちの顔に緊張感が増す。

『えっと。グシャラは、それぞれの魔法を放つ前に、癖ともいえる特有の動作があるんだ。それと、魔法を放つのにもいくつかの順番がある。特に、「祭壇」から流れる黒い炎が、あいつらの魔力を回復させてるんだけど、その後には、必ずといっていいほど決まった魔法を使う。この「乱数」を見極めて、ちょうどいいタイミングを計らないといけない。そのためには、グシャラがあと何回で「祭壇」の炎を呼び寄せるかを考えないといけない。「理論値」だけど、カーズファイアなら64発、デスフレアなら16発、エネミーフォールなら6発で魔力が尽きる……あくまで「理論値」だけど』

鳥Fの召喚獣の特技「伝達」を使い、アレンは仲間たちに、グシャラを観察し、分析した結果を説明する。

グシャラと大教皇の行動には、いくつかのパターンがある。もちろん、どのパターンがどの順番でくるかは一定していないし、パターン外の行動を取ることもある。

また、グシャラの攻撃魔法を受ける石Aの召喚獣の様子を見ると、敵の攻撃のダメージには数値の幅があるのも分かる。

これらの、確定しない要素を、前世では「乱数」と呼んでいた。他にも、これまでに使ってこなかった前世のゲーマー用語も使うアレンは、健一だった前世に戻ったようだった。

「え？　そ、それって」

『ちなみに大教皇はオールヒール20回だな。しかし「乱数」がひどくて、ベストな状況がかなり作りづらい』

『チャンスは少ない。皆で、タイミングを合わせるということだな』

メルスがまとめると、仲間たちもそうかと納得したように頷いた。

「そうだ。みんなこんな感じでやるぞ」

仲間たちの理解が進んだと感じて、アレンは悪い顔をして作戦を伝える。

ちょうど作戦を伝え終わった頃。

『ほほほ。キュベル様からいただいた無限の力を持つ私に、恐れをなしたようですね！』

グシャラがまた挑発の言葉を投げてくる。

「うるせえ！　お前らぶっ殺してやるからな!!」

アレンは挑発に乗ったふりをして返事した。

そしてグシャラを見ると、アレンの返事にもう後がないということだろうと判断したのか、その青白い顔が恍惚に歪んでいくのが見えた。

大仰な仕草で手を前に突き出し、足を肩幅に開く。

（お？　この動きは。次はエネミーフォールか。馬鹿め、この状況で大魔法を打ってきたな。理論値としてはこれが最適解か）

アレンが無言で右手を上げると、セシルが攻撃魔法の発動を始める。

５秒数えてから、アレンが左手を上げると、今度はソフィーが水の精霊ニンフに魔力を注ぎ始めた。

そして、メルスに、覚醒スキル「裁きの雷」の発動準備の合図を共有する。

『エネミーフォール!!』

予想どおり、グシャラが強力な重力魔法を放った。盾となっている石Aの召喚獣たちがぐしゃぐしゃと潰れ始めるが、半数が生き残った。威力も想定済みなので、十分な数を用意できている。

(こっちも調整してっと)

「収束砲撃」

『……』

『……』

『……』

生き残った石Aの召喚獣のうち、「吸収」がうまくいった3体の将化した石Aの召喚獣が、覚醒スキル「収束砲撃」をグシャラに浴びせる。

これに対応して、大教皇が「オールヒール」をかける。これは20回の「オールヒール」で、この後、大教皇は「祭壇」から漆黒の炎を貰わないと、この回復魔法は発動できないはずだ。

「セシル、ソフィー、今だ」

「ブリザード!!」

セシルの氷魔法レベル6「ブリザード」が発動し、大気中の水分が無数の氷の刃を作り出す。

「ニンフ様　お願いします」

ソフィーの呼びかけに応えて顕現した水の精霊が、巨大な水の玉をグシャラに放つ。

氷の刃と水の玉が合体して、巨大な氷塊となってグシャラに襲いかかる。魔神リカオロンと戦った時と同じ合わせ技だ。

『ふふ。小賢しいわね。カーズファイア!!』

グシャラが、予想どおりの魔法を使ってきたので、アレンは内心でほくそ笑む。

(そうそう、カーズファイアしか撃てないよな。そして、これで漆黒の炎の補助も尽きるはずだ。まあ、こんな戦い方はこれまでしてこなかったんだろうからな、ちょろいぜ)

グシャラが上位魔神になってどれだけ時間が経っているのかは分からないが、その間にどれほど命を懸けた戦いをしてきたのか。

百戦錬磨には程遠いとアレンは感じる。

カーズファイアの生み出す炎の槍は、グシャラの使う攻撃魔法の中では一番弱いものだが、それでもセシルとソフィーの合わせ技に負けていない。最初はせめぎ合っていたものが、次第に氷塊を溶かし、飲み込んでいく。

だが、そこでアレンは止めの一撃を指示する。

「今だ。メルス!」

『ああ、「裁きの雷」!!』

メルスの覚醒スキル「裁きの雷」が、空中にまばゆい光を生じたかと思ったら、そこから無数の紫色の雷光が降り注いだ。

ズオオオオオオオオン!!

電光はグシャラでも大教皇でもなく、「祭壇」を狙って、粉々に吹き飛ばした。

メルスが「裁きの雷」を使ったのは、グシャラが攻撃魔法を放った直後だった。

そのため、グシャラは「祭壇」を守ろうにも、次の行動に移ることができない。

しかも、「祭壇」から流れてきて、彼の体にまとわりついて魔力を補充する漆黒の炎が切れたタイミングだったので、威力を上げることもかなわなかった。

そして、「祭壇」を破壊すれば、これ以上、漆黒の炎の補助を得ることはできなくなる。

魔法使いの攻略法は、魔法を封印するか、魔力を奪うか、とにかく魔法を使えなくしてしまうことだとアレンは考える。

『ば、馬鹿な。私の祭壇が……魔王様に捧げる祭壇が！』

グシャラは粉々に粉砕された祭壇を見て、絶叫する。

そして、キッとアレンの方を睨み、怒気を籠めた視線を送ってくる。

『お、おのれえええええええ！　殺す！　殺します!!』

その、狂気と憎悪に染まった表情がさらに険しくなったかと思ったら、身にまとったローブの下で、体がボコボコと膨れ上がっていく。

「姿を変えていくぞ!!」

アレンが叫んだ時、ローブをはねのけて、グシャラ＝セルビロールの正体が露わになる。

青白い肌をしている以外、基本的な形状は人族に似ているものの、常につま先立ちのかかとのない足といい、関節の多い長い指といい、水もないのにぬめぬめとした肌質といい、明らかに人族のものではない。

だが、もっとも異様なのは、その至るところに、憎悪や悲哀に満ちた人の顔が浮かび上がっていることだ。

数十年かけて、甘言を弄し、虚構を飾って、多くの信者を獲得した上で、その信者をそそのかして悪逆非道な行いを取らせたグシャラは、むしろ彼らの苦しみ、悲しみを集めることが目的だったようだ。

そして、今、その集めに集め続けた信者たちの怨念が、グシャラの中で荒れ狂っているようだ。

『「祭壇」を破壊した償いを、貴様らの絶望で払いなさい！　苦しみ悶え死ね!!　イビルガーデンズ!!』

グシャラが、これまでに見たことのない動作をすると、全身に浮き上がった青白い怨念の顔が剝がれ落ち、黒い体を持つ死霊となって立ち上がった。

『アアアウァアアアアアアアァァ!!』

不気味な叫び声をあげ、黒い体をくねくねと動かす死霊たちを、新しい種類の魔法攻撃と判断したアレンは、ひとまず防御を固めて様子を見ようと、石Aの召喚獣を増やす。

青白い顔に黒い体の死霊たちは、奇怪なダンスを踊るように体をくねらせながら、石Aの召喚獣に近づき、1体ずつ相手を見定めてまとわりついた。

すると、死霊たちが触れた箇所が、グシャラのデスフレアの黒い火球を受けた時と同じく、一瞬で黒いチリに変わる。

石Aの召喚獣たちは、「吸収」を使う間もなく、次々と消滅していき、死霊たちだけが残った。

(直進をしない自動追尾型の魔法か)

デスフレアの黒い火球と異なるのは、ダメージを与えても、死霊たちが消えない点だ。くねくねと踊りながらこちらへ近づいてくる。

「なるほど、本気を出して魔法の威力があがったが、やはりさっきまでとは違うようだな」

「そのようね」

アレンは素早く魔石を使い、再び石Aの召喚獣を連続召喚する。

(さて、グシャラの魔力が尽きるまで、こっちは粘れるかな)

精霊神を見ると、アレンの考えを呼んだのか、苦笑を返してきた。

『はは。期待どおりにはいかないね』

(やっぱり。そうか)

ここからは時間との勝負になる。「精霊王の祝福」が切れる前に、グシャラの体力を可能なかぎり削らなくてはならない。

「さて、時間はあまりないようだ。ここからは一気に攻めるぞ」

アレンは、皆に、それぞれの立ち回りと連携のタイミングを伝える。

「ええ。分かった」

「なるほど」

「畏《かしこ》まりましたわ」

「やっつけないとだね」

仲間たち全員が頷き返すのを確認してから、アレンは作戦を開始した。

まず、メルスに指示を出す。

「行くぞ。壁になってくれ」

『分かった』

そして、アレンは王化した石Aの召喚獣の巨大バックラーから飛び出す。

グシャラの目に留まるようにわざと大仰な動きをしながら、石Aの召喚獣を次々に召喚し、死霊たちを誘導、牽制させる。

死霊たちの位置が変わり、自分とグシャラとの間に誰もいない空間ができると、アレンはそこをまっすぐに走って、グシャラへと突っ込んだ。

『ほほほ！　もう観念しましたか！』

グシャラがカーズファイアの火の槍を放つ。漆黒の炎による補助がなくなったために、魔力を温存しようとしたのか、それとも無防備に直進してくるアレンを倒すのに、これで十分と考えたのか。

だが、火の槍は、いきなり飛び込んできたメルスに防がれる。

そして、その間に、アレンは本当の目的めがけて突き進んだ。

アレンが目指すのは、かつて「祭壇」があった場所……そこにバスクが残したオリハルコンの大剣だ。

火の神フレイヤの神器を変化させたフラムベルクを使うために、元々持っていた2振りのうち1振りを、「祭壇」の近くの床に突き立てていた。それが、「祭壇」が「裁きの雷」によって破壊された時、吹き飛ばされて、少し離れた場所に横たわっているのだ。

(これもおいらのもんだ)

アレンは無傷のまま残っているオリハルコンの大剣を両手で掴むと、仲間たちのいる方に向かって叫んだ。

「クレナ！　行くぞ!!」

その時には、打ち合わせた作戦どおり、巨大バックラーの後ろから飛び出したクレナが、アレンの駆け抜けた道を通って前線に飛び出していた。

そのクレナめがけて、アレンはオリハルコンの大剣を放る。

弧を描いて宙に舞った大剣を、ジャンプしたクレナが空中で受け止めた。

「うん!!　やあ!!」

クレナは着地すると、今度は大教皇めがけて突っ込んだ。ルバンカの聖珠を装備して、クレナの体力、耐久力は即死なんてことはあり得ないレベルに達している。

このタイミングで、セシル、キール、ソフィー、そしてフォルマールが飛び出す。アレンはすかさず将化した石Aの召喚獣を3体召喚して、彼らを死霊たちから守らせる動く盾にする。

「シャイニングバニッシュ!!」

「ターンアンデッド!」

「ゲイル様、お願いします!!」

『うん、ママ』

セシルとキールの攻撃魔法、ソフィーが顕現させた風の精霊の攻撃、そしてフォルマールが無言で放つ矢が次々と大教皇に命中し、最後に、クレナがオリハルコンの大剣をたたきつける。

アレンも仲間たちも、学園では細かい容姿までは習わないので相手の生前の姿を知らない。

だが、その人生の全てを人々の祈りのために費やしてきたと言われる大教皇であることは知っている。

どんな死に方をしたのだとしても、死後にその死体を勝手に動かされることは、恐ろしいことで、悲しいことだと思っている。だから、一刻も早く、元の死体に戻してやることが、彼の供養に繋がると信じることにしていた。

アレンたちが、大教皇を狙った一斉攻撃を開始した頃、王化した石Ａの召喚獣の巨大なバックラーの後ろでは、横たわるドゴラとルド隊長を前に、シア獣王女と３人の部隊長が立ち尽くしている。

「我らも戦うべきでは……」

「……そうだな」

シア獣王女は、ルド隊長を見下ろした。

隣で静かに寝息を立てるドゴラと違って、彼の体はあちこちが焼け落ちてボロボロになっている。

穏やかな微笑みを浮かべている顔も、半分がない。

ルド隊長とは、物心ついた時から一緒にいた。世話係として、いつでも側にいてくれた。

だから、10歳になった時、自分の部隊を持ちたいと、最初に話した相手は彼だった。

獣王陛下にお願いしてみましょうと言い、父から許しを得た時には、自ら隊長を引き受けると言ってくれた。

一番上の兄であるベク獣王太子とも、１つ上の兄であるゼウ獣王子とも10歳以上離れていて、シア獣王女は彼らに近寄りがたいものを感じていた。大臣や将軍たちも、２人の兄たちを王位継承者と見ていて、彼女に近づく者はほとんどいなかった。

ルド隊長だけが、ずっと一緒にいてくれた。

いや、彼だけではない。２人の兄の部下として、あるいは他の大臣や将軍の下について、なかなか評価されなかった者たちが、彼の呼びかけに応え、自分のもとに集まってきた。

その部下たちが、次々と死んでいく。グシャラ討伐では１０００人ほどが死んだ。クレビュール王家を守っての撤退戦は、アレンたちの協力を得て、被害は最小限に抑えられたが、それでも命を落とした者はいた。

彼らはみな、自分を慕い、自分をこそ未来の獣王と信じて、部隊に参加した者たちだった。未だに複数の王国が覇を争う獣人大陸を、1つの帝国にまとめ上げ、平和をもたらすことができるのは、シア獣王女であると、そう信じてくれた者たちだったのだ。

「殿下はここにお残りください。我らが戦って死ねば、殿下のお命だけでなく、その名も守られましょう」

カム部隊長が言った。

たとえ命を失うことになったとしても、自分たちが戦ったという事実が残れば、それは主であるシア獣王女が戦ったということになる。

そして、たとえ命を失うことになったとしても、自分たちだけが戦ったのであれば、シア獣王女は守られる。

カム部隊長はそう言いたいのだと悟ったシア獣王女が、あっけにとられて立ち尽くしていると、カム部隊長の隣で、ゴヌ部隊長とセラ部隊長がそれぞれ深く頷いた。

そして、3人そろって、深々とお辞儀をした。

「姫、おさらばです」

「ここは我らにお任せください」

「アルバハルの、ガルレシア大陸の未来を、お頼みします」

そう言い残し、身を翻して出てゆく3人を、シア獣王女は見送るばかりだった。

胸の内には、後悔が渦巻いていた。

彼らを止めることもできず、彼らとともに行くこともできないのであれば、自分はこれまで何のために戦ってきたのか。

目の前のドゴラを見る。

小さく呼吸しながら、深い眠りについている。

精根尽き果てて、しかし満ち足りた様子の寝顔は、この男がなすべきことをなした証拠だ。

だからこそ、今は仲間たちの勝利を信じて、静かに時が流れるのを待つことができる。

だが、自分はどうだ？

「ガルム様。なぜ、お力をお貸しくださらぬ」

シア獣王女は、すぐ側にいる相手に話しかけるように、自分たち獣人を守る獣神ガルムに祈った。

アルバハル家をはじめ、獣人王国の首長となった者とその血族は、程度の差はあれど、獣神ガルムの存在を知覚している。

姿の見えない存在が、すぐ側にいて、自分を見守っているという自覚があるのだ。

この感覚は、どうやら首長となった者とその血族に特有のものらしく、そうでない者たちには感じられないのだそうだ。だが、そうした者たちも、ある程度の規模の獣人たちを束ねる立場になると、ある日、唐突にこの感覚を得るということだった。

そして、そうした感覚を持つ者は、獣神ガルムに願うことで、「獣王化」という特別なスキルを与えられる。

それは、かつて弱く悲惨な生を余儀なくされていた獣人たちを救うべく、ガルムがもたらしたもので、今ではその力を得ることが、獣人王国の首長の証と考えられている。

「私にはその価値がないとお思いか」

兄のゼウ獣王子は、S級ダンジョンで「獣王化」の力を得たという。

つまり、それは、父であるムザ獣王から課せられた、王位継承権を得るための試練である「S級ダンジョンの攻略」を、獣神ガルムが後押ししたということだ。

ガルムが、ゼウ獣王子を、その力を貸し与える価値のある存在と認めたということなのだ。

そして、今、同じくムザ獣王から課された試練に立ち向かう自分に、その力が貸し与えられないということは、ガルムが、自分にはその価値がない、試練を越えさせて王位継承権を得させる必要がないと判断したということになる。

だが、たとえそうであったとしても、シア獣王女は、今、「獣王化」の力を欲している。

それは、クレビュールで、カルロネア共和国で、ムハリノ砂漠で、あっさりと魔神を倒したアレンたちが苦戦している状況だからだ。

3体の魔神と同時に戦い、1体は奪われた神の力を取り戻してなんとか退けたが、残る2体は健在だ。こんな時に、おめおめと逃げ隠れていることなどできない。

戦うべきだ。戦いたい。

そのために、たとえ自分が獣王位を継ぐにふさわしくなくても、今、「獣王化」の力が欲しい。

「ガルム様、お願いします」

そう口に出した次の瞬間、シア獣王女は、自分に語りかける声を聞いた。

『力は貸さぬ。お前たちは、あの魔神たちと戦ってはならぬのだ』

「ガルム様！　ぜひお力を!!」

姿は見えないが、シア獣王女はこれこそガルムの声と直感し、改めて願いを伝える。

『奴ら以外と戦うならば、力を貸そう。だが、魔王と戦ってはならぬ』

ガルムの声に、シア獣王女は、ガルレシア大陸の獣人国家が、５大陸同盟に参加せず、魔王軍との戦いに兵を出させなかったのは、獣神ガルムの定めによるものだということを思い出す。

Ｓ級ダンジョンの最下層ボスと戦うならば力を貸し、魔王軍と戦うならば力を貸さないというガルムの態度に、シア獣王女は反発を覚える。

「そのような道理は、たとえ我らの守護神たるガルム様のお定めになったものでも、受け入れられません!!」

シア獣王女は叫んだ。たとえ自分たちの守護神であっても、納得できないものは納得できない。

『ワシがお前たちに力を貸し与えるのは、お前たちを守るため、死の螺旋《らせん》より遠ざけるためだ。魔王と戦うために力を貸し与えれば、お前たちは魔王の敵となり、わざわざ死の螺旋に足を踏み入れることになる。そのような運命から、お前たちを守ろうというワシの思いを、何故、受け入れられぬというのか』

ガルムの声が悲しみを帯びた。

だが、シア獣王女は、その悲しみに独善的なものを感じる。

「ガルム様は、我ら獣人の独立のためにお力をお貸しくださったのではないのですか。我らが己の力で立ち上がれるようにと、そうお思いだったのではないのですか……我らをお認めにはならなかったということでしょうか!!」

シア獣王女は、自分の声に怒りが混じるのを感じる。

かつて、獣神ガルムは、獣人の独立を願って力を貸したのだと聞いていた。だが、今のガルムの声からは、自分が守ると決めたものを、相手の意思を無視して守ろうとする独善性がうかがえる。

だが、自分たち獣人は、一方的に守られるだけの存在ではないはずだ。神の力を借りたとしても、己の意思で未来を決める存在であるはずだ。

シア獣王女は、父であるムザ獣王を思った。兄たちと同じく、自分にも王位継承を認め、その権利を得るための試練を課してくれた父は、たとえ自分が命を失うことになったとしても、己の意思でその運命に立ち向かったことを認めてくれるはずだ。

そのような認め方が、あるはずだ。

「魔王軍は、中央大陸とバウキス帝国のみか、いまやローゼンヘイム、そしてこのギャリアット大陸にまで侵略の手を伸ばしております。その手は、いずれ、必ずや我らがガルレシア大陸にも伸びてくることでしょう。そうなれば私だけでなく、アルバハル獣王国にも、ガルレシア大陸の獣人すべてにも、等しく未来はないのです!!」

シア獣王女の絶叫が、王化した石Aの召喚獣の巨大バックラーを震わせた。

それに対し、ガルムの声はしばらく応えなかった。

アレンたちが、そして3人の部隊長が魔神たちと戦う音と、怒りに震える自分の呼気を聞いていたシア獣王女の耳に、ガルムのため息のような声が聞こえてきた。

『ゼウに続き、お前までもわざわざ死の螺旋へと踏み込んでいくのか。運命には抗えぬ……いや、これこそが運命だというのか。ならばやむを得ぬ……』

次の瞬間、シア獣王女は、血が逆流するような感覚を覚えた。

まるで、自分の体がめくれ上がるような、内側に眠っていたもう1人の自分が目覚め、育ち、自分の体を破って出てこようとしているような、息苦しさとむずがゆさと、激しい切迫感を覚えたのだ。

「ぐるううあああああああああああ!!」

体の中に荒れ狂う力を吐き出すように、シア獣王女は叫んだ。

『世界とは、運命とは残酷なものだな……』

シア獣王女の耳に、獣神ガルムの呟きが聞こえた。

全身の毛を逆立てたシア獣王女が、見る見るうちに膨れ上がっていく。

しなやかな両足が倍以上の太さになり、上半身がアンバランスなほどに巨大化して、身につけていた服や防具を弾き飛ばしながら、2メートルを超す二足歩行の虎に変身した。

獣人たちは、牙のように発達した歯、獣の耳と尻尾、角などを持ち、他の種族より体毛に覆われた部分が多い以外は、人族と変わらない容姿をしている。それが、「獣王化」を使うことで、より獣に近い姿へと変身する。

この変身の様子を、アレンは、王化した石Aの召喚獣の視界を共有して確認する。

(お、やっと「獣王化」できたか)

さらに、S級ダンジョン最下層ボスとの戦いで「獣王化」を使ったゼウ獣王子によれば、「獣王化」は自分だけでなく、周りの獣人たちにも同じような変身をさせることになる。

「余に続け！　ぐるおおおおおおおお!!」

王化した石Aの召喚獣の巨大バックラーから飛び出したシア獣王女が、かろうじて聞き取れる人間の言葉で雄叫《おたけ》びをあげ、拳を床に叩きつけた。

パアア!!

拳を中心に、光が放射状に放たれたかと思ったら、半径100メートルの光る魔法陣が出現した。今いる神殿最上階の広間全体を覆うほどの巨大な魔法陣だ。

(やはり半径100メートルか。獣王化にはさらにその上があると)

アレンは、ゼウ獣王子から、「獣王化」にはいくつかの段階があると聞いていた。獣神ガルムから与えられる力は、ガルムの判断でさらに強められることもあり、過去、中央大陸からの独立を勝ち取った人族との戦いの際には、半径1キロメートルの超巨大な魔法陣が出現し、万の軍勢を一気に獣化したという。

「おおお!　シア様!!　ぐるおおおおおおおおおお!!」

足元から湧き上がる魔法陣の光を浴びて、3人の部隊長が歓喜の声をあげる。

主であるシア獣王女が守護神である獣神ガルムに認められた証である魔法陣の光を浴びて、巨大化し、より獣に近い姿になった3人の側を、シア獣王女が駆け抜けた。

グシャラに突っ込んでいくその瞳には、ルド隊長を殺した者に対する憎悪が籠っていた。

『はは。そろそろ切れるよ』

精霊神ローゼンの言葉に、アレンはタイムリミットが近づいているのを察する。

(やばい。そろそろ全滅する件について)

シア獣王女が「獣王化」を使えるようになったが、その強化効果の対象は獣人に限られる。アレンたちの場合、ステータス値が3割下がって元に戻ってしまったら、今度こそ確実に死人が出そうだ。

メルスが「祭壇」を破壊した時、今いる神殿を覆う結界のようなものが消えたことは、外に配置している召喚獣たちから共有された視界で確認している。「帰巣本能」を使えば、問題なく逃げることができるだろう。

しかし、数百万人の命が奪われた、この一連の事件の張本人たるグシャラは、ここで確実に殺しておきたい。

貴重な上位魔神だ。

確実にレベルアップをゲットしたい。

（えっと、確実に倒したいからな。準備するように言ってと。伝達越しだと説明が難しいか）

「いったんここから離れるが、合図したら、皆、タイミングを合わせてくれ!!」

「うん。分かった」

クレナの返事を聞き終わらないうちに、アレンは王化した石Aの召喚獣の巨大なバックラーの裏側まで戻り、グシャラに見えないところで転移を使う。メルスにやらせることもできるが、王化したメルスの戦闘力が、一瞬でも失われる危険を冒せない。

それに、皆が全力を発揮できるよう、細々した準備をこなしてこそリーダーだ。

一方で、アレンが姿を消したことを悟らせないように、メルスがグシャラに接近する。グシャラは即死級のダメージを与える死霊を呼び出す攻撃魔法で応戦するが、死霊は王化したメルスの素早さについて行けず、グシャラへの接近を許してしまう。

メルスはすでにグシャラに接近していたシア獣王女とともに接近戦を開始した。しかし、グシャラへの攻撃は命中するものの、負わせた傷がすぐさま塞がってしまう。巨大化した3人の部隊長も加わるが、倒し切ることができない。

一方、クレナ、キール、セシル、フォルマールが大教皇を攻め立てる。「祭壇」を破壊されたことにより、漆黒の炎による魔力の補助を絶たれても、なお、大教皇は回復魔法を使い続けている。

「なんて、回復力だ……」

パァァ

大教皇の金色の首飾りが光り、杖の魔力が籠った瞬間にみるみる完治する様にキールが絶句する。敵の魔力が尽きるか、それとも「精霊王の祝福」が切れるか、その瀬戸際で、仲間たちが懸命に踏みとどまっていた。

そして……数分後、その時が来た。

『今だ！　下がれ!!』

メルスの合図で、全員が一斉に後退する。

『ほほほ。いまさら何ができると……!?』

グシャラのあざ笑う声が、目の前に出現した光景に断ち切られた。

1000人の獣人たちが、いきなりその場に現れて、しかも、獣王化したシアの影響で一斉に獣化したのだ。

「状況は理解した！　皆、我に続け！」

1000人の最前列にいるラス副隊長が槍を肩に掲げ、後ろにいる獣人たちの指揮を執る。

「ブレイブランス!!」

「おう!!」

ラス副隊長が、自らの体を凶暴な獣に姿を変えながら、エクストラスキルを放つ。

それを合図に、残る１０００人の獣人戦士が、巨大な獣に変身しながら一斉にエクストラスキルで攻撃を仕掛けた。

目標は、クレナたちが後退したことにより、遮るものがなにもなくなった、グシャラと大教皇だ。

すさまじいダメージの連続攻撃、破壊の嵐のようなエクストラスキルが襲いかかった。

『グガガガ!!』

雨あられのようにやってくるエクストラスキルを受け、大教皇が砕け散った。

（お、やったか）

アレンはすかさず魔導書を見た。魔神を1体倒したというログが流れ、レベルが上がっている。

大教皇は魔神になっていたようだ。

一方、グシャラはエクストラスキルの嵐を生き延びた。

しかし、身にまとっていたローブは破れ、青白い肌は傷だらけだ。しかも、大教皇が倒されてしまったので、もはやこの傷は回復しない。

そして、正面には、エクストラスキルを使い果たした１０００人の巨大化した獣人が、接近戦を挑もうと迫ってくる。

『こ、このままでは……』

呟いたグシャラは、自分の足下から迫る敵の方へ、自分の影が伸びていることに気付いた。

振り返ると、西の空と輝く太陽が見える。先ほどの一斉攻撃によって、神殿の壁が破壊されていたのだ。

迷いは一瞬だった。グシャラは壁の破壊された部分から外へと飛び出す。

「お、おい。グシャラが逃げるぞ！」

誰よりも正義感の強いキールが、敗戦濃厚だと言って、逃げの一手に作戦を切り替えたグシャラに怒り叫ぶ。

仲間たちの誰よりもキールは、今回の騒動で心を痛めていた。

グシャラは飛行能力を持たない。しかし、このまま戦い続けるより、今いる神殿の最上階から飛び降りる方が、たとえ落下して地面にたたきつけられるとしても、生き延びる確率は高いと判断したようだ。

(分かりやすすぎて、想定内なんだよね)

怒りに震えるキールとは逆に、その表情のどこに正義感があるのか疑われるほどの悪い顔をアレンはしていた。まるで、蟻地獄にはまっていく蟻を見る目でグシャラを見つめている。

『ほほほ、今日はこのくらいにしておきましょう。では、ってがは!?』

だが、その体は、巨大な刃物のようなものに切り裂かれ、強い力に挟み込まれる。

グシャラは、王化した竜Aの召喚獣の頭の1つに咥《くわ》えられていた。

アレンは、敵が逃げた場合には追撃に、王化した竜Aの召喚獣だと判断し、神殿の外に配置していたのだ。

『ま、待ちなさい。待ってください!!』

グシャラが命乞いを始めた。

だが、アレンには当然許すつもりはない。

一瞬だが、こいつから搾り取れるだけ情報を搾り取ろうとも思った。しかし、王化したメルスに匹敵するほどの戦闘力を持つ相手を、とてもじゃないが悠長に拘束などできない。

経験値に変えることを優先にする。

「オロチ、『地獄の業火』だ」

(これまで、自分が力を得るためだけに、多くの命を奪ってきた貴様には、地獄の業火がふさわしい)

行いの代償を払えとアレンは思う。

半径1キロメートルにおよぶ「精霊王の祝福」を受け、ステータス値が3割上昇している竜Aの召喚獣が、グシャラをメキメキと咥えた首に対し、残る14の首から強力な炎のブレスを吐く。

「メルル、今だ!!」

さらに、鳥Fの召喚獣の「伝令」を使い、少し離れた場所で待機していたメルルに合図を送る。

メルルは膝立ちの姿勢で静止しているタムタムの操縦席にいて、タムタムの腕が変化した長大な砲身を立てた膝に固定させ、神殿の方角を狙っていた。

「目標、魔神グシャラ！　長距離狙撃砲、発射!!」

次の瞬間、砲口と神殿の間に光の柱が出現した。魔力の光線が、グシャラを咥えた竜Aの召喚獣の頭を消し飛ばした。

しかし、これでもグシャラは死にきらず、ボロボロの体が落下する。

そこへ、竜Aの召喚獣が別の首を伸ばした。

再びグシャラを咥えた首の横で、先ほど頭を消し飛ばされた首がメリメリと回復する。

1秒に最大体力の1パーセントを回復するスキル「超回復」の効果だ。

「さて、セシル。とどめをお願いする」

ずっと頼りっぱなしの例の一撃をセシルにお願いする。

「言われなくても分かってるわよ。プチメテオ!!」

セシルは、グシャラが神殿の壊れた壁から飛び出た時、アレンがこんな指示を出してくる気がして、すでにエクストラスキル「小隕石」の発動を準備していた。

空中に、焼けた巨大な岩石が出現し、グシャラを咥えた竜Aの召喚獣の首めがけて落下してくる。

竜Aの召喚獣の牙に全身をズタズタにされながら、グシャラは巨大な岩石が視界いっぱいに迫ってくるのを、なすすべなく見ているしかない。

『ひ、ひぃいいいいい。魔王様アアアア!!』

魔王に助けを求めるグシャラの叫びが、竜Aの召喚獣の15本の首とともに、直径100メートルを超す大岩の下に消えた。

ドオオオオン!!!!

巨大な岩石が、空に浮いた「島」に落下し、衝撃が島中を揺らした。

当然、その衝撃は神殿にも伝わり、アレンたちも立っていられないほどの揺れに襲われる。

揺れが収まったところで、アレンの魔導書の表紙が光り出す。

アレンはワクワクしながらログを確認する。

『上位魔神を1体倒しました。レベルが91になりました。体力が500上がりました。魔力が800上がりました。攻撃力が280上がりました。耐久力が280上がりました。素早さが520上がりました。知力が800上がりました。幸運が520上がりました』

「おお！　レベルが上がったぞ！　レベル5アップだ!!」

ようやく「邪神教」の教祖グシャラ＝セルビロールを倒すことができた。

仲間たちがようやく終わった激しい戦いに、安堵の表情を浮かべる中、魔導書のログを見て喜び跳ね上がるアレンであった。

第十話　ノーマルモードの限界を超えた先へ

アレンは、神殿の壁が壊れたところに近づき、外の景色を眺めた。

生物の気配がまったくない、ゴツゴツした岩肌がむき出しの荒涼とした大地に、セシルのエクストラスキル「小隕石」が生み出した巨大な岩石がめり込んでいる。１００メートルを超える小隕石も、縦10キロメートル、横８キロメートルほどの広さのこの「島」に比べると、そこまで大きくは感じない。

「あれで倒せたのよね……？」

「上位魔神を倒したって書いてあるよ」

訝しげなセシルに、アレンの手元の魔導書をのぞき込んだクレナが応えた。

『はは。間に合ってよかったね』

そう言いながら、モモンガに似た姿の精霊神ローゼンは、ソフィーの前に浮かび、頭をすりつけるようにして撫でを催促する。

「はい。今回もありがとうございました。かなり厳しい戦いでした」

アレンは、ソフィーに抱かれて頭を撫でられている精霊神に礼を述べる。

（お陰でレベルが６も上がったしな！　さて、功労者に挨拶をしないと。と、その前に）

アレンはその場で振り返り、哀しみに暮れる獣人たちを見る。

「ルドよ、余らは勝てたようだぞ……、お前が余をかばってくれたからだ」

すでに獣王化の効果が切れたシアが涙をこぼしながら、ルドの亡骸に語り掛けている。

「こ、こんなことに。我らの隊長が……」

この状況にラス副隊長もルドの下《もと》に駆け寄り、絶句する。

既に高齢と呼ばれる部類に入ったとはいえ、元獣王武術大会の優勝者だ。

ラスに続いて、部隊の皆がルドの死に涙する。

シア獣王女を守って死んだルド隊長が、みんなに慕われていたということのようだ。

「キール。ルド隊長に『神の雫』を使ってやってくれ」

「ああ、そうだな」

キールは頷き、獣人たちに近づいていく。

獣人たちは、キールがエルメア教の神官だということを知っているので、死者を送るための祈りを捧げる儀式を行うのだろうと考え、ルド隊長の亡骸が横たわるところまで道を空けた。

シアもキールに頷き、祈りを歓迎する意志を示した。

「遅くなってすまなかったな。神の雫《グレイスエナジー》」

冷たくなったルドに向かってそう呟き、キールはエクストラスキル「神の雫」を発動する。

すると、横たわるルド隊長の真上、空中に光が集まり始める。

光は絡み合い、凝縮して、光り輝く雫となって、不意に、ルド隊長の胸に滴り落ちた。

次の瞬間、全身が淡い光に包まれたかと思ったら、ルド隊長が目を開く。

むっくりと体を起こし、まるで深い眠りから目覚めた時のように、深いため息を吐《つ》いた。

「こ、ここは。我は……」

この様子を眺めていた獣人たちの歓喜の声が爆発した。

「た、隊長おおおお!!」

「よ、蘇ったぞ!!」

「こ、これは奇跡だ。奇跡が起きた」

エクストラスキル「神の雫」は蘇生スキルで、知力の高さによって成功率が変わるのだが、知力のステータス値が５０００上昇する指輪を２個も装備している今のキールなら、ほぼ１００％の確率で蘇生させることができた。

「本当はすぐにでも生き返らせてあげたかったんだが、戦いの最中だと、それもできなくてな。すまなかった」

ルド隊長がシア獣王女を守って倒れた時は、バスクを含めた3体の魔神は健在だった。あのような状況では、次に誰がやられるかも分からない。

だが、もしアレンがやられた時には、真っ先に生き返らせなければならない。アレンが死ねば、あの時点で味方の最強戦力であるメルスも、おそらく消えてしまう。そうなれば、全滅は免れないからだ。

そういったこともあって、戦闘終了まで蘇生するわけにはいかなかった。

「ぬ？　ああ、そうか。そうだな」

ルド隊長は、キールの言葉を全ては理解できないながらも、ひとまず頷いた。

　一方、アレンは、こちらもすでに目を開けたドゴラの隣に移動している。

「ドゴラ、お疲れ。まだ立てないのか？」

　そう声をかけると、ドゴラは横たわったままアレンを見上げた。

「ああ、ちょっと無理そうだ」

　そう答えるドゴラを見下ろしながら、アレンは、オリハルコンの武器やルバンカの聖珠、レベルアップよりも大きいものを手に入れたと考えている。

（この件はとてもデカいな。これまで、魔神戦の切り札はセシルだけだったからな）

　変貌した魔神、上位魔神は、恐ろしいまでのステータス値を持つ。

　そんな相手にとどめを刺すには、彼らに匹敵する高威力の一撃が必要になってくる。

　これまで、そんな高威力を持つのは、メルスの覚醒スキル「裁きの雷」と、セシルのエクストラスキル「小隕石」だけだった。

　結果として、エルマール教国から始まった一連の魔神戦では、「小隕石」に頼り切りだった。

　しかし、今回、ドゴラが新たな可能性を示した。

　アレンは魔導書を開き、ドゴラのステータスを確認する。

【名　前】　ドゴラ
【年　齢】　15
【加　護】　火の神（極小）　火攻撃吸収
【職　業】　破壊王
【レベル】　66
【体　力】　4569
【魔　力】
【攻撃力】　4828
【耐久力】　4075
【素早さ】　3197
【知　力】　1973
【幸　運】　3012
【スキル】　破壊王〈1〉、真渾身〈1〉、真爆撃破〈1〉、真無双斬〈1〉、真殺戮撃〈2〉、全身全霊〈2〉、斧術〈6〉、盾術〈4〉
【経験値】　0/30億
・スキルレベル
【破壊王】　1
【真渾身】　1
【真爆撃破】　1
【真無双斬】　1
【真殺戮撃】　2
【全身全霊】　1
・スキル経験値
【真渾身】　0/100
【真爆撃破】　0/100
【真無双斬】　0/100
【真殺戮撃】　400/1000
【全身全霊】　21757/100000

（何かステータスが色々おかしくなっているぞ。これはエクストラモードに突入したとみて良いだろう。まさか、ドゴラが最初のノーマルモードの壁を越えることになるとはな）

自分のステータスと見比べてみる。

【名　前】 アレン
【年　齢】 15
【職　業】 召喚士
【レベル】 91
【体　力】 3615+4000
【魔　力】 5740+2200
【攻撃力】 2012+12000
【耐久力】 2012+5600
【素早さ】 3743+15400
【知　力】 5750+4400
【幸　運】 3743+2000
【スキル】 召喚〈8〉、生成〈8〉、合成〈8〉、強化〈8〉、覚醒〈8〉、拡張〈7〉、収納、共有、高速召喚、等価交換、指揮化、王化、削除、剣術〈5〉、投擲〈3〉
【経験値】 0/100兆
・スキルレベル
【召　喚】 8
【生　成】 8
【合　成】 8
【強　化】 8
【覚　醒】 8
・スキル経験値
【生　成】 約4億/100億
【合　成】 約4億/100億
【強　化】 約85億/100億
【覚　醒】 約5億/100億

・取得可能召喚獣
【 虫 】 ABCDEFGH
【 獣 】 ABCDEFGH
【 鳥 】 ABCDEFG
【 草 】 ABCDEF
【 石 】 ABCDE
【 魚 】 ABCD
【 霊 】 ABC
【 竜 】 AB
【天　使】 A
・ホルダー
【 虫 】 A7枚
【 獣 】
【 鳥 】 A10枚
【 草 】
【 石 】 A10枚
【 魚 】 A1枚
【 霊 】 A1枚
【 竜 】 A50枚
【天　使】 A1枚

２つを比較してみると、ドゴラのステータスはおかしいところだらけだ。

まず、ソフィーが持っている精霊神ローゼンの加護と同様に、火の神フレイヤの加護を持っていることが表示されている。その横に「(極小)」とついているが、ドゴラの体力が全快しているのにかかわらず、疲弊しきっていて動けないのはこのためなのかもしれない。

その横の「火攻撃吸収」も気になる。文字どおりなら、火属性の攻撃や魔法を吸収して、ステータス値の補助や、体力の回復が行われるのか。

(とりあえず、セシルの火魔法をぶつけてみて、疲弊しきった状態がどうなるか確認しないとな)

物騒なことを考えながら、さらに続きを見ていく。

レベルが６上がっているのは、自分と同様にヘルモードに入って、上限のレベル60を超えたということだろう。

ずっと発動できず懸案事項だった「【エクストラ】全身全霊」は、通常の才能スキルになって、スキル欄に表示されている。ということは、スキルレベルを上げることができるようになったということだ。

レベルを上げるには他のスキルの１００倍のスキル経験値が必要なようだが、スキルレベルを上げることができるなら、威力も上がるということか。もし威力が上がらなくとも、クールタイムが短縮されればそれだけで有利になる。

その他のスキルは、ほとんどが１レベルに戻っている。１つだけレベルが上がっているのは、先ほどのバスク戦で使用して、レベルが上がったのかもしれない。

全てのスキル名の頭に、「真」という表示があるのは、エクストラモードに変わって、スキルが生まれ変わったということなのか。

そういえば、バスクも「『真』何たら」というスキルをよく使っていた。ということは、バスクもエクストラモードに入っているのか。

（「闘魂」が消えているのは、「破壊王」のスキルレベルが上がれば、また体得できるのかな）

ドゴラが斧に変えた、火の神フレイヤの神器は、今は彼の横に置いてある。

こちらも含めて、分からないこと、これから検証したいことが多い。

「バスクをやるなんて、あの時は助かったぜ」

アレンはドゴラに声をかけた。

これまで、攻撃の主体はクレナだったが、彼女はステータス値のバランスがいい反面、一撃必殺のスキルがない。

一方のドゴラは、バスクと単独で対等に戦い、瞬間火力で圧倒した。アレンやキールの補助はあったが、それはバスクも同じといえば同じだ。

結果的には、とどめを刺すまでには至らなかったが、勝利を左右するスキルを持つ者がパーティーに現れたことに、アレンは喜びを感じる。

「……お前からそんなに褒められる時が来るとはな」

そこへ、別働隊として神殿の外から参戦していたメルルが合流した。

「おお、みんな無事みたいだ!!」

「ああ、ドゴラが凄かったんだ」

アレンの言葉に、メルルは即座にこう切り返した。

「そうだね、ドゴラはいつも凄いからね！」

「!?」

メルルの言葉に、ドゴラが顔を赤くした。頭の中では、フレイヤの世界で、焚き火を前に自分の思いを語った時のことを思い出していた。

「ドゴラ、あのとき何があったの？」

「ああ、あれはな……えっと、村に戻って……」

横たわる自分の隣に座ったクレナから食い気味に覗き込むように訊ねられる。

ドゴラは、バスクに神器フランベルクを突き刺され、そこから火柱に包まれて復活したことについて話そうとした。

かなり突飛な話でアレンほど話のうまくないドゴラは、大活躍の経緯が気になる仲間たちの視線も相まって言葉が詰まってしまう。

上位魔神を含む3体の強敵と戦って、勝利をおさめたことによる満足感が、その場の雰囲気を和ませていた。

その時だった。

『……グヒン』

バスクの手刀を首に突き刺され、黒い塊を摘み出されてから、死んだように横たわっていた調停神ファルネメスが、いななき声をあげた。

「な!?」

全員が一斉にそちらを向き、一瞬で戦闘態勢に入った。アレンがそれとなく横目で獣人部隊を見ると、こちらも全員がいつでも戦闘を開始できるように陣形を組んでいた。

（む。そういえば、こいつもいたな）

全員の視線が集まる中、調停神は折れた前足で立ちあがろうとする。バスクの手刀に貫かれた首からは血が流れ、見るからに満身創痍といった様子だが、油断はできない。

「セシルたちは下がって。私が行くから！」

クレナがそう言って前に出る。メルスもその隣で身構えた。

調停神の前蹴りの速さと威力を知っている2人は、アレンの指示がなくとも立ち位置を決めた。

だが、いったんは立ち上がったものの、やはり回復しきっていないのか、調停神はヨロヨロとバランスを崩して倒れてしまった。

『……ヒヒン』

力なく鳴く調停神に、アレンたちはそろそろと近づいた。

クレナの肩越しに、こちらを見上げてくる調停神を見る。全身からは、殺気というか邪気のようなものは既になく、その瞳には、キュベルに呼ばれてこの場に現れた時のような憎悪は窺えない。

（ふむ。明らかに死にそうだな。こいつを倒すとレベルアップするのか。神を裁くための神らしいからな。10くらいアップしてほしいぞ）

魔神を倒すとレベルが1上がった。

上位魔神を倒すとレベルが5上がった。

この死にかけた上位神に止めを刺すと、レベルがいくつ上がるのかと思う。

アレンがそんなことを考えていると、クレナがオリハルコンの大剣を納め、調停神へと近づいていった。

「怪我しちゃったね。苦しいの？」

（ふぁ!?）

「おい、クレナ！」

アレンは思わず声を上げた。

が、クレナはそれを無視して、調停神の側にかがみ込むと、折れた前足に触れた。

『……』

調停神は、そんなクレナを無言で見上げている。

「……」

アレン以外の仲間たちは、この状況を黙って眺めている。

「痛かったね。ちょっと待っててね」

クレナは、腰のベルトに下げた袋に手を突っ込む。そこには、仲間からの回復が得られない緊急時のために、「天の恵み」が入っているはずだった。

だが、クレナは袋から何も握っていない手を出すと、アレンのところへ駆け戻った。

「え？」

「『天の恵み』、ちょうだい！」

そう言って、手のひらを仰向けてこちらに差し出すクレナを見たアレンは、一瞬迷ったが、収納から天の恵みを取り出すと、クレナの手に乗せてやった。

「……ほら。でも、気をつけろよ」

「うん。ありがと」

クレナは笑顔でそう言って、調停神の元に駆け寄る。

『……』

「もう大丈夫だよ」

クレナが天の恵みを使うと、調停神の体が光に包まれ、次の瞬間には、破砕された前足は再生し、バスクに手刀を突き込まれた首の傷もふさがっていた。

調停神が前足を床につき、その場に立ち上がる。

『ブルル』

調停神は低くいななくと、長い角の生えた頭をクレナに近づける。

ペロペロ
その舌がクレナの頬を舐めた。

「あは！　くすぐったいよ。でもよかった！　これで歩けるね」

調停神の頬を撫で返し、笑みを浮かべるクレナに、アレンは、彼女が幼体となった白竜に餌をあげようとした時のことを思い出していた。

『あなたの名前を伺いたい』

不意に、クレナに話しかける声が聞こえた。

クレナは顔を調停神から離し、きょろきょろと辺りを見回した。

そして、仲間たちが、目を丸くして自分の隣にいる調停神を見ていることに気付き、改めて調停神と視線を合わせた。

「お馬さん、話せるんだね。私の名前はクレナって言うよ」

クレナが名乗ると、調停神はすっと後ろに下がって距離を取り、顔を上げてこう言った。

『クレナさん。あなたの名前を覚えておきましょう。私は調停神ファルネメス。法の神を守護する者です。そして皆さんもありがとう、どうやら、私を支配していたものは取り除かれたようですね』

（取り除いたってバスクが抜き取った真っ黒な石のことか）

どうやら、何らかの方法で調停神は意識を支配されていたようだ。

そして、くるりと向きを変えると、神殿の壁が破壊されているところへトコトコと歩いて行ったかと思ったら、そのまま神殿の外に出て、宙を踏み、空を歩いていく。

その様子を、アレンたちはただ見送るばかりだった。

「行っちゃった」

クレナがぽつりと呟いた。

「そうだな。だけど、これでよかったんだよ」

アレンはとりあえずそう応えた。

「うん」

クレナは頷いて、しかし、いつまでも遠ざかる調停神ファルネメスを見つめている。

「じゃあ、こっちも教会で弔ってあげないとな」

調停神がいなくなったところで、キールには気になることがあったようだ。

視線の先には祭壇があった場所の側で獣人たちの攻撃によって倒された大教皇の亡骸がある。

骸骨となった大教皇は、魔王軍の手によって魔神にされていた。

せめて、その亡骸だけでも、教会の神官たちの手に返してあげたいと思ったようだ。

流石《さすが》はキールだなと皆が感心する。

その様子に、満足げに頷き返したキールは、ふとその視線を巡らせた。

キールは大教皇の亡骸に近づくと、静かに祈りと共に浄化魔法を唱え始めた。同じエルメア教の神官として、魔神にされたまま放っておくことなどできることではない。せめてその亡骸を浄化し、エルメア教会に連れ帰ってから、改めて丁重に弔ってもらおうと思った。

アレンたちもキールの所作を見つめているところだった。

カッ
「うわ、眩し!?」

メルルがびっくりして目を手で隠した。

何事だとアレンたちも獣人たちも顔を天井に向けるものの、慌ててしまう。

たしかに、アレンの作戦によって、獣人たちのエクストラスキルによって神殿の外壁は大きく破壊されているが、天井が崩れたわけではない。

日の光が降り注ぐはずがないのなら、何なのかとアレンも頭を回転させる。

『アウラたちか』

この状況でもっとも先に気付いたのはメルスだった。

神殿の天井から光が降り注ぎ、3体の女性の天使が翼をはためかせ降りてくる。

『……皆さま、大いなる苦難を乗り越え、お疲れさまでした』

アウラと呼ばれた女性の天使は、メルスの知り合いのようだった。

一瞬複雑な表情を見せたが、用事があるのはメルスではないようだ。

何か、仕事中に知り合いに会ってしまったようなやや気まずい表情をしたアウラは視線を変え、他の2体の女性の天使と共に、キールの下へ向かう。

「あなた方は……」

3体の天使がキールと大教皇の亡骸を囲むように降り立つ。

『私たちはこの世界のために人生を捧げたイスタール＝クメスの魂を神界へ連れていくためにやってきました。これは創造神エルメア様の命《めい》にてございます。そうですね、第一天使ルプト様』

カアッ
さらに強い光が天井から生じたと思ったら4体目の女性の天使がやってくる。

『はい、そのとおりです』

「お？　メルスの双子の妹だ」

メルスと同じ淡い茶色の髪は、癖があり、くりくりとしている。

3組の真っ白の翼6枚をはためかせた神々しいまでの天使は、メルスによく似ている。

アレンは、すぐに、メルスからも聞いていた双子の妹で、魔王軍にやられ、メルスの代わりに第一天使となったルプトであると分かった。

創造神エルメアの言葉を人々に伝えることもある第一天使ルプトが大教皇の御霊を神界に連れていくのかとアレンたちは理解した。

『キールよ。イスタールの魂を浄化していただきありがとうございます』

「え、ああ、どういたしまして……」

ルプトがやってきて、３体の天使たちがルプトに跪く状況で、キールは何を言うのが正解なのか分からない。

困惑するキールを後目《しりめ》に、ルプトは大教皇の亡骸を抱きかかえようとする。

「うわ!?　なんじゃ!!」

奇跡のような状況が起きた。

ルプトが両手で抱え込むように亡骸を抱きかかえ立ち上がると、半透明に透けた老いぼれた爺さんが法衣を纏っている。

骸骨の姿ではなく、80歳は越えているように見えるが、皺《しわ》の深い老人だ。

『イスタールよ。落ち着くのです。多くの犠牲は出てしまいましたが、全ては終わったのです』

「え？　終わった」

『そうです。目の前にいる英雄たちの手によって、魔は払われました。私たちは、世界を救ったあなたの魂を神界へ連れていくようエルメア様の命を受けたのです』

人類の安寧のために、生涯をかけてきた大教皇の魂は神界にとっても特別な存在のようだ。

優しく抱きかかえるルプトとイスタールは母と赤ん坊のように見える。

「そ、それはありがとうございます。そうか、多くの犠牲がやはり出てしまったのですか……。皆がこの窮地を救ってくれたのか。ありがとう。そうか、神託が伝えた光の青年とは君のことだったか……」

自らが死んだことよりも、多くの犠牲が出たことにイスタールの魂は大いにショックを受けている。そして、今回のグシャラが教都テオメニアを焼き尽くす騒動をする前に受けた創造神の神託を思い出す。

『金色を身にまとった青年が、希望とともに天より駆けつけるだろう。声を上げよ。新たな時代は光に溢《あふ》れ、希望に満ちている』

「いえ、救えたというにはほど遠いですが」

大教皇の魂を清めていたキールは、クリンプトン枢機卿から神託の話は聞いていた。

金色の青年が自らのことだと大教皇からも言われ、キールは恐れ多いと戸惑いを覚える。

アレンの他の仲間たちもキールに天使たちとの問答を任せることにする。

『これから神界に行きます。残された者たちに何か伝えておくことはありますか？』

ルプトは大教皇に、人類への最後の言葉を残すかと言う。

魔王軍との戦いで苦難や絶望の中で死んでいく者たちは多い中、格別の対応とも言える。

ルプトの大教皇の言葉の承認になると言わんばかりの態度に、大教皇は委縮するが、この時も人々への思いが真っ先に浮かぶ。

「では、青年よ、名を聞かせてほしい」

「キールと言います。キール＝フォン＝カルネルでございます」

「そうか、キールよ、教会のことはクリンプトン枢機卿に任せると伝えてくれぬか」

「もちろんです。それだけでしょうか？」

キールはクリンプトン枢機卿の顔を思い出して、もっとお言葉を預かりますよと大教皇に伝える。

「何、あやつのことじゃ。あんまり言うとめんどくさい顔をするからの」

冗談交じりに、ふざけたことを言って見せる。

「そちらについても、お伝えします」

「それで、お前はなんじゃ。キールと言ったな、法衣を纏って、エルメア教会の神官なのかの？」

見覚えがないと大教皇がルプトに抱きかかえられたまま、首を寄せてキールを覗き込む。

「教会では見習い神官をしております」

「そうか……」

『イスタールよ。あなたに残された時間はありません。キールにも何かお言葉を残しますか』

「言葉ではなく、神秘の首飾りをキールに……」

大教皇は抱きかかえられたまま両手で自らの亡骸に必死に手を伸ばそうとする。

骸骨とボロボロになった法衣の下に金色に輝く首飾りがチラリと見えている。

大教皇はこれからも魔王軍と戦うキールに首飾りを託したいと言う。

ルプトはこの様子にキールやこの場を静観するアレンたちを見る。

『……神秘の首飾りは神界に回収するようにと言われていましたが、良いでしょう。これは、人々を救った英雄たちに託したとエルメア様にはお伝えします』

「ありがとうございます。これで思い残すことはありませぬ」

亡骸の中に埋もれた金色に輝く首飾りがふわりと浮いたと思ったら、ゆっくりとキールの下に向かっていく。そして、ふわふわと浮いた首飾りにキールが手を伸ばしたところで、重力に逆らうことは止《や》めたのか、ポトリと両手の中に納まった。

（会話を静観して聞いていたけど、貴重な装備取得のためのイベントだったのかな）

ゲーム脳でこの状況をアレンは理解した。

貴重なアイテムはいくらあっても困らない。

『では、英雄たちよ。エルメア様にもあなた方の雄姿を伝えましょう。それでは』

第一天使は神々しいまでの光を放ち、天井に向けてゆっくりと上昇する。

天井に吸い込まれるように4体の天使は消えていった。

「キール、すごかったね！」

緊張が抜けたかのように、クレナがキールの下へ駆け寄った。

「あ、ああ」

「その首飾りつけてみてくれ」

「アレン、分かった」

クレナの横で感傷に浸るキールにアレンも声をかける。

大教皇が装備していた首飾りの効果が気になり、魔導書を開いて、首飾りを装備したキールのステータスの変化を確認する。


【神秘の首飾りの効果】
・回復魔法効果2倍
・クールタイム半減

・体力＋３０００
・知力＋３０００
（すげえ。なんちゅう効果だ!?　これは、大教皇の回復がすごかったわけだな。キールにピッタリの装備だ）

新たな装備の効果にアレンは心躍らせる。

「まったく、アレンは……」

魂はルプトに神界に連れて行ってもらったが、亡骸はそのままだ。キールは呆れながらも、遺骨や大教皇の法衣を回収していく。これはエルメア教会にもっていって、供養してもらうためだろう。

こうして、息を吹き返した調停神もいなくなり、第一天使ルプトの降臨も終わり、空に浮いた「島」での戦いは、アレンたちの完全な勝利に終わった。

第十一話　魔王軍の望むもの

「さてと」

アレンはクレナをその場に残し、仲間たちに向き直った。

「それで、これからどうするの?」

セシルがアレンに訊ねた。シア獣王女もアレンを見ている。

行動の選択は自分に委ねられたのだと考え、アレンは自分のやりたいことを優先しようと思う。

「ちょっと探したいものがあって。この建物には、どこかに動力源みたいなものがあるんじゃないかと思うんだ」

「なんだよ、動力源って?」

キールが訊ねる。

「キール。ほら、この『島』は浮いているだろ。でも、最初からここにあったかというとそんな話はないと思う。そうすると、この『島』はどこかからやってきたんじゃないか。つまり、この『島』がここへやってきたり、今もここに浮いているために、なんらかの力が働いていて、それは、この『島』の中にあるんじゃないかと思うんだ」

「はあ……そう言われればそうかもしれないな」

「それで、『島』に建物はこの神殿しかないから、動力源があるとすれば神殿のどこかだと思う」

「さすが、アレン様です」

褒める役のソフィーが、両手を胸元で握りしめ感動してくれる。

アレンの考えを聞いて、皆はふむふむと聞いていたが、疑問が湧いてくるようだ。

「それで、動力源を見つけてどうするの？」

「メルル。それは、この『島』を自由に動かせたら、やりたいことがあるんだ」

「ふーん。まあ、他にやることもないし、いいんじゃない」

セシルがそう言ったので、皆で神殿を探索することになった。

3体の魔神を相手にした激戦でボロボロになった広間をくまなく探していったが、それらしいものも、隠し部屋なども見当たらない。

階下に降り、霊Aの召喚獣と獣人部隊に活躍してもらって、スルーしてきた死霊系の魔獣たちを掃討していく。

やがて、動く敵が見当たらなくなったところで、神殿の下層階を探索した。個室や通路も含めて確認していくと、これまで見過ごしていた、さらに下の階へと下る長い階段を発見する。

階段を降りた先は、最上階の広間と同じくらい広く、天井の高いがらんとした広間で、その中央には、巨大な半透明の立方体が浮いていた。

立方体と床の間には、一辺数メートルはあろうかという六角形の台座が置かれ、周囲には、よく分からない魔導具のようなものがいくつか置いてある。

「これは……何だ？」

思わずそう呟いてしまうシア獣王女に、アレンは説明しようとした。

「キューブ状の物体に似ていますね」

「キューブ状の物体？」

シア獣王女はアレンが何を言っているのか分からない。

アレンは時々、前世で使っていた言葉を使ってしまう。しかも、反射的に出てくることが多いのはゲーマー用語なので、いまいちニュアンスが伝わりにくいようだ。

パーティーの仲間たちは、そんなアレンの良く分からない専門用語を「アレン語」と呼んでいる。長い付き合いだから、なんとなく意味の分かるものもあるが、聞き流しているものも多い。

一方、そんなアレンたちと知り合って日が浅いシア獣王女は、彼らが交わす会話に聞き覚えのない妙な言葉が出てくると、冒険者とはそういうものだろうと考えていた。仲間内でしか理解されない言葉で作戦指示を出すことは、軍でもよくあることだし、そうした準備が、時に作戦の成否や仲間の生死を分けることもあることを知っている。

「どうやら、ここが動力源で間違いないようだな」

アレンはそう断定する。

「それで……これで『島』を動かせたら、なにがしたいの？」

「いや、この島を魔王軍の根城に落とせないかなと思ってね」

「は？」

その場で話を聞いていた全員が、あっけにとられてしまった。

「『島』を動かせれば、浮かんでいるのをやめさせることもできるはずだろ。この『島』を空高くに上昇させて、それから魔王軍の真上まで動かして、そこで魔王軍の根城に落とせば、重力と質量に物を言わせて結構な被害を出せるんじゃないかな」

この「島」は、前世を生きた世界で恐竜を滅ぼした隕石くらいの大きさはありそうだとアレンは思っている。

(限界まで高度を上げ、落下した威力によって魔王軍には是非滅んでいただきたい)

「そ、そんな、もったいないことを……」

ソフィーが困惑したような声で言った。

「ん?」

何だとアレンがソフィーを見ると、ソフィーはふるふると首を振った。

「い、いえ。なんでもありませんわ……」

なんでもなかったらしい。

「ふむふむ。これは魔導具だね。ダンジョンで使われているのと同じ作りみたいだ」

立方体へと近づいたメルルが、台座の周囲にある、何らかの装置を興味深そうに眺めている。

そのうち、あちこち触って、何かを確かめだした。

「ほうほう。ふむふむ、なるほどね」

クレナが、装置を確かめるメルルの横に並んで、一緒に装置を確かめている感を出している。

やがて、メルルが顔を上げ、アレンにこう言った。

「たぶん、『魔導技師』なら動かせると思うよ」

バウキス帝国は、魔導具の開発と生産、同盟国への輸出を行っている。魔導具はダンジョンマスターのディグラグニが開発するものだが、それを分析して活用方法を見いだしたり、解析して複製し、生産を行うのが、「魔導技師」という「才能」だ。

彼らは、バウキス帝国の武力の象徴であるゴーレム使いと並んで、帝国の技術力の象徴である。

彼らが動かす魔導具の中には、バウキス帝国の空軍が誇る巨大な魔導船や、海軍が持つ戦艦や輸送船も含まれ、魔王軍との戦いに欠かせない戦力でもある。

「魔導技師か。何人か連れてこられないかな？」

「どうかな……ガララ提督にお願いしたら、協力してくれるかもしれないよ」

「そうだな。……さて、後、すべきは戦争に参加しないとな」

アレンは話題を切り替えた。

現在、ローゼンヘイム北部と、中央大陸北部が、魔王軍の侵攻を受けている。

アレンは、この2ヵ所の戦場に、合計4万体の子ハッチを派遣している。その甲斐もあってか、戦況は5大陸同盟の有利に傾きそうなので、加勢に行きたいと思う。

今いるギャリアット大陸には、まだ「邪神の化身」や魔獣が残存しているが、王化した虫Aの召喚獣を中心とした3万体の子ハッチ軍団がいるので、任せてしまっても問題ないだろう。

（あとは、エルマール教国にも事態が解決したことを報告しないと）

アレンがそう考えていると、火の神フレイヤの神器が変化した斧を杖代わりに立っていたドゴラが、

「おい、アレン。もういいか？　そろそろ休ませて欲しいんだ」

「ああ、ドゴラ。じゃあ、ひとまず外に出ようか」

このまま「島」にとどまっていても何もなさそうなので、外に出ることにする。

神殿の外に出ると、夕日が空をオレンジに染めていた。

アレンたちは、エルマール教国へ報告に向かうことにした。

そのことをシア獣王女に告げると、ひとまずクレビュール王国へ戻るつもりだった彼女は、ここで獣人部隊と別れて、アレンたちと一緒にエルマール教国へ向かうと言う。

「余にはエルマール教国の惨状に責任がある。そうなることが奴らの計画だったとはいえ、グシャラを捕まえてエルマール教国に引き渡したのは余だからだ」

そこで、アレンはメルスに、鳥Aの召喚獣の覚醒スキル「帰巣本能」で獣人部隊をクレビュール王国へ送り届けるように頼んだ。

メルスは了承したが、なにやら考え込むような顔をして、こんなことを言った。

『戻ったら、話しておきたいことがある』

「ん？　あー今回のキュベルの計画のことか？」

そう聞き返した時には、メルスは獣人部隊と一緒に、その場から転移していた。

後に残ったのは、シア獣王女とルド隊長、ラス副隊長だ。

彼らとともに、メルルが降臨させたタムタムのラウンジに移動して待っていると、メルスが戻ってきた。

「それで、話ってなんだ？」

アレンが改めて訊ねると、メルスは神妙な顔つきでこう話し始めた。

『今回の事態に関して、私には大きな責任があると思われる。私がアレン殿たちにもう少し色々なことを説明しておけば、少なくとも、奴らがこのような事態を引き起こす可能性があることくらいは察せられただろうからだ』

「ん？　どんな話だ？」

アレンはメルスにそう質問した。

キュベルとの会話から、今回の一件には、自分という「創造神エルメアの用意した『英雄』」を倒すための計画という側面もあったことが、アレンには分かっている。

であれば、たとえ相手の目的を知って、計画の実行を事前に察せられたとしても、未然に防ぐことはほとんど不可能だと思われる。

こちらが相手の計画を察し、邪魔をしようとすれば、相手もそれを察して、計画を変更するなり、放棄するなりするだろう。そして、別の計画が実行されたに違いない。

また、こちらが計画の実行を察して、距離を置くようなことがあれば、その場合にこの大陸を襲う「邪神の化身」の被害規模は予想できない。もしかしたら、自分たちを追って、別の大陸でも同じことを行った可能性もある。

(結局、可能性の話にしかならないからな)

今回の一件で、ドゴラのエクストラモード、キールの首飾りなど、自分たちも強化されたりなど、それなりの成果があったので、これ以上の反省は不要だとアレンは思う。

しかも、今回の計画は、自分を倒すためだけでもなかったようだ。

「邪神の化身」たちは、「祭壇」に人々の命を集めるために用いられた。集められた命は漆黒の炎に変えられていて、キュベルは神殿からどこかへ転移する際、その半分以上を持ち去った。

だが、人々の命を持ち去って、それでどうするつもりなのか。

「あの『祭壇』ってなんだったのかしらね……魔神たちはあれで何をしようとしていたの？　メルスはそれが分かるの？」

セシルがメルスにそう訊ねた。

「キュベルは何で最後まで戦わなかったんだろう。あそこでキュベルも戦えば俺らを皆殺しにできたと思うんだが？」

アレンもそう言ってメルスを見る。

メルスは、一瞬、どちらの質問に答えようか迷うそぶりを見せたが、アレンの方を見てこう応えた。

『……殺すつもりがなかったとは考えづらい。バスクとグシャラ、それに調停神だけで十分と考えたのだろう』

封印されていたスキル「王化」が解放され、ドゴラが火の神フレイヤと契約を交わすことまでは、キュベルの想定外だったということか。

アレンがこの世界に生まれてすぐの頃から、狂気のごとくやりこみを行ってこなかったら、「王化」の解放は間に合っていなかったかもしれない。

また、自分たちが奪った神器を通じて、フレイヤがドゴラと契約を交わすなど、神であるフレイヤ自身にも想像すらできない事態だったようだから、これもまた奇跡的な偶然と言うしかない。

なお、その奇跡的な偶然の男ドゴラだが、まだうまく動けないのか、ラウンジのソファーに深く腰掛け、目をつぶっている。

「……」

何も考えていないのかもしれない。

寝ているのかもしれない。

「ヘルミオスやバスクの場合はどうなんだ。キュベルはヘルミオスを殺さなかったし、バスクは魔神になっていた。……キュベルは何を考えているんだ？」

（魔王軍は一枚岩ではないのか？　何十万年も生きていた上位魔神が、100年かそこらでポッと出てきただけの魔王に、いいように扱われているのが気に食わないとか？　いや、だとしたらなぜ魔王はキュベルをいいように扱えるのかってことになるな。協力関係にあるのか？）

魔王軍で参謀という職についているキュベルは「原始の魔神」とも呼ばれ、魔王が生まれるはるか昔から存在するらしい。

10万年生きたメルスよりもはるかに長く世界に存在するのだとか。

キュベルの言動に惑わされて、さらに魔王軍が分からなくなってくる。

アレンは、この件はひとまずここまでにして、セシルが質問した件に移ろうと思う。

「それで、あの『祭壇』と真っ黒な炎はなんのためだったんだ？　あの炎は、『邪神の化身』の犠牲になった人々の命なんだよな？」

『それは間違いない』

メルスが、今度は確信を持って頷いた。

「キュベルはそれを持ち帰った。……あれはなんのために使うんだ？」

『分からん……だが、バスクがファルネメス様から取り出した黒い球を飲み込んで、変化したのを見ていただろう。あれは、「祭壇」に集められた命と同じものを結晶化したものだ』

「つまり、あの真っ黒な炎は魔神を生み出したり、魔神を上位魔神にしたりするのにも使われるってことか？」

『詳しい仕組みまでは分からんが、そのように考えていいだろう。人々の信仰が神の力になるように、人々の命は魔神の力になる。魔神1体あたり、低く見積もっても10万人の命を糧とするはずだ。上位魔神ならその10倍は必要だろうな』

「10万人⁉」

　メルスが話す内容の、あまりのスケールの大きさ、そしてあまりの恐ろしさに、アレン以外の仲間たちやシア獣王女たちは息を呑む。

　だが、アレンはふむふむと考察を続けている。

（魔神を作るのって燃費が悪いのか？　まあ、魔神を作る時に力を注ぎ込んで、あとは勝手に活動させるのと、力をちびちび与えていくのは全然別のことだし、納得だがな）

　キュベルが「祭壇」に残した漆黒の炎は、最初に見た時の1、2割程度と思われる。

　グシャラはそこから力を得て、不死身に近い存在になっていた。

　それは、漆黒の炎によって強化されたグシャラのステータス値が、アレンたちの攻撃を上回っていたということだが、強化の割合が分からない以上、元々のグシャラのステータス値が高かった可能性も考えられる。

「じゃあ、あれを持ち帰って、キュベルはもっとたくさん魔神を作ろうとしているということかしら？」

セシルは魔王軍がどれだけ強化されることになるのかを想像し、ぞっとした。

あんなに恐ろしい敵である魔神が、一気に数十体も生まれたら、それだけでどんな恐ろしいことになるか。

「ちなみに、魔王軍が神界に攻めてきた時、魔神は何体くらいいたんだ?」

ローゼンヘイムが魔王軍からの侵攻を受けたのは、ほんとうの狙いである神界への侵攻のための陽動であった。その魔王軍の侵攻に、メルスは立ち向かい、死んで、召喚獣になった経緯を持つ。

『そうだな。数百体はいたな』

「数百体の魔神……」

仲間たちが絶望の声を漏らす中、アレンは別の可能性を考える。

「じゃあ、魔神を増やす可能性は低いかもな。魔王を強化する方が効率はいいと思う」

『あり得ることだ』

メルスが頷く。

「魔神を増やした方が、その、よくないの?　アレンだって、召喚獣は多い方がいいみたいなこと言ってなかった?」

セシルがそう訊ねる。

「いや、召喚獣と魔神じゃ話が違う。神界に攻め込んだ魔神が何百体もいたっていうのに、今回の件は何十年も準備して、せいぜい10体生み出せる分の命しか集められない。キュベルはコツコツやりこむ性格だったりするのか……」

「そうね。あのキュベルとアレンじゃ全然違うわね」

セシルも納得した。

『そこでだ……私が説明しておけばよかったと思ったことについて話させてくれ』

「うん？」

そういえばそんな話を聞く予定だった。

『魔王軍は、暗黒界への侵攻をもくろんでいる』

「ほう？」

（暗黒界もある世界だからな。ん？）

「暗黒界はエルメアに封印されているんじゃなかったか？」

学園の授業で「創生記」という授業があった。そこでは、この世界の成り立ちを説明していた。

その説明の中に、神界、地上界（人間界）以外に、暗黒界というものがあり、圧倒的な力を持つ魔神や魔族、魔獣たちがいたが、創造神エルメアと神々の力によって封印されたという話があった。

もし、暗黒界が封印されなければ、地上界には魔獣があふれていただろう。そうならなかったのは、創造神エルメアのおかげという考えが、エルメアが広く世界中で信仰される大きな理由の1つとなっているらしい。

『そうだ。だから、その封印を解くために、命を集めていたのかもしれない。あるいは、奴らが解きたい封印は、邪神を眠らせておく封印かもしれない』

メルスが口にした単語に、その場で話を聞いていた全員が驚愕に目を見開いた。

「邪神!?」

「そんなのいたっけ？」

アレンはメルスに訊ねる。

（お？　ここで「邪神の化身」に話がつながるのか？）

邪神教の教祖グシャラは、信者を邪神の化身に変えていた。

グシャラとの戦いが終わり、よくよく考えれば、結局「邪神」とは何だったのか、今になれば疑問が湧いてくる。

エルメア教会の神官たちにとって、邪《よこしま》な神を信仰しているから「邪神」と呼んでいるのだろうなと思っていたが、そうではないようだ。

『遥か昔、私が生まれるよりもっと以前に存在したのだ。その力はエルメア様に匹敵したと聞いている。だが、神界を滅ぼそうとエルメア様と神々に戦いを挑み、敗れた。その時、その体はバラバラにされ、暗黒界の各地に封印されたのだ』

「そ、そんな恐ろしいことが……」

ソフィーが震え声で呟いた。

「その邪神を復活させれば、魔王軍の戦力向上になると？」

『神界はそれを危惧している』

メルスは真剣な顔でそう言った。

「いずれにしても、魔王軍は必ず次の手を打ってくる。そういうことだな？」

『そう思っていた方がいいだろう』

「なら、俺たちも常に前に進み続けねばならないな」

そういう話で、その日の会議は終わったのであった。

第十二話　戴冠式と火の神フレイヤの救済

「何で俺がこんなことしないといけないんだよ」

15分ほど前から、直立不動の姿勢を続けていたキールが、ついにぼやきを口にした。

「まあ、いつもはひとりで着ている法衣だもんな」

アレンはキールの背中に向かってそう応える。声に笑いが混じらないように堪《こら》えるのに必死だ。

「おい、アレン。お前、面倒くさいことを俺に押し付けていないか？」

「そんなことないぞ」

「お前、笑ってるだろう!?」

キールがそう言いながら、アレンたちの座っているソファーの方を振り向こうとすると、彼の着付けを手伝っている神官たちが非難の声をあげた。

「動かないでください！」

「す、すみません」

キールは反射的に謝るが、仰向けた顔には苦り切った表情が浮かんでいる。

その様子を見て、アレンと一緒にソファーに座る、キールの妹ニーナが苦笑した。

現在、アレンたちはエルマール教国のニールの街にいる。

この街には、「邪神教」教祖グシャラと魔王軍の計画が実行され、教都テオメニアが炎上した際、命からがら脱出したエルメア教会の神官たちが避難してきている。彼らの代表を務めるクリンプトン枢機卿に、彼らの避難後に起きたことの顛末《てんまつ》を報告するため、アレンたちがこの街を訪れたのが3日前のことだ。

魔王軍が、人々を「邪神の化身」に変えることで、人々から命を集めていたということは濁しつつ、アレンたちは、今回の事態が魔王軍の計画であったこと、「原始の魔神」キュベルが暗躍していたこと、計画を主導していたグシャラを倒したことを伝えた。

それを聞いたクリンプトン枢機卿たち教会の上層部は、今後の対応を協議する間、アレンたちに街に留まっていて欲しいと言った。

当然、アレンにそんな暇はないので、いったんは断ろうとした。

しかし、クリンプトンたちからは、どうしても一緒にやってほしいことがあるが、その次第を決める必要があるので時間が欲しいと言われ、仲間たちからも無下に断るのはどうかと言われ、結局は、教会が避難所兼臨時の議事堂として借り受けた、かつて貴族の別邸だったという建物で待機することになった。

そこで、アレンは、その日のうちに建物内に鳥Aの召喚獣の「巣」を作って、仲間たちと共にローゼンヘイムの北部へ転移し、そこからは、タムタム「モードイーグル」で各地を飛び回り、魔王軍は絶対逃がさないスタイルで殲滅作戦を行った。

エルフのルキドラール大将軍から、攻め寄せた魔王軍は、総勢50万体ほどの魔獣の群れだったと聞いていた。しかし、そのほとんどが、ゼウ獣王子と十英獣の協力を得たローゼンヘイムの軍隊によって掃討され、アレンたちの出番はあまりなかった。それでも、2日目には、セシルにとどめをさしてもらい、魔神を1体仕留めることができて、アレンはレベルが92に上がった。

なお、ドゴラはローゼンヘイムの戦いには参加していない。随分動けるようになったのだが、大事を取ったかたちだ。

これで、ローゼンヘイムに残る魔王軍は、エルフたちと派遣した召喚獣に任せて大丈夫だろうと判断し、2日目の夜からは、ゼウ獣王子と十英獣とともに中央大陸の戦いに参戦した。

こちらも、攻め寄せた当初は100万体の大軍勢であったが、虫Aの召喚獣が生んだ子ハッチの数で押し返し、ほとんど殲滅できているようだ。敵軍大将と思われる魔神はまだ生き残っているようだが、これも数日のうちには居場所を特定し、狩る予定だ。

魔神なんて何体狩っても困ることはない。

なお、シア獣王女とは、ニールの街に向かう前に別れた。クレビュール王家との間に同盟関係を築くことができたので、その維持と発展に注力すると言って、ゼウ獣王子との再会はまだ果たせなかった。

そして、ニールの街へやってきてから3日目、つまり昨日の夜に、クリンプトンから、対応が決まり、協力依頼の次第もまとまったと報告を受けた。

依頼は2件あった。

1つめは、今回の事態がひとまず終息したことを祝う式典に参加してほしいということだった。

教都テオメニアをはじめ、多くの街の住人が、平和な生活を奪われ、家族を失った。その者たちに対して、今回の事態の元凶であるグシャラを倒した者たちが姿を見せれば、復興に向かう希望を与えることができるのではないかという話だった。

そして、2つめだが、キールに教皇になってほしいということだった。

テオメニアが炎上した際、その場に居合わせた、当時のエルメア教最高神官であった大教皇イスタール＝クメスは、人々を守ってグシャラと戦い、命を落とした。その大教皇が、炎上の日の朝、エルメア神から授かった「神託」が、次のようなものだったという。

『金色を身にまとった青年が、希望とともに天より駆けつけるだろう。声を上げよ。新たな時代は光に溢れ、希望に満ちている』

それを聞いていたクリンプトン枢機卿ら、エルメア教会の高官たちは、「邪神の化身」と魔獣たちが襲ったとき、駆けつけたキールがまさに金色の法衣をまとっていたことから、亡き大教皇の後継者、未来の教皇にふさわしいのではないかと思ったという。

だが、当初、この意見は教会上層部では少数派だった。それが多数派に転じたのは、アレンたちがニールの街へやってきた時、正確には、キールが大教皇の亡骸と、彼の遺品を教会に持ち帰ったからだった。

アレンたちが空に浮いた「島」で戦った3体の魔神のうち、骸骨の姿をした神官は、エルメア教会の大教皇の亡骸が魔神にされたものだ。

キールは、第一天使ルプトが、神界へイスタール＝クメス大教皇の魂を、天使たちを引き連れ、神界へ召した話をする。

さらに、長年の間、イスタールが首にかけていたから「神秘の首飾り」をもらった話、遺骨やそのほかの遺品を埋葬してほしいと頼んだ話が教会上層部の神官たちを動かした。

もちろん、キールは「聖王」という「才能」を持っている。エルメア教会では、「才能」は創造神がもたらす奇跡と考えられていて、各地の神殿の長として信者を導く地位に就くのには、それなりの「才能」が必要である。まして、全ての信者を導く立場にある教皇の座に就くともなれば、「聖王」レベルの「才能」が不可欠とされていた。

しかし、それは教会上層部だけのことだ。

一般の信者にとって、神官たちの「才能」が、どれだけの人の傷を癒やし、病を退け、毒を消したかの方が、「才能」のランクよりも重要だ。だから、教皇になる者は、「才能」の星の数がいくつあろうと関係ないし、生まれや身分など問題にならない。もちろん「才能」の星の数によって、救える人の数が変わることもあるだろうが、たとえ星の数の多い「才能」を持っていても、人々を救うために力を使わなければ、小規模な教会の長を務めても、すぐに信者にそっぽを向かれてしまう。

そして、そういう実績の点で、キールは教皇にふさわしいと判断されたのだ。

そのエルメア教会における神官の位階だが、次のようになっている。

・大教皇：エルメア教会全体の長。教皇を長年続けた者が、創造神エルメアから神託を受ける。
　名誉職に近い位階のため、時代によっては、存在しない。
・教皇：エルメア教会全体の長。創造神エルメアから神託を受ける。
・枢機卿：教皇を補佐する特殊な役職。

・大司教：各国の教会の長。各大陸に1人ずつしかいない。
・司教：各国に数人ずついて、大司教を補佐し、各国の教会をとりまとめる。
・大司祭：領都、大都市、ダンジョン都市など、特別な都市にある教会の長。
・司祭：大きな街にある教会の長。大司教について補佐する場合もある。
・助祭：小さな街や村の教会の長。「鑑定の儀」の際に不正がないように責任者を務める。
・神官：助祭以下の役職。
　一般的に、回復魔法を使う「才能」の持ち主で、教会に所属する者はこう呼ばれる。
・神官見習い：未成年であるなどの理由で、まだ神官に任命されていない者。

　このうち、神官から助祭になるには、司教によって任命される以外に、試験に合格して任命を受けることもできるが、それ以上となると、同輩以上の推薦を得て、教皇に任命される必要がある。

　また、教皇と枢機卿は、教会内の選挙によって選ばれる。大司教以下の神官の中から候補者が現れれば、大司教が投票権を行使する。

　この時の「候補者」は、実は位階の上下を問わない。神官の中から候補者が現れ、一足飛びに教皇になった例も、長いエルメア教会の歴史の中で1度ならずあることなのだ。

　だから、キールが教皇の位に就くことは、なにもおかしなことではなかった。

　しかし、キールはこれを辞退した。魔王軍との戦いが終わったら、カルネル領に帰るつもりだったからだ。そんな重責を担うことなどできないし、他にやらなければならないことがある。

　だが、その返事が、かえってエルメア教会上層部の決意を固めた。

キールの返事を、「魔王軍から全世界の人々を救う」という決意表明と解釈したのだ。

テオメニアで大教皇が命を落とし、その尊い犠牲によって生かされた自分たちが、これから教会を維持していくためには、創造神エルメアの示す聖なる道を歩もうとするこの青年を新たな教皇として育てるよりない。ニールの街に逃げ延びた神官の多くが、位階の上下に関係なくそう考え、いよいよ彼を説得にかかった。

「そんなつもりではなかったんです。もう一度、俺の話を聞いてくださいい!!」

キールは必死に抗弁したが、帝国とも渡り合うエルメア教会のトップたちを、たった1人で言いくるめることはできず、半日におよぶ話し合いの結果、キールが「教皇見習い」になることで、カルネルの街の教会を改築されることで折り合いがついた。

アレンが認定された「Sランク冒険者」と異なり、「教皇見習い」という位階は、今回初めて作られたものだ。枢機卿と同じ程度の立場で、教皇位を務めるのに必要な知識や、実務の引き継ぎを受けるという。

これで、キールは、世界中の多くの国で人々の心の拠りどころとなっている、エルメア教会の頂点に就くことが約束されたも同然ということになった。彼を無下に扱えば、たとえギアムート帝国のような大国であろうと、人心を失いかねないほどの影響力を持つことになったのだ。

そのことが、エルマール教国を襲い、ギャリアット大陸に広まった危険な事態が終息したこととあわせて、通信の魔導具によって世界各国に伝えられた。これで、キールは、「Sランク冒険者」アレンの仲間であるだけでなく、エルメア教会の後援を受け、この世界の平和な未来に貢献する重要な影響力を持つことが、世界中に知れ渡ったことになる。

そして、ニールの街では、事態終息を祝う式典とともに、キールの「教皇見習い」就任式が行われることになった。その準備の最終段階として、今、キールの着付けが行われているという話だ。

このあと、キールは街の中央広場で、枢機卿から教皇の冠を被せられることになっている。大教皇が被っていた冠は、獣人たちのエクストラアタックによって破損してしまっているので、ここでは予備の冠を用いるという。

「やっぱり変じゃないかな？　俺が教皇の冠を被るって、見習いなのに……」

「でしたら、1日も早く見習いを終えられることですよ」

あっさりと言いくるめるシスターたちがキールに着せている法衣と、彼が式典で持たされる予定の杖は、アレンたちがＳ級ダンジョンで発見したものだ。

「さ、これで出来上がりましたよ」

普段はキール1人で着ている法衣が、シスターたちの手によって、見違えるほどパリッと着付けられていた。

「お兄様、とってもかっこいい！」

アレンの隣で、キールの妹ニーナがぱちぱちと拍手をすると、2人の座るソファーの後ろに控えていた、カルネル家の使用人たちも拍手した。

才能のないニーナは、今年から、王都の貴族院に通っているが、今日がキールの晴れ舞台だと告げると、貴族院での勉強を休んでやってきた。

「そ、そうだな」

キールが照れていると、神官たちがやってきて、キールを取り囲むようにして連れて行った。

アレンたちも、式典に参加しなければならないので、キールとは別の道をたどって中央広場へと向かう。

ニールの街はエルマール教国内ではかなり大きな町だが、それでも中央広場にこれほどの人がいるのかと目を疑うほどの密集具合で、中に入ると身動きも取れそうにない。辺りを見回すと、広場を囲む建物の窓や屋根の上にも観衆がいる。全部で万は超すんじゃないだろうか。

広場の中央には、高い演壇と、そこへ続く20段の階段が設けられている。いずれも木を組んだ簡易的なもので、しかも、階段は、1段ずつが成人男性の膝よりも高く、大股で登っても苦労しそうなほどだが、これはあくまでテオメニアの神殿で行われる儀式の代用であることを示していて、実際にそこから登るわけではない。

アレンは興味がないので聞き流していたが、ニールのような司祭以上の位階の神官がいる街には、教都テオメニアの神殿を模した演壇と、神殿へと繋がる階段の模型が用意されているという。

別に張りぼてのセットでもかまわないのかとアレンは思う。

まだキールたちは到着していないが、アレンたちも、今回の事態が終息したことを宣言するのに同席するので、先に演壇に上がらせてもらう。

演壇の後方から、こちらは人間サイズの階段を登ると、シア獣王女が、ルド隊長、ラス副隊長と共に待っていた。今回の事態に関係する人物ということで、式典に参加するということだった。

演壇に上がって、シア獣王女らと並んで立つと、観衆の視線をもろに浴びることになる。

皆、見習いとはいえ、エルメア教会に新しい教皇が誕生する、その場に居合わせることができることに、期待と興奮を隠せずにいるようで、キラキラした眼差しを演壇に向けている。

演壇の後方を振り返ると、神官と神兵に囲まれて、キールがクリンプトンと最終の打ち合わせをしているようだ。

（もうちょいみたいだな）

「すごい人数だ！」

改めて、演壇の上から詰めかけた観衆を眺めたメルルが興奮した声をあげる。

そして、まだ誰もいない演壇の中央へと、まるで観衆の期待の眼差しに引きよせられるように進み出た。

（ん？　メルル？）

「おい、メルル、なにやってんだ？」

ドゴラがその背中に声をかけたところだった。

「むん！」

メルルがいきなり「カッコいいポーズ」を取り始めた。

観衆が一瞬で静まりかえった。待ちに待った新しい教皇見習いではなく、小柄なドワーフが姿を現し、ポーズを取り始めたことに困惑しているようだ。

だが、メルルは全力で「カッコいいポーズ」のキレを確認している。人々の前で「カッコいいポーズ」を見せつけるいい機会だと思ったようで、これまで検討してきたいくつかのポーズを、流れるようなスムーズさで繰り出す。

しんと静まりかえった広場に、メルルの「カッコいいポーズ」を取る時の気合いの声だけが響いている。

アレンがそっとあたりを見回すと、シア獣王女たちも、仲間たちも困惑した顔をしている。特にソフィーは、メルルを止めるべきか見守るべきか決めかねているような、焦りの表情を浮かべながら、胸の前で手をもみ合わせている。

（いい機会かもな）

アレンはふと思いついて、ドゴラにそっと声をかけた。

「なあ、ドゴラも折角《せっかく》だから皆の前に出てみろよ」

（なんでも、お前の力は火の神フレイヤと密接に関わっているらしいじゃないか）

アレンの中では、フレイヤの使徒になったドゴラについて、ある程度の情報収集と分析が進んでいる。

ここで皆の前に立つことは決して悪い事でないはずだ。

「は!?　どういうことだよ」

ドゴラは急に声をかけられたことに驚きながらも、声をひそめて返事をする。

「いや、英雄目指すなら顔を売っておかないと」

アレンの言葉に、返事は意外なところからやってきた。

『一理あるな』

それは、ドゴラが背負う神器カグツチから聞こえてくる、女性の声だった。

『人間が大勢集まっておるのだ、そなたの存在を知らせるよい機会だ。ドゴラよ、前に出よ!!』

アレンが、ドゴラも前に出てカッコいいポーズを取れということだろうと思っていると、当のドゴラはますます困惑した様子になった。

「いや、待て。俺が目指しているのはそういうのじゃない」

『何を言う。そなたにはわらわの使徒となり、炎を育てる使命がある。いいから早くゆけ！』

フレイヤがそう言うのと同時に、ドゴラの背中に斧頭を下にして括《くく》り付けられていた神器カグツチが赤く光った。

「うわっち!?　な、なにするんだ!!」

その場で飛び跳ねるドゴラの尻が燃えている。「火攻撃吸収」ができるはずだが、フレイヤのちょっかいは別物のようだ。

メルルのいきなりの登場に困惑していた観衆が、今度はドゴラが叫びだしたので、かえってざわざわとしはじめたところで、演壇後方の階段から進行役の神官が声をかけてきた。

「あ、あの。そろそろ、始まります」

それを聞いたソフィーが、演壇の中央に進み出て、メルルの肩を掴んで皆のところに連れ帰る。

そして、演壇の中央から不思議なドワーフがいなくなったのを見た観衆が、いよいよ待ちに待った瞬間がやってくることを期待したところで、枢機卿を先頭に、キールと神官たちが演壇に上がってきたのであった。

キールが演壇の中央に進み出ると、観衆のざわめきが音量を上げた。

「あ、あのお方が新しい教皇様か！」

「何十万という魔獣の群れを一掃したそうだ」

「神は我らを見捨てていなかったのか……」

そんな声が、アレンの耳にも聞こえてくる。キールを見ると、眉間にしわを寄せている。

アレンからすれば、目の前にいるのは、綺麗に洗濯されて、着付けもされているが、金の刺繍のある白い法衣をまとったいつものキールだ。

だが、ここに集まった人々からすれば、魔獣に襲われた街に突如として降り立ち、人々を救ったエルメア教の新たな救世主に見えているという話だ。

そのキールの隣に、枢機卿が進みでた。手には教皇位を示す冠を持っている。

キールが手順どおりに彼の前に跪くと、群衆が再び静まりかえった。

「我らの生きるこの世界をお創りになり、我らに命を与え、我らの魂を導く、偉大なる創造神エルメアよ！」

クリンプトン枢機卿が、広場中に響く声でそう言って、先代のイスタール＝クメス大教皇が遺した冠をゆっくりと天に掲げた。

「御身の御声を伺い、御身の御心を我らに伝え、御身が我らの魂に与えられた試練に寄りそう、この地上における御身の代行者として、本日、我らはこのキールを任命する。創造神エルメアよ、この者が御身の御心に適《かな》う者であれば、どうかそれにふさわしい試練と祝福を、この者に垂れたまえ!!」

そして、跪いたキールのうつむいた頭に、ゆっくりと冠を被せた。

次の瞬間、広場中が割れんばかりの拍手と喝采に包まれた。

立ち上がり観衆に向き直ったキールは、無数の視線を一身に浴びて、なんだか分からない感動に包まれた。

打ち寄せる波のような拍手と、何を言っているか分からない歓声の中に、時折「ありがとうござ

います！」という言葉が聞き取れて、キールの目には熱いものが溢れてくる。

一方、ドゴラは目の前の光景に既視感を覚えていた。

それは、バウキス帝国のS級ダンジョンを最下層ボスまで攻略したあと、ダンジョンの入り口に戻った自分たちを出迎えた群衆と、彼らから浴びせられた歓喜の声だ。

あの時、ドゴラは、群衆の歓喜は、ガララ提督を始めとする、S級ダンジョン攻略を指揮した4パーティーやそれぞれのリーダー、そして人々の前に姿を現した亜神ディグラグニに向けられたものと思っていた。

そして、彼らと共に歓喜の声を浴びせられながら、じつは戦いで役に立てない自分は、その価値がないのだとも思い、その場にいることがとても辛かった。

だが、今は違う。自分が浴びる歓声は、S級ダンジョン攻略の時と同じく、自分だけに向けられたものではないのだろう。

しかし、今のドゴラは、それを浴びて平然としていられる。

この違いに、ドゴラはようやく気が付いた。

それは、自分が、人々から讃えられたいと思ってやったことかどうかという違いだ。

今回の自分は、仲間を守るために全力を尽くした。あの時、誰かに褒められたいなんて思わなかった。自分がやらなければならないと思ったことをしただけで、それがどんな結果になるかなんて考えもしなかった。

もちろん、それが上手くいったからここにいる。上手くいかなかったら、生きてここにはいなかった。だけど、そういうことだけじゃなくて、自分がやるべきことをやるだけだと思っていたからこそ、それができたという自負を持つことができて、その自負があるからこそ、今、人々から歓喜の声を寄せられて、それを素直に受け止められるのだ。

それはキールも同じだろうとドゴラは思う。

彼も、今目の前にいる観衆に感謝されたいと思ってやっていたわけじゃない。

ただ、やるべきことをやっていたら、結果としてこうなったというだけなのだ。

「そうか。こういうことなのか」

ドゴラが呟くと、その背中でフレイヤの声がした。

『ここからということであるな』

「ああ、そうだな」

返事をしながら、次に自分が人々から喝采を浴びるとしたら、きっと自分が満足できることをした時だと思う。

鳴り止まない拍手が5分ほど続いたところで、枢機卿が前に出た。

「皆の喜びの声は、天上におわすエルメア様に届いたことであろう。このよき日を迎え、我らは改めて、エルメア様の導きの下、魂を磨き育てる試練を生きる心構えを持ちたいと思う……」

そして、始めた話が5分、10分と続いた。

アレンは話が長いなと思い始め、魔導書を取り出し、次は転職、その次は……これからやることを整理し始めた。

だが、それからも5分ほど話は続き、アレンがやることを終えてしまってもまだ終わる様子を見せない。

「エルメア様の試練は全ての人に平等である。我々はそのことを心に……」

（大体分かったから。巻きでお願いね。エルメアすごいすごい）

アレンが心の中で呟いたその時だ。

観衆の一部がざわめき出した。そして、みっしりと立ち並ぶ人々をかき分けて、神兵の一団がこちらに向かってくる。

やがて、彼らが演壇に近づいてくると、その前方で、人々を押し除《の》けて演壇に向かう者がいるのが分かった。演壇の前には別の神兵の一団が、警護のために並んでいたが、彼らが前に出た次の瞬間、2組の神兵たちに挟まれる形になった、1人の女性が絶叫した。

「平等なんて嘘！　私たちは迫害を受けています!!」

その声を聞き、キールがさっと前に出た。演壇の縁まで行き、声のする方を見下ろした。

キールが見たのは、なにかを胸に抱えた女性だった。神兵たちに取り囲まれながら、演壇を見上げた彼女と、キールは目を合わせた。

「お助けください！」

女性は胸に抱えたものをキールに見せるように差し上げた。

それは、ぼろぼろの布に包まれた赤子だった。

「この子が昨日からお乳を飲みません！　せめて、せめてこの子の命をお救いください!!」

声を嗄《か》らして叫ぶ女性に対し、彼女を取り囲む神兵たちは、いざ取りおさえようとしても、なかなか手が出せない。

彼女の気迫に押され、あるいは子供を差し上げているところに突っ込んでどうなるか分からないと思い、あるいは衆人環視の前で力を振るうことにためらいがあるのだ。

「何をしている？　早く取り押さえよ!!」

枢機卿が神兵たちをそう叱責した、次の瞬間だ。

「待て！　その人に触るな!!」

枢機卿と別の声がまだあたりに響いているうちに、それを打ち消すようにキールが叫んだ。

そして、演壇の縁から、広場へと下る階段を降り始めた。

これを見て、アレンたちは演壇の縁にまで行き、枢機卿と並んで下を見る。

キールが降りていく20段の階段は、あくまで儀式用のもので、人がここから降りることは想定されていない。その高い1段1段を、キールは飛ぶようにして降りていく。

一方、広場からキールを見上げていた人々は、突然キールがこちらに近づいてきたので、驚きつつも歓喜した。

「おお、教皇様が降りてこられるぞ！」

「このような若さで、この国をお救いになられたのか」

「教皇様、教皇様。ありがたや、ありがたや……」

口々に賛辞を述べ、拝んでくる者もいるが、当のキールはそれどころではない。

「教皇じゃない！　教皇見習いだ!!」

そう叫びながら20段の階段を降りきると、観衆をかき分けて女性のところへ向かおうとする。

これを見た観衆は、自然と彼の行く先を空け、子供を抱いた女性のところまでキールが通れる道を作った。

キールは女性の前に立ち、そこで、初めて相手の姿をちゃんと見た。

着ている服は汚れ、手足は痩せ細って、肌はがさついている。先ほど、キールに見えるように差し上げていた赤子を胸に抱き、瞳に涙を浮かべてこちらを見ている。

その姿に、キールは、かつて父であるカルネル子爵が動乱罪によって失脚したことで、カルネル家が取り潰しにあった後、妹や使用人たちと共にエルメア教会に身を寄せていた頃の、幼い妹の痩せ細った腕を思い出した。

そして、その顔をまじまじと眺めていたキールは、自分がその女性に見覚えがあることに気付く。

「あなたは……」

それは、このニールの街へ救援に向かった時、アレンが「邪神教を信じている人はいますか？」と呼びかけ、それに対して「邪神教ではありません!!」と言い返した女性だった。

確か、アレンが使った「香味野菜」の効果で、「邪神教」の聖水を飲んだことで体に入り込んでいた呪いを解かれたところまでは覚えている。

あの後、ニールの街にいた「邪神教」の信者たちは、香味野菜によって呪いを解かれ、しばらくは隔離所で生活することになっていた。きっと彼女と、その赤子も一緒だったはずだが、ニールの周辺の安全を確保したあと、自分たちはテオメニアを魔神から解放するために移動して、それきりどうなったか分からずじまいだったことに気付く。

「それで、どういうことなんですか。どうしてこんなひどいことに……」

キールはそう言いながら、赤子の顔をのぞき込んだ。眠っているようだが、顔色が悪くぐったりとして、呼吸は浅く、その間隔は広い。危険な状態だ。

「グレイトヒール」

キールは赤子に手をかざすと、回復魔法を使った。エルメア教会の神官見習いとして、多くの信者を癒やしてきたキールにとって、これくらいのことはなんでもない。

だが、キールはすぐに、この女性からお布施をもらっていなかったことに気付いた。

エルメア教会では、回復魔法をかけるには、その代償として、お布施をもらうことになっている。

具体的には、最低でも銀貨1枚の金をもらう必要があるのだ。

それは、エルメア教会の教義が、「創造神エルメアの与えた『神の試練』に向き合うこと」であり、具体的には「他者からの救いを含めた結果を求める全ての行いは、それを求めるものが対価を払うこと」として、救いを求めるたびに対価を支払うべしとしているからだ。

たとえ銀貨1枚でも、お布施を払ったと見なされれば傷を癒やし、病を退け、毒を消すが、まったくの無償では、重病人でも見捨てなければならない。それは、生き物が糧を得るために他の命を犠牲にしなければならないことや、人が糧を得るために地を耕し、木を育てなければならないことと同じで、創造神エルメアが造ったこの世界の厳しさであり、それに向き合うことが、人々の魂が磨かれることになるとされているからだ。

だが、キールは赤子に回復魔法をかけるのをやめなかった。

今のキールには、目の前の女性が、そして彼女の胸に抱かれる、今にも死にそうな赤子が、かつての妹ニーナのように思えていたのだ。

やがて、キールの手からあふれた金色の光に包まれていた赤子が、目を開いたかと思ったら、

「おんぎゃああ!?」

元気な声で泣き出した。

「！」

この光景を見ていた周囲の観衆は、一瞬息を呑み、次の瞬間、キールの戴冠の時よりも激しい拍手を響かせた。

鼓膜が破れるんじゃないかというほどの拍手に包まれる中、女性は、自分の子供が元気を取り戻したことに目を丸くし、思わず赤子を強く抱きしめてしまう。

「もう大丈夫ですよ！」

キールが、拍手の音量に負けないよう大声でそう言うと、涙で濡れた頬を泣きわめく赤子にすり寄せていた女性は、いきなり彼の足下に跪いた。

「ちょ、ちょっと……」

キールはかがみ込んで、女性を助け起こした。そして周囲の観衆に向かって一喝した。

「静かにしてくれ!!」

途端に、波が引くように拍手の音が消えていく。

キールは、助け起こした女性に訊ねた。

「何があったんですか？　どうしてこんなことに？」

すると、女性は涙ながらに話し始めた。

「私たちグシャラ聖教の信者は、もう何日も満足に食事を取っていないんです。決められた区画から出られず、食事が与えられても、とても全員に行き渡る量じゃないんです……」

女性の話は、キールを追って張りぼての階段を降り、彼の背後にまで近づいていたアレンたちの耳にも届いてきた。

どうやら、教都テオメニアや近隣の村や街から避難してきた人々を受け入れたことで、ニールの街の食糧事情は困窮しているようだ。今回の事態が世界中に知られるきっかけとなった救難信号から、まだ1ヵ月程度しか経っていない。各国から支援が寄せられるとしても、まだ先の話だろう。

今のところ、ローゼンヘイムからの支援物資は届いているが、それだけでは街の食糧事情を以前の状態に戻せるはずもなく、不測の事態に備える必要もあるため、食糧の配給制をしいて、消費量を統制することにしたらしい。

だが、その配給量に偏りがあったようだ。具体的には、街の人口の大部分を占めるエルメア教信者に比べて、「グシャラ聖教」信者に配給される量が、極端に少なかった。

どうやら、今回の事態の元凶であるグシャラ＝セルビロールを「神」と崇めた「グシャラ聖教」信者に対して、エルメア教信者が意図的に配給量を制限したらしい。

それだけでなく、「グシャラ聖教」の人々を、隔離所とした区画から出さないようにしていたという。

（そんな状況に危機感を覚えて、赤子と一緒に区画を逃げ出してきたのか）

アレンは隣にいる枢機卿を見る。

その横顔には、焦るような、ばつが悪いような表情が窺えて、女性が話している「グシャラ聖教」をとりまく現状を、どうやら把握していたようだ。やがて、女性が涙ながらに話終えたところで、キールが身をひるがえし、20段の階段へと戻っていく。

そして、最初の5段を上がり、広場を見渡せる高さまであがったところで、大声で叫んだ。

「この場に『グシャラ聖教』の信者だった者はいるか!? いたらここへ来てくれ！ 他の者は道を空けて、彼らを通してくれ!!」

するど、広場に密集する観衆のあちらこちらから声がした。

「ここにいます！」

「通してください！」

そして、密集した観衆の間から、1人、また1人と、みすぼらしい格好の痩せた人々が、キールのところに集まってくる。

数分のうちに、100人程度が集まった。

区画から逃げ出したのか、区画に入ることを免れた者たちがそれなりの数いるようだ。

「これで全部……なわけはないよな。たしか5000人はいたはずだ」

キールはそうつぶやきながら、困惑と怒りに眉をひそめている。

この場に、これだけの数しかいないということは、残りは街のさまざまな場所に作られた隔離所から動けずにいるか、閉じ込められているのだろう。

すぐにでも助けてあげたいし、できることならどこか別の場所に移送させたい。

しかし、今、ここに集まっている程度なら、カルネルの街にでも連れて行くこともできるだろうが、5000人となるとそうもいかない。かといって、他に、避難民をいきなり連れて行って受け入れてくれる先があるだろうか。

あるいは、キールがアレンに預けている資産を使えば、5000人程度の食料を出すなどわけがない。それを使って、枢機卿に配給量を増やすように指示をする方がいいのか。

キールが、眉と眉の間に、これまで見たこともないくらいの深いしわを刻んでいるのを見上げる。

アレンは、信仰や人々の思いは複雑に絡んでいるなと思った。

今回の事態が魔王軍の計画によって引き起こされたものだったということは、3日前、ようやく知れ渡ったことだ。だが、元「邪神教」信者への迫害は、それ以前から起こっていたようだ。

そうしたことは、事態の終息が宣言され、グシャラが魔王軍の一員であったことが世界中に知れ渡った今、世界中のどこの国でも起こることだろう。すでにその呪いから解放されているとはいえ、かつて彼を神と信じ、崇めた者たちを受け入れようとする国が、どれだけあるのか。

アレンが見守る中、キールは真剣に考え込んでいる。

その姿を、元「邪神教」信者を含む、5000人の観衆が見守っている。

(この決断は難しいぞ)

アレンがそう思った時だ。

「アレン様」

ソフィーがアレンを呼んだ。

「ん？　何だ？」

アレンがソフィーの方を見ると、彼女はにっこりと微笑んでこう言った。

「あの『島』へお連れしてはいかがでしょう？」

「え？」

「苦しんでいる方々を見捨ててはおけません。しかし、このままこの街にとどめておくことがよいとも思われません。でしたら、いっそ、あの『島』にお連れしましょう」

そこまで言われて、アレンはようやく、ソフィーが言っているのが、グシャラと戦ったあの「空に浮いた『島』」のことだと気が付いた。

あの「島」は、後で「魔王軍本拠地破壊計画」に使おうと考えていた。

3日前、ニールの街に着いてから、ガララ提督に連絡して、あの「島」の動力源を操作する魔導具を整備して、使い方を教えてくれそうな魔導技師を派遣してもらえることになっていた。

それを思い出した瞬間、アレンの頭の中で、迫害される元「邪神教」信者と、空に浮いた「島」と、火の神フレイヤが1つにつながった。

(あれ？　これが正解じゃないのか？)

アレンはソフィーを見た。この計画を初めて皆に話したとき、彼女は「もったいない」と言った。

それを聞いて、アレンは何だと思って彼女を見たが、ソフィーが「なんでもありませんわ」と言ったので、なんでもなかったらしいと思っていた。

だが、それは違ったようだ。

「もしかして、あれこれ考えてくれているのか？」

アレンがそう訊ねると、ソフィーはにっこりと笑って頷いた。

「もちろんです。仲間ですもの」

アレンはソフィーを、そしてドゴラを見た。

ソフィーは自分の考えで動き出したなとアレンは思う。

ドゴラはここ一番で活躍したなと思う。

(今回は、仲間たちに助けられてばっかりだ)

「そうか。そうだな」

アレンはソフィーの考えを使うことにする。

元「邪神教」信者は、ニールの街に避難してきた者たちだけでも5000人いる。

これは、テオメニアにグシャラの処刑を止めようと集まった、ギャリアット大陸北部の「邪神教」信者の生き残りだ。

そして、テオメニアと同じような事態が、この大陸の東、西、南で起こっていた。だとすれば、それぞれに「邪神教」信者の生き残りはいて、全部で1万人以上はいることになるだろう。

それくらいなら、あの「空に浮いた『島』」に収容できる。

「ならば、やることは1つだな」

アレンはそう呟くと、キールに向き直った。

「キール。いい案が思い浮かんだ」

「アレン。いい案ってなんだ？」

考え込んでいるところに呼びかけられ、キールは怪訝な顔をする。

だが、アレンはそれに応えず、今度はドゴラに向き直る。

このやりとりを側で聞いていた枢機卿が、何ごとかという表情でキールを見るが、キールは首を横に振って少し待つように言う。

アレンに見つめられ、ドゴラも何だよと訝しげに見返すが、アレンの用があるのはドゴラではない。

「フレイヤ様」

アレンは小声で、フレイヤに呼びかけた。

『む？　何用だ？』

ドゴラの背中から、フレイヤの声が応えた。ドゴラの話では、フレイヤの本体は神界にある彼女の神殿にいて、神器カグツチを通じてこの人間界に力を送ったり、逆に、人々からの信仰を神器に集めて、彼女の本体に送ることができるという。

「もし、フレイヤ様に1万人の信者ができたら、神器カグツチはどれだけの威力が出ますか？」

『ほう？　それはどういう意味だ？』

「どうやら、今、神に救いを求める人々が1万人はいるようなのです」

アレンは悪い顔をして、フレイヤに提案を始めた。

アレンは、この数日の間に、ドゴラからフレイヤに関することをあれこれ聞いていた。

フレイヤに限らず、神々は人間から寄せられる信仰を力とするようだ。

人間から寄せられる信仰を神の力に変える方法は色々あるようだが、その中には、神器を使うことと、使徒を派遣することがあるらしい。

この2つは、神と直接つながったもの、ないしは人間が、集めた信仰を神に送る通路になるという点で共通している。

そして、この通路は双方向なので、神から神器、ないしは使徒に対して神力を送ることもできる。

魔王軍は、神器を奪うことで、この回路を使ってフレイヤの神力を強制的に奪っていたようだと推察できる。

そのため、現在のフレイヤは、その神力をほとんど失っているような状態だという。

それなのに、ドゴラの呼びかけに応じて、バスクを倒すため、さらに神力を使ってしまった。

火の神フレイヤは、直情的で計画性のない神であるようだ。

ということは、現在のドゴラは、フレイヤから神力を分けてもらえる可能性が極めて低い。

アレンはこの状態のドゴラを「ガス欠ドゴラ」と名付けているが、このままではいけない。

じゃあフレイヤの神力が回復するのを、ゆっくり待てばいいかというと、そうもいかない。

いま、フレイヤは、かつてそうであったほどに、人々から信仰されていないのだ。

理由はいくつかあるが、その一番の原因は、人間が「火」を大事にしなくなったためだという。

昔は、火は貴重品だった。火がなければ凍えるし、獣から身を守れない。さらに、火をつけたり、消えないようにするのは大変なことだった。それに、火は扱い方を間違えると大変なことになる。

だから、誰もがフレイヤに祈った。間違いなく火がつくように、間違って消えてしまわないように、火事が起きないように、夜を照らしてくれるように、温め、守ってくれるようにと、火の安全をフレイヤに祈ったのだ。

だが、それも、人間が火を使えるようになると、どんどん廃れていったのだという。特に、バウキス帝国が開発した魔導具を世界中に売り始めると、灯りも熱も火を使うより安定する。火をつけるのにも、魔導具を使えば簡単だ。

こうして多くの一般人が、フレイヤに対する信仰をなくしていったという話だ。

では、フレイヤ以外の４大神、つまり大地の神や水の神などに対してはどうなのかと言うと、いずれもフレイヤと異なり、人間の技術で代用できないものなので、フレイヤほど極端に信仰を集められなくなってはいないようだということだ。

畑を耕すときには、豊穣神モルモルはもちろんのこと、大地の神ガイアにも祈りを捧げる。

畑といえば、雨の多い時期に水害が起きないように、あるいは日照りの時には潤いを求めて、水の神アクアに祈る者は絶えることがない。

もちろん、それでもフレイヤを信仰する者はいた。それは、火を扱わなければできない作業をする者、鍛冶職人たちだった。特に、魔王軍との戦いが長く続くこの世界では、武具の製造は必要不可欠で、多くの鍛冶職人が、毎日働きながらフレイヤに祈りを捧げていた。

だが、それも亜神ディグラグニがダンジョンを作り、そこに武具を配置して、探索の報酬として持ち出せるようにするまでだった。

これにより、武具を作る鍛冶職人が精魂込めて作るよりも早く武具が手に入るようになり、多くの鍛冶職人たちが職を失ったという。

その話を聞いて、アレンはドワーフの名工と言われる鍛冶職人ハバラクのことを思い出した。

S級ダンジョンで手に入れたオリハルコンを加工してもらおうと、勇者ヘルミオスに紹介してもらって会いに行ったら、フレイヤの力が失われて、世界中でオリハルコンを加工できるほどの火力が用意できないと嘆かれたのだ。

じゃあ、魔法使いが火属性の魔法を使う時はどうなんだと聞いたら、セシルから、魔法に関してはイシリスに祈ると言われた。どうやら、魔法使いが魔法を使う際に構成する幾何学模様は、魔法の神イシリスに交渉するために必要な神学文字だそうで、つまりは魔法を通じて火が起こったとしても、それはイシリスのおかげということになってしまうらしい。これも、火を起こすことが一般化して、フレイヤに祈る人間が減った理由となるようだ。

さらに、エルフたちの場合は、神に祈るよりも精霊たちと交信するので、そもそも数に入らない。

こうして、フレイヤの神力が回復するのには、かなりの時間がかかることとなってしまった。

だが、今、この大陸全土に、１万人ほどの元「邪神教」信者がいる。

彼らがもし、フレイヤに祈りを寄せるようになったら、それはフレイヤにとってどれだけの神力となるのか。

ぶっちゃけ、アレンは、今後のドゴラが魔神を狩るための戦力として、どれだけ役に立つのか知りたいのだが、そうは言わない。

「いかがです、その１万人が、フレイヤ様へ常に祈りを捧げるようになったとしたら？　カグツチの威力はどうなります？」

『１万人か。そうだな、少し時間はかかろうが、いずれはあのデカブツを倒した時と同じくらいの威力を出せるようになるはずだ』

あの「デカブツ」って誰だと思ったが、どうやら変貌したバスクのことのようだと気付く。

フレイヤはバスクに興味はなく、二つ名どころか一つ名も覚えていないようだ。

（マジか。上位魔神になったバスクを狩るだけの威力になるのか）

具体的に、神力を集めるのにどれだけ時間がかかるのか分からないが、これはかなりの朗報だ。

上位魔神に対して一撃必殺のある仲間の存在は戦術の幅を広げることができる。

『しかし……そうか。わらわに新たな信者がな。ふふふ』

火の神フレイヤの声が歓喜で裏返ってしまっている。

「いやいや、まだそうと決まったわけではありません。ですから、フレイヤ様、ここは一度お姿を現されるのがよろしいかと」

アレンは悪い顔をして言う。

『ほう？』

「人間は神に比べて足りない部分が多くございます。救いの手を差し伸べるなら、それが誰のものなのか、はっきりとさせたほうがよいのです」

神と信じていたグシャラに見捨てられた状態の元「邪神教」信者たちを救うなら、誰が彼らを救ったのか、祈るなら誰に祈る必要があるのか、人々に知らしめるべきだし、獣人たちが獣神ガルムに祈るがごとく、確実に、全力で祈ってもらわねば困るとアレンは考えている。

別の者に祈られたのでは、フレイヤの神力にならないので意味がない。

『それはそうだが、我らがこの地上に姿を現すにはそれなりの理由がいるぞ。その理由はなんとする？』

神は、簡単に地上に姿を現すことができない、おいそれと力を振るってはならないというのが、神々の守るべき理である。もし、軽々しく地上に現れ、何度も力を振るうようなことがあれば、この世界の調和が崩れてしまうのだ。

だから、人々の願いを聞き届け、神力を振るうのに、神々は契約や代償を求める。

あるいは、そうした神力を授けた使徒に代行させるのだ。

精霊神ローゼンが、本来の態のような姿ではなく、モモンガに似た小動物の姿でいたり、「精霊王の祝福」を使うのみで、他のもっと有効な手助けをしないのも同じことだ。

「この状況に見覚えはございませんか？　降臨祭です」

アレンが口にした「降臨祭」とは、年に1度、創造神エルメアを含めた数柱の神々が、テオメニアにある神殿の階段に降臨して、人々にその力を見せる祭のことだ。

『ほう、なるほどな！　今のこの舞台は、降臨祭にうってつけだな!!』

フレイヤの声が興奮してきたのを聞き、アレンは自分の提案が当たっていたことに内心ほくそ笑む。

(やはり、神々は降臨祭に出たいんだな。信仰を集めるチャンスだからだな)

「現在、テオメニアの神殿は、降臨祭を行うにはあまりにも荒れ果てております。そして、都合のいいことに、今日は、見習いとはいえ教皇が交代する重大な式典。そこにフレイヤ様が、その美しいお姿を人々の前に現すのは、これは降臨祭の代替と見なされるのではないでしょうか」

『ほう？』

「そして、その時、たまたま祈る神を失い、救いを求める人々が居合わせた……とそういうわけです」

『なるほど、それならエルメア様も納得するかもしれん。だが、わらわは人間を救うなどしたことがないぞ』

「それは……いや、具体的に人々をどう救うかは、同じ人間である使徒にお任せになればよろしいでしょう。ただ、彼らを救う使徒は、フレイヤ様の加護のもとにそれを行うのだと、そう言っていただければいいのです」

アレンがそう言ったのを、横で聞いていた精霊神ローゼンが、いきなりソフィーの耳元で囁いた。

『ソフィアローネ、ちょっと眠くなったよ。はは』

「え？　ろ、ローゼン様？」

慌てて聞き返すソフィーだったが、その肩の上で、精霊神は目をつむったかと思ったら、すやすやと寝息を立て始めた。

そんなこととは知らず、アレンはフレイヤに、これからやってほしいことの手順をあれこれと説明する。

「ですので、ああして、こうして。こんなこともできると助かります」

それを聞き、フレイヤの声はほうほうと感心したようすだ。

『なるほど。その程度なら問題はないぞ。しかし、そなたはこの短時間で、よくもまあそのようにいけしゃあしゃあと口が回るものだな』

「フレイヤ様ほどではございません」

『ふん、まあよい。そなたはアレンというのだな。覚えておこうぞ』

「ありがたき幸せでございます」

アレンがそう言った次の瞬間、なんの前触れもなく、ドゴラが背負った神器カグツチから、炎の柱が噴きあがった。

そして、炎の柱の先端が、戴冠式の行われていた演壇の高さに達すると、炎が形を変え、長い髪をまっすぐ伸ばした女性になった。

これを見た観衆が何事かとざわめいた。中には、テオメニアで起こった炎上を思い出したのか、悲鳴をあげてその場から逃げ出そうとする者もいる。

側で見ていた枢機卿や神官たち、そして演壇の上から事態を見守っていたシア獣王女も、唖然としてこの風景を眺めている。

『そこの母子よ』

炎の柱の先端の女性像が声を発した。その顔は、さきほどキールに窮状を訴えた女性に向けられている。

「は、はい」

『そなたの訴えは、わらわの使徒を通じて、わらわの耳にも届いておった。だが、これからは安心してよいぞ。わらわの使徒が、そなたらを守るであろう』

「ほ、本当でございますか⁉」

『そら、これがその証じゃ』

そう言って、フレイヤが女性に向かって右手を差し伸べると、その手が長く伸びて、炎の帯となって女性と赤子に向かった。

女性が驚きのあまり動けずにいると、炎の帯は女性を包み込んだ。

一瞬、その光景を見ていた全員が息を呑んだ。女性が燃えてしまうのではないかと思ったのだ。

だが、女性は、その衣服も髪も燃えないどころか、安堵の表情を浮かべている。

「ああ、フレイヤ様……」

女性の声に、それを見ていた観衆が、一斉に安堵のためいきを漏らした。

皆、女性が炎に包まれたことに動揺し、彼女と赤子を心配していたようだ。

そこには、元「邪神教」の信者だとか、エルメア教の信者だとかいった垣根はなかった。

（さて、メルス召喚っと）

アレンは王化してゴージャスになったメルスを召喚する。

これには、観衆が一斉に驚きの声をあげた。まさか創造神エルメアの使徒である第一天使が、なんの前触れもなくこの場に姿を現すなんて、誰も想像しなかったからだ。

こんなこと、先代の大教皇が、さらにその前の教皇の座に就いた時だってなかったことだ。

「メルス様だ!?」

「なんと神々しいお姿だ」

「やはり、創造神エルメア様は我らをお見捨てにならなかったということか」

観衆が歓喜の声をあげ、我先にとその場に跪いてメルスを拝む。波打ち際から波が返すように、式典の演壇から広場の外周部へと観客の拝跪《はいき》が広がっていく。

アレンが見ると、枢機卿もその場に跪いて頭《こうべ》を垂れていた。

『フレイヤ様、ご機嫌麗しう』

メルスがアレンからの指示どおり、フレイヤに挨拶した。

『メルスよ、わらわの使徒に授けられるという「島」はどうなった？』

『この街の南、ちょうどこの大陸の真ん中に用意しております』

メルスはアレンが指示するとおりにセリフを口にしながら、この茶番を繰り広げているのは、自分がただの召喚獣で、指示どおりに動かねばならないからだと言い聞かせているようだ。

『聞いたか、皆の者。メルスがわらわの使徒、これなるドゴラのために、空に浮いた「島」が用意されたことを報せてくれた。そこにはわらわの使徒ドゴラと、彼の仲間たちを支える者が住まうこととなる。誰ぞ、我らとともに来る者はいるか！』

フレイヤが、メルスが誰かの指示で動いていて、しかし、それが誰だかははっきりと分からないようぼかして、彼がやってきた表向きの目的を告げると、跪いた観衆の中から、1人、また1人と立ち上がった。この場に居合わせた元「邪神教」の信者は、残らず立ち上がっている。

『よし、そなたらの顔は、このフレイヤ忘れぬぞ。わらわの使徒と共に、この炎の導きをたどり、「島」を目指すがよい！』

そう言って、フレイヤが両手を天に掲げると、その手の平から小さな火の玉が次々と宙に飛び出したかと思ったら、雪のようにふんわりと広場に降りてくる。

もちろん、人々は驚き慌てるが、触れても燃えたりはせず、ほんのり温かくゆらめいているだけだ。

邪神教のグシャラ処刑の際に、目に焼き付いた、漆黒の炎の光景を、まるで火の神フレイヤが、浄化の炎で清めるが如く、群衆たちのつらい思い出を浄化していく。

やがて、観衆のうち、フレイヤの呼びかけに応じて立ち上がった者たちは、広場に降りた火の玉が、広場を南に向かって直線状に配置されていることに気付く。

『そなたらの他にも、「島」を目指したいという者がおれば、連れてくるがよい。わらわとわらわの使徒は、そなたらを見捨てぬと知れ！』

フレイヤがそう宣言すると、その場に立ち上がった者たちが、一斉にフレイヤとドゴラの名前を叫び始めた。

『うむ。ぬふふ』

火の神フレイヤはその光景をニマニマしながら眺めた後、出現した時と逆回しの動きで、ドゴラの背中の神器カグツチに吸い込まれていった。
こうして、新教皇見習いの戴冠式と、突発的な降臨祭が幕を下ろしたのであった。

第十三話　浮いた島の活用

戴冠式がなし崩し的に終了し、今回の事態の終息を宣言する式典もそそくさとこなして、アレンたちは、観衆の歓声と拍手に見送られて、ニールの街のエルメア教の教会へと向かった。

クリンプトン枢機卿に案内され、教会の奥の一室にたどり着く。

「こ、こちらです。こちらの会議室をお使いください」

「ありがとうございます」

アレンは礼を言って会議室に入ったが、そこは本当に会議室なのかと思うような場所だ。

四方を石の壁に囲まれた部屋で、天井が高く、窓はない。アレンたちが入ってきた扉以外の壁にはたくさんの燭台が等間隔に備え付けられていて、蠟燭《ろうそく》が部屋を明るく照らしている。大きな木のテーブルと椅子があるが、どうにもちぐはぐな印象があった。

もしかしたらエルメア教の儀式に使う部屋に、テーブルと椅子を用意したのかもしれない。

「あ、あの。何か、お食事でも」

クリンプトンは、元第一天使のメルスを前にして、いつも以上に緊張している様子だ。

『私に気を配る必要はない』

メルスが応えると、その場にひざまずかんばかりにぺこぺことお辞儀をする。

「か、かしこまりました」

そう言って、部屋から出て行こうとするクリンプトンに、アレンは声をかける。

「ああ、クリンプトン枢機卿」

「は、はい」

「元『グシャラ聖教』の人で、この街を離れて、私たちと同行したいという人たちの人数を確認し、名簿を作っておいてください」

元「邪神教」の信者が、エルマール教国内ではどのような生活をしていたか、アレンには分からないが、普通に考えて、エルマール教国内に家があったり、家族もいたりするだろう。血縁者がいて、その人たちも「邪神教」の信者だったかもしれないし、エルメアを信仰していたかもしれない。

そういう人たちとも離れることになるから、同行者や、持ち出す荷物と、それを準備する時間についても、希望を聞いておいてほしいと伝える。

「かしこまりました。しかし……移住者は基本的に元『グシャラ聖教』に限るというのは、本当ですか？」

アレンは、「空に浮いた『島』」に移住する者の中に、エルメア教の信者を入れないようにしようとしている。

夫婦や家族でどうしても、異なる宗教を信仰しているなら別だが、基本的な方針として枢機卿に伝えている。

火の神フレイヤ、そして元第一天使メルスの姿を、その場に集まった観衆が目撃した。

彼らのほとんどは、当然のことながらエルメア教の信者で、彼らの中には「島」に移住したがる人はいると言う。

だが、彼らと元「邪神教」の信者の間で、折り合いがつかないことになると困ることになるかもしれないとアレンは考える。

ニールの街では、エルメア教会が元「邪神教」の信者を爪弾きにした。

移住する者の中に、エルメア教の信者が多いと、同じことが起こるかもしれない。

あるいは、元「邪神教」の信者が多い場合には、逆のことになってしまうかもしれない。

空に浮いた「島」が、宗教対立の場になってしまうのは避けたい。

クリンプトンは横にいる部下と思われる神官に、アレンの言葉をメモするように指示をしている。

「そうですね。私たちも手が足りませんので」

「そうおっしゃるなら、そのようにいたしましょう」

「ただ、私たちはそういう方々と生活し、導くことに関しては素人です。もしも、エルメア教会の神官の方で、顧問というか、お手伝いいただける方がいたら、来ていただけると助かります」

アレンは、健一だった前世を含めて、宗教団体を立ち上げたことはない。

こういうことは専門家に任せた方がいいだろう。

ギャリアット大陸全土に生存している、元「邪神教」の信者は1万人を超えていると思われる。

そのうちどれだけがやってくるかは分からないが、仮に全員が集まったとしても、面倒を見ることができるくらいの神官に手伝って欲しいと伝える。

「は、はあ……」

「あともう1つ大事なことがあります」

「……なんでしょうか？」

クリンプトンが怪訝な顔をするが、アレンは話を続ける。

「クリンプトン枢機卿に先日伝え、先ほどもお見せしましたが、火の神フレイヤ様のお力があったからこそ、今回は被害を抑えられました」

「は、はい」

クリンプトンは、何を言っているんだと思う。

今回の事態を引き起こした「グシャラ聖教」の背後には魔王軍がいて、ギャリアット大陸全体に甚大な被害をもたらした。

エルマール教国の教都テオメニアも炎上し、先代のイスタール＝クメス大教皇をはじめとして、多くの命が失われた。

確かに、火の神フレイヤが力を貸して、アレンの仲間の1人が彼女の使徒となったことで、事態の元凶であったグシャラ＝セルビロールは倒された。だが、「被害を抑えられた」とはどういうことか。

「ですから、キールの戴冠式が行われたあの広場には、フレイヤ様の像を飾っていただきたい。当然、使徒になったドゴラの像もです。フレイヤ様と、その力を地上に発揮する使徒ドゴラがいなければ、もっと多くの被害が出ていたかもしれないのですから」

アレンのその言葉に、アレンの説明を誤解していたことに気付いたクリンプトンは、しばらく考え込んでいたが、

「……ひとまず、ご希望は、速やかに会議で話し合いたいと思います。なるべく早くご返答できる

ようにいたしますので、お待ちください」

そう返事すると、キールに深々とお辞儀をして、クリンプトンたちは会議室を出て行った。

アレンは、これで、エルメア教会の信者たちからも、少しでも多くの信仰が火の神フレイヤに向かうかもしれないと思った。

アレンが話し合っている間に、仲間たちは会議室のテーブルに着いていた。

そこにはシア獣王女、ルド隊長、ラス副隊長もいる。

3人は、この会議が終わったら、再びクレビュール王国に戻るという。

あちらでも、「邪神の化身」や魔獣の脅威が去ったことを国民に伝える式典が行われるので、同盟国の使者として、そちらにも参列するようだ。

だが、その前にニールの街にやってきたのは、エルメア教の新たな教皇見習いが誕生する戴冠式だからというだけではなく、グシャラを捕まえ、テオメニアに引き渡したことで今回の事態の発生に関係してしまった者として、終息宣言の場に居合わせたいと考えたからだという。

仲間たちに遅れて、アレンが最後に席に着くと、おもむろにソフィーが口を開いた。

「アレン様」

「ソフィー。どうした？」

「皆にお引き合わせしたい方を、こちらにお呼びしています。お迎えしてよろしいですか」

ソフィーがそう言った時だ。

コン
コン

会議室の扉をノックする者がいる。

「私が参ります」

ラス副隊長が扉を開けると、廊下にはエルフが1人立っていた。

「む？　何用か？」

「はい。ソフィアローネ様へ、伝言をお持ちしました」

ラス副隊長が振り返ると、ソフィーが頷く。

「入るがいい」

エルフは会議室に入ると、ソフィーの前に跪き、手にしていた封書を恭しく差し上げた。

（たしか、ローゼンヘイムからも何人か連絡用にエルマール教国にエルフがいるんだっけ）

世界的な規模を持つエルメア教会の総本部であるエルマール教国には、ローゼンヘイムからも外交官のような役目のエルフたちがやってきている。炎上したテオメニアにもいたはずだし、そこから脱出できた者が、このニールの街にも滞在しているのかもしれない。

ソフィーは受け取った封書を開き、中身に目を通すと、顔をあげてにっこりと微笑んだ。

「オルバース王からです。アレン軍への加盟を承諾していただきました」

「アレン軍!?　アレン軍って何よ？」

セシルは驚きのあまり声が高くなってしまう。

「それは俺も初耳だぞ。ソフィー、どういうことだ？」

「はい。魔王軍の脅威は、もはや5大陸同盟だけで対処できないものになっていると思われます」

「ふむふむ」

アレンは相づちを打ちながら、ソフィーの話に耳を傾ける。

「今回は、アレン様と私たちが、どうにかその計画を食い止めました。ですが、これ以外にも、魔王軍の計画は、人知れず潜行して同時進行していると考えるべきです。そして、そのような潜行した計画に対し、５大陸同盟は対処が遅くなります。たとえ計画を察知したとしても、国際会議による検討を経てからでないと、具体的な行動に移ることができません」

「確かにそうだな」

シア獣王女が腕組みして頷く。

「なるほどね」

シアの横で、絶対に分かっていないクレナも腕組みして頷いている。

「ですが、アレン様と私たちなら、５大陸同盟とは別に動くことができます。Ｓランク冒険者に認定されたアレン様は、各国の冒険者ギルドに働きかけることができ、これをうまく使っていただければ、どこの国でもある程度自由に動けるのだと伺いました」

そこまで聞いて、アレンもようやくソフィーが何を言いたいのかわかってきた。

「そうやって自由に動く時に、手足となってくれる部隊を持つということか」

「そうです。今回、私たちはチームを分け、アレン様と別行動を取りました。それぞれがそれぞれの意思で、状況を判断し、成果をあげることができました。でも、それは、魔王軍の規模がさほど大きくなかったからではないでしょうか。今回、私たちが計画を止めてしまったことで、魔王軍はさらに新たな計画を実行してくるでしょう。そして、あのキュベルが言ったように、アレン様と私たちは、彼らに目をつけられています。そうなれば、また私たちが別行動を取らなければならなくなった時、魔王軍は、私たちだけでは太刀打ちできない規模の相手を差し向けてきます。そうなったら、私たちにも、一緒に戦ってくれる、多くの仲間が必要になります」

「さすがはソフィーだ」

シア獣王女が相づちを打つ。

「ありがとう、シア。……そこで、私は女王に願い出て、ローゼンヘイムより、精霊魔導士1000人と、星2つの「才能」を持つ1000人、そして将軍たちとガトルーガを、私たちとともに行動する者として派遣していただけるようにしました」

「ガトルーガさんも？」

ガトルーガは、ローゼンヘイム最強の精霊使いだ。

「はい。彼が来てくれれば百人力です」

（お、これは助かるかも。あの「島」は、今のままじゃただの岩だしな）

ガトルーガが精霊たちに働きかければ、元「邪神教」の信者たちが移住してくる前に、土地を改良して住めるようにしておくことができるだろう。

「そして、オルバース王からは、精霊魔導士を含む1000人を派遣いただけるとお約束をちょうだいしました」

アレンは、オルバース王がオアシスの街ルコアックの魔神討伐に同行したのは、自分たちのところに仲間を派遣するべきかどうか、判断する材料を得ようとしたからかもしれないと思った。

ソフィーがオルバース王からの手紙を差し出すので、アレンも中身を読んでみた。

派遣される1000人のダークエルフは、ほとんどが星2つの「才能」を持ち、彼らの指揮を執るための将軍を数人同行させるものの、最高指揮権はアレンに譲渡することがはっきりと手紙に書かれていた。

「どんどん増えていくけど、これからももっと仲間……というか、兵士？　を増やすの？」

セシルが訊ねると、ソフィーは首を振った。

「そうはなりませんわ。多すぎても身動きが取りづらくなります」

「なるほどね」

「必要になれば集めればいいでしょうし、それよりも、まずは軍の練度を上げる必要があります。大規模な戦闘になれば、部隊ごとの連携が取れなければ意味がないですから」

「それで……シアはいかがです？」

不意に、ソフィーはシア獣王女に話しかける。

（なるほど、獣人がいると戦術の幅も広がるからな）

獣人は接近戦を得意とし、魔法使いや僧侶の魔法、精霊魔法とは異なったスキルが使える。

そして、それがシア獣王女の部下として練度を上げてきた部隊ならば、最初から安定して戦えるだろう。

（まあ、アレン軍に参加した者を転職させれば、S級ダンジョンの攻略にも手が届くと思うな）

アレン軍に参加した者は、もれなく転職用ダンジョンに向かわせようとアレンは考える。

おそらくステータス値の半分は引継ぎがあるだろうから、生まれつきの「才能」のまま何もしないでいる星2つ、星3つの「才能」より強くなる。

そうやって自分の考えにふけっているアレンを横目に見ながら、シア獣王女はソフィーからの質問への回答を保留している。

「ふむ、そうだな……」

自分たちがアレン軍に参加するということは、部下たちがアレンの指揮のもとで行動することになるようだ。

アレンが、それに値する人間か、シア獣王女には今ひとつ判断がつかない。

だが、ここで決めなければならないとも思う。

「アレン殿」

シア獣王女はアレンをじっと見つめて口を開く。

「1つ聞かせてくれ。何故、魔王と戦うのだ？」

「魔王だからですかね」

アレンが即答したので、シア獣王女は目を丸くしてしまう。

「も、もう少し詳しく説明してくれぬか？」

「私は、魔王は滅ぼすべき者だと考えています。魔王がいるから倒す以上の答えを持っていません」

アレンがきっぱりとそう言ったので、シア獣王女は余計混乱してしまう。

「それは……なんだ、まるで、そうだな、自分が生まれ住んでいる村の近くに魔獣が現れたから排除するとか、そういうことのように聞こえるが？」

「え～と。まあ、そうですね」

アレンはうまい答えが思いつかない。

シア獣王女の言っていることは、何か違う気もするし、同じことのような気もする。

（だって魔王だろ。倒すしかないじゃないか）

アレンが「そうですね」と言ったきり黙っているのを、シア獣王女は、それが答えだと受け取った。

「なるほどな。アレン殿は、この世界を自分の村のように思っているということか。はは！」

シア獣王女は急におかしくなった。

自分は、ガルレシア大陸を統一し、獣人帝国を築こうと考えている。

それに比べ、この人族は、この世界を自分の生まれた開拓村と同じように考えていた。

そして、魔王を、自分の住処の近くにやってきて、荒らし回る獣かなにかのように捉えているのだ。

そんな考えを持つのは、よほどの大馬鹿か、よほどの大人物だ。

そのことは、アレンが貴族とも王族とも、精霊神とも、火の神とも、元第一天使すらとも当たり前のように会話をすることからも分かろうというものだ。

「ははは！　アレン殿は『大きなものの見方』をしているのだな！」

シア獣王女は、アレンと魔王の戦いを、生まれながらにこの世界を自分のものと考えている者と、その世界を侵略しようとする者との、世界を賭けた覇権争いであると理解した。

そして、獣人帝国を築くなら、そうした世界規模の争いの中で、有利な立場を得てこそ成し遂げられるだろうと判断した。

「シア様……」

声をかけてきたルド隊長に、シア獣王女がにっこりと笑って頷いた。

「余は決めたぞ」

そして、再びアレンに向き直り、こう言った。

「アレン殿、余も力を貸そう。今後は余の部下たちを、己《おの》が手足と思って命ずるがいい」

そうして、魔王を滅ぼした者に手助けしたとなれば、獣王になれなくとも、獣人帝国を築くにはむしろ近道であろうと考える。

「ご協力感謝しますわ、シア」

ソフィーが深々とお辞儀をした。

「じゃあさ！　あの『島』に名前をつけよう！」

いきなりメルルが声を上げた。

「メルル。『島』に名前を？」

「そうだよ。だって、ローゼンヘイムの勇士たちと、シア様の部隊が合流して、僕たちが1000倍にもなるんだよ！　それなのに、活動拠点になるあの『島』に名前がないのはよくないよ！」

「そうだそうだ！」

クレナが同意し、ソフィーもにこにこと頷く。

「メルルの言うとおりですわ。アレン様、お決めになってください」

「ん？　俺が決めるのか？」

「はい。私たちの活動拠点に好きな名前をお願いします」

アレンは目を閉じて考える。

（ん〜。えっと。俺たちのパーティーは「廃ゲーマー」。その活動拠点だから、「廃人島」とか。いや、なんかそういうのじゃないな。もっとヘビーな感じがいい。自分らの活動は決してライト層であってはならないからな）

元「邪神教」の信者と共に生活し、数千人規模の軍隊と共に、魔王軍という、いわばこの世界の敵と戦う活動にふさわしいものを……と考えたとき、自然と1つの言葉が思い浮かんだ。

「じゃあ、そうだな。『ヘビーユーザー島』にしよう」

それを聞いた仲間たちは、口々に「ヘビーユーザー島」と口にしてみる。

「ヘビーユーザー島……まあいいんじゃない？」

「ヘビーユーザー島、だね！」

「俺は何でもいいぞ」

「ヘビーユーザー島、か」

「……」

「ヘビーユーザー島！　カッコいいよ！」

それを聞いていたシア獣王女は、自分でも思いがけないことに、気持ちが高ぶってくるのを感じる。

「ヘビーユーザー島……聞き慣れない、意味の分からない不思議な響きだが、魔王軍と戦っていくのにふさわしい、新しさがある気がするな」

「また何か、新しいことが始まりそうだな！」

自分の元に、いくつもの種族が集まり、軍隊となる。

アレンはまた何か新しいことが始まりそうだと、目を輝かせたのであった。

第十四話　魔王軍の次の計画

壁も床も天井も、真っ白な、大理石のような石材でできた部屋の、床に描かれた魔法陣が輝いた。

パアアァ!!

魔法陣の光の中に、「原始の魔神」キュベルが現れる。

その手には、1冊の大きな本が握られていた。

彼がいつもの踊るようなステップで、鼻歌交じりに部屋に1つしかない扉を抜けると、続きの部屋に控えていた、使用人の格好をした魔族の女性が、キュベルに向かって深々とお辞儀をした。

『これはキュベル参謀、お帰りなさいませ』

上位魔神であり、魔王軍の中でも最上位級の役職についているキュベルに対して恭しく挨拶をする。

『ただいま。魔王様は玉座の間かな?』

軽い口調でキュベルが話しかけると、使用人姿の魔族は困ったような顔をした。

『はい。しかし、今は上位魔神ラモンハモン様にお会いになっております』

『ふうん、思ったより早かったね』

そう言って、キュベルは続き部屋を出て、塵《ちり》ひとつない真っ白な床石と柱の並ぶ回廊をすたすたと進んでいく。

真っ白な階段を登ると、上階からざわめきが聞こえてくる。

『壊滅というのは、本当か!?』

『ローゼンヘイムに続き、中央大陸までも?』

『ああ、帰還者は総大将のラモンハモン様のみだと聞いている』

階段を上がりきったところで、キュベルはその場に集う魔神たちを眺める。数百体はいようかという彼らの姿かたちは、身長が他の魔神の数倍はある者、手足が何本もある者といった、人間に似た形状の者ばかりでなく、虫、獣、そして魔族など、多種多様な種族の痕跡をとどめる者まで、全て一様ならざる個性を発揮している。

ここは、魔王軍の総本山とも言える、魔王城の中心部に当たる大広間だ。

今年、中央大陸に攻め込んだ魔王軍の主力軍団が、諜報活動に従事していた一部を残し、包囲作戦によって殲滅されたという報告が、先ほど入ってきた。このまさかの報告を受けた後に、この場に集められた魔神たちが騒ぐのも無理はない。

キュベルは、しかし動じた様子もなく、いつものふざけたステップで彼らの中に入り込んだ。

『!?』

キュベルの登場に、魔神たちが驚きながら道を空けた。魔王軍の参謀が現れたことに、いよいよその場が騒然としてきた。

だが、キュベルの様子はいつもと変わらず、魔神たちは、彼が鼻歌を歌いながら目の前を歩いていき、大広間の中央にある、魔王の玉座がある上階へ続く階段を登っていくのを見送るしかなかった。

　キュベルが玉座の間にたどり着くと、さらに数段ある階段の上にある玉座に座った魔王がキュベルの到着に気付き、彼の方へ視線を向けた。

　キュベルと魔王の間には10体ほどの上位魔神がいた。

　大広間にあれほどの魔神がいたのだが、この場に魔神は1体もいない。

　魔王軍総司令オルドーが魔王に最も近くに座り、六大魔天の全員がその後ろで跪く。

　さらにその後ろで、魔王に向かってあれこれと陳情をまくし立てる、男女混合の魔神は、それに気付かず声をあげ続けている。

　姉のラモンと弟のハモンの2体の魔神を魔獣兵研究長官シノロムによって魔造された上位魔神だ。

　その周りには、魔王軍の中でも最高位の上位魔神で構成された六大魔天の全員が跪いている。

『『魔王様！　全ての責任はあのキュベルにあります！　ローゼンヘイムに続き、中央大陸方面軍が壊滅したのも、全てはあの者の作戦が……!!』』

　1つの胴体に2対の手足を持ち、1つの頭の両面についた男と女の2つの顔から同時に批難の声をあげる、上位魔神ラモンハモンの背後にキュベルが立った。

『そのキュベル、ただいま戻りました。魔王様、こちらが今回の成果でございます』

　驚いて背後を振り返るラモンハモンの頭越しに、キュベルは本を持っていない方の手を、魔王に向けて差し出した。すると、そこに漆黒の球体が出現した。グシャラがギャリアット大陸で集めた、人間たちの命だ。

　漆黒の球体はすっと宙を飛び、魔王の手のひらに移る。

「ふむ。キュベルよ。ご苦労であった」

『き、貴様。キュベル！　よくもおめおめと戻ってきたな。この敗北の責任、どうとるつもりだ!!』

ラモンハモンは跪いて後ろを振り向いた姿勢で、キュベルに向かって怒りの声を噴き上げた。

２つの頭が同時に同じことを話すため、言葉が重なって聞こえる。中央大陸の軍の総指揮を執っていた彼らは、魔王軍参謀キュベルの作戦にしぶしぶ従った結果、５大陸同盟に対して全軍壊滅という大敗を喫したばかりで、困惑と怒りにかられていた。

『ラモンハモン殿は、間違いなく参謀の作戦に忠実に従った。その結果、貴重な戦力を失うことになったことは、吾輩《わがはい》も不可解極まりない。参謀キュベル殿、こたびの計画に関して、その真意をお聞かせいただきたい』

居並ぶ上位魔神の中から、金属的な輝きを放つ甲虫の姿をした魔神が口を開く。

この上位魔神は、魔王直属の親衛隊でもある、オルドーを筆頭に構成された六大魔天の一角であるビルディガと言う。

『『ビルディガ大将軍もこう言っている！　キュベル、言い逃れできるならしてみせろ!!』』

まだ上位魔神になったばかりのラモンハモンは、最高幹部の１体に同調して貰えたことをいいことに、さらに気持ちが昂る。

ラモンハモンがそう叫ぶと、キュベルはその場で飛び上がらんばかりに驚いてみせた。

『え？　敗北？　嘘??　あれだけの軍が？　ご、御冗談を！』

一瞬の沈黙の後、ラモンハモンがいきなりその場に立ち上がった。

『殺すわ、八つ裂きにしてあげましょう！』

『殺す！　俺は貴様を殺すぞ、キュベルよ』

あきらかにバカにされたことを察して、ラモンハモンの４本の腕はわなわなと震え、今にもキュベルに掴みかかりそうな勢いだ。

だが、その頭を、優しくとどめる者がいる。

「キュベルよ。今まで何をしていた？」

ラモンハモンを押し止めながら、いつの間にか玉座から降りた魔王は、キュベルを真正面から見据えてそう訊ねた。

すると、頭を押さえられたラモンハモンは深く頭を下げ、これまでの怒りが嘘のように沈黙した。

「バスクから、すでに仔細は聞いている。帰還までに時間がかかった理由を説明せよ」

その場に集まった上位魔神の中には、左肩から右腰まで、生々しい傷痕の残るバスクもいて、他の人型の魔神たちと異なり、だらしなく胡坐《あぐら》をかいている。

『ごめんなさい。探し物をしていまして、見つけるのに苦労したんです』

そう言って、手に持った本を見せる。

「余はてっきりエルメアに何か報告にでも行ったのかと思ったぞ」

魔王の発言に、ラモンハモンがみじろぎして驚きの声をあげた。

『『そ、それは、魔王様、どういうことでしょうか!!』』

「キュベル。お主は以前、第一天使であったと聞くが」

『『!?』』

これには、ラモンハモン以外の上位魔神のうち何人かも息を呑んだ。

『はい、そのとおりです。だけど、それも昔々のお話。エルメアとはずいぶんと会っていませんね』

『『魔王様、こやつは私が殺します。よろしいでしょうか？』』

ラモンハモンが魔王に訊ねた。その4つの目は、殺意を込めてキュベルを睨みつけている。

「キュベル、今の返答では納得せぬものがおる。言いたいことがあれば、さらに申してみよ」

『はて？　僕は頭が悪いもので、よく分かりかねます。何か言い繕わねばならないことでもありましたか？』

「ほう？」

『『き、貴様!?　そもそもだが、貴様の作戦とやらのせいで、去年のローゼンヘイムに続き、今年の中央大陸方面でも敗退したのだぞ!!』』

正気かとラモンハモンは2つの口で絶叫する。

『去年と今年の戦争？　あれ、僕が2度も失敗したと。ちょっと考えさせてくださいね』

「かまわぬ」

魔王がそう言うと、キュベルはその場にふわりと浮かび上がり、空中であぐらをかいたかと思ったら、『う～ん』と呟いて、大袈裟に考え事をしているポーズをとった。

『……いやいや、僕は全て魔王様のためになることしかしておりません。今回の作戦は、魔王様の手にあるもののために行ったことと、みなさんにはそうお伝えするよりないでしょうね』

「なるほど。すべては邪神復活のためにしたことと、そういうことだな。しかし、これでは、お主が予告した量にはずいぶんと足りぬと思うが」

『はい。アレンたちの邪魔が入りましたので』

「それを失敗と受け取るものもおろう。それにはどう答える？」

『アレンやヘルミオスを殺してしまえば、さすがに神界が動きます。今はまだそうさせる時ではありません。逆に、やつらを生かしておくうちは、地上の件をやつらに任せるべきか、それとも神界が動くべきか、判断に迷うはずですよ』

「ふむ」

『それに、みなさんに協力いただいて手に入れた神器は、ちゃあんと人間の命を集めるのに役立ちました。中央大陸を攻めると見せかけて、その間に行ったこの作戦も、ちゃあんと僕たちの目的に適うものですよ』

『『目的だと？』』

『そうですよ。目的のない戦争なんてありえませんからね。そして、その目的のためになるのであれば、たとえ途中で思いがけない結果になったように見えても、最終的に目的が果たされれば全てが必要なことだったとわかるはずです』

『『そ、それは詭弁《きべん》だろうが。ローゼンヘイムの件もそうだというのか？』』

『さすがラモンハモン、ちゃんと分かってるじゃありませんか。そうですよ、ローゼンヘイムにレーゼルを差し向けたからこそ、その隙に神界に攻め入り、フレイヤの神器を奪えたのです。ついでに、用済みのレーゼルも倒してもらえたでしょう。グシャラも同じことです。神器にある程度の命を集めた時点で、なんならテオメニアで今回の作戦の最終段階がスタートした時点で、彼の役割は終わっていたんですよ』

キュベルがしゃあしゃあとまくし立てるのを、その場に居合わせた魔王とバスク以外の上位魔神たちは、唖然として聞いているばかりだ。

『そもそも、魔王様が世界征服に乗り出そうとなさった時、僕がそれをお止めしたからこそ、みなさんは今も存続しているんですからね』

「そうであったな。あの時から世話になっている」

魔王は懐かしむように呟いた。

それを聞いて、居並ぶ上位魔神の中で、反論しようとした者は、ぐっと言葉を飲み込まざるを得ない。

そんな上位魔神たちの顔を眺めていたラモンハモンは、あることに気付いた。

魔王が「キュベルが第一天使であった」と言った時、ラモンハモンは驚いた。そんな大事な情報が、大将軍の1人である自分の耳に入ってこないなんてありえないと思った。そして、他の上位魔神たちの中に、同じく驚いている者を見つけたが、一方で、驚いていない者もいた。

彼らは、いずれも六大魔天と名付けられた魔王軍古参の上位魔神たちだった。

とすると、彼らはキュベルの正体を知っていたと考えられてしまう。

『僕の計画は、あの時からずっと、目的に向かって進行中です。昔のことを話さないのも作戦のひとつ。だから、魔王様、それにこのことを知っちゃった皆は、他の者たちにはあんまりお話ししないでくださいね』

「だが、余の軍も大きくなり、代替わりも起きている。ここにおる新しい者たちだけにでも、お主のすることの確かさを納得して欲しかったのだ。……たとえば、聖蟲《セイチュウ》ビルディガよ。お前は納得してくれるか？」

『納得もなにも、吾輩は計画がうまくいっているのかを聞いただけのこと。それに、吾輩が聖蟲であったのも昔のことです。今は魔王様の僕《しもべ》にすぎません』

　上位魔神ビルディガのこの発言に、ラモンハモンは息を呑む。

『ビルディガが聖蟲だと。なんだ。こ、これは一体……』

　だが、ラモンハモンをはじめ、キュベルとビルディガの過去に驚いている上位魔神たちを見回して、魔王は満足そうにしている。この様子を見ているうちに、ラモンハモンは、ようやくこの場で行われた出来事が、魔王の指図によるものだということが理解できてきた。

「お主らも、これでキュベルとビルディガが余の味方であることが納得できたであろう。では、キュベルよ。お主の目的を、我が軍に力を貸す理由を、今一度、この場にて述べよ」

　魔王の言葉に頷いたキュベルは、宙に浮いたまま、静かにこう言った。

『はい。僕の目的は、エルメアを殺すこと。魔王様と魔王軍に力をお貸しするのはそのためさ。そのために僕はこの無常の世を生き続けたのだから』

　それを聞いて、思わず顔を上げてキュベルを見たラモンハモンは、彼の仮面の両目に開いた穴からのぞく、彼の瞳を見てしまった。

　そこには、狂気があった。

『!?』

　ラモンハモンはぞっとしてその場から動けなくなった。キュベルの瞳はどこか遠くを見ているようで、底なしの絶望を覗き込んでいるようで、こちらに向いていないのが分かっていたが、いつ、その瞳がこちらに向けられるかと思うと、目を逸らしたいのに逸らせない。

狂気を孕んだキュベルの視線から逃れたいが、目を離したその隙に、相手がこちらを見つめ返していて、次に視線を戻した時になって、ようやくそれに気付くことになるのが、想像しただけで恐ろしかった。

だが、狂気を見つめる先の魔王は、平然と涼しい顔をして、満足そうにキュベルの瞳を見つめ続ける。

そこに、魔王の声が響いた。

「これで分かったな。お主らも、キュベル同様、余のために力を貸してくれるな」

魔王の言葉は、ラモンハモンを、キュベルの狂気から逃れさせた。

『『は!』』

自然と頭を下げ、他の上位魔神たちと同時にそう応えたラモンハモンは、内心ほっと胸を撫で下ろす。

「それで……キュベルよ、次はどうするのだったかな。邪神は体を5つに分けられ、暗黒界に眠るというが、お主が集めたこの命で、その1つくらいなら蘇らせることができるのだったか」

『いやあ、さすがにこの程度では無理ですね』

「ほう。ではどうする」

『先ほど、邪神の5つに分かれた体は、暗黒界に眠ると言いましたよね。僕もそう思っていたんですが……ところが！　ご覧ください、この本には、な、なあんということでしょう！　地上界の海底に、邪神の尾が眠ると書いてあるんです。大発見!!』

キュベルは手にしていた本を両手で開き、魔王に中身を見せた。

「……それはたしか、人間の子供たちが見る絵本だな」

魔王は見覚えがあるのかどこか懐かしそうに絵本の表紙を見る。

『はい。これは今から数百年前に人間たちが書いた本です。人間どもはどうやらこの話を語り継いでいるうちに、少しずつ事実から遠ざかっていたみたいですね。これじゃなんのために語り継ごうとしたか分かりゃしない。人間って本当に愚かですね』

「だが、アレンとやらは、その愚かな人間であろう。愚か者とて、みくびるでないぞ。愚かだと思っていると寝首をかかれるものだからな」

『おっと、これはしたり。もちろん、気をつけますよ。ですが、実行に移すのはもう少し先になりますよ、この本を隅々までじーっくり読んでからでないと、間違えたら今度こそ大失敗』

キュベルがおどけた口調で言うのに、魔王は背を向け、玉座へと戻り再び腰を下ろした。

「長くは待てぬぞ」

そう言って、顔を上げた魔王は不意ににこにこと微笑んだ。

「次は邪神の尾か。面白くなってきたぞ。そうか、余はようやく『超越者』になれるのか」

『『超越者?』』

上位魔神ラモンハモンはまた1つ聞いたことのない言葉を魔王の口から耳にする。

しかし、魔王軍上位幹部たちは魔王の言葉に頭を下げる中、ラモンハモンに教えるものは誰もいない。上位魔神にしてもらったラモンハモンはようやく魔王軍の中心に足を踏み入れただけの存在であることを悟る。

『魔王様、シノロムより、「贄《いけにえ》」の準備についても順調に進んでいると聞いております』

邪神の尾と一緒に進めないといけない計画についてキュベルが口にした。

「全ては計画通りと言うことだな。まさか、余がこれほど獣どもについて考えることになるとは、長生きをしてみるものだな」

『何を言いますか。魔王様の栄華はこれからでございましょう。今後も順調に計画を進めていきますよ』

「頼むぞ、そしてお前たちもよろしく頼む。次の作戦は全力で行かねばならぬからな」

『は!!』

魔王軍総司令オルドーが魔王に向かって改めて頭を下げると、キュベルも含めて全員が、改めて跪いた。

その様子を満足そうに見つめる魔王の瞳には、まだ見ぬ世界への冒険に思いを馳せる子供のような、無邪気な笑みが浮かんでいた。

魔王軍とアレンたちとの新たな戦いが始まろうとしているのであった。

特別書き下ろしエピソード①　贄と獣の血①

アルババハル獣王国の「獣王城」には、獣神ガルムの像を祀《まつ》った「祭壇の間」と呼ばれる場所がある。

そこでは、今、髪を顎の長さに切り揃えられ、頬に紅を塗られた虎の獣人の少女が、祝詞《のりと》を唱える獣神官たちから頭に清めの水を振り掛けられている。

その年、５歳になったばかりのシア獣王女だ。

不満げに頬を膨らませ、唇を尖らせて、側にいる犀の獣人ルド将軍に文句を言っている。

「このようなことに時間をかけるものか！　早く済ませよ！」

「姫、そのようにおっしゃいますな。姫はアルババハル獣王家の血に連なる御身でございますれば……」

ルド将軍は、膝を折ってシアの耳元に囁く。獣王親衛隊隊長として、娘の「才能」が判明する「鑑定の儀」に同席するよう、シアの父であるムザ獣王から直接に指示された彼は、鎧を磨き上げ、さらにその上に正装の羽織りを身につけていた。

しかし、シアに話しかけるために中腰になったために、その大仰な格好がかえってせせこましく見えていることに、ルド将軍自身は気付いていない。

「ルド、お前はいつも話が長い!!」

「な!?」

「お待たせしました」

シアの一喝にルド将軍が絶句したのと、獣神官の1人が、準備の終了を告げたのはほぼ同時だった。

「では、シア様、あちらへお進みください」

「うむ!」

シアは頷くと、緊張のためにややぎこちなくなった足取りで、ガルム像が祀られている祭壇へ登る段を踏んだ。

祭壇の上、ガルム像の前には、赤い布をかけられた木の台があり、台の上には「鑑定の儀」に用いられる水晶と漆黒の板が載せられ、台の横には儀式を見届ける役の獣人の神官たちが立っている。

「水晶に手をかざしてください」

シアは見届け役の獣神官の言葉に、ちいさく頷く。

そして、深く吸った息をふっと短く吐いて、勢いよく差し出した両手を水晶にかざした。

カッ
水晶が光り、一瞬遅れて、漆黒の板に銀色の文字が浮かび上がる。

それを読んだ見届け役の獣人の神官が、満面に笑みを浮かべてこう言った。

「おめでとうございます。『拳獣聖』でございます」

才能「拳獣聖」は星3つの「才能」だ。

「『拳獣聖』とは！　お、おおおお!!」

ルド将軍が歓喜の叫びをあげた。

「それほどの『才能』であるか？」

シアは、予想だにしなかったルド将軍の喜びように困惑している。

「『拳獣聖』は徒手の格闘に長けた『才能』。そして、始祖アルバハルの昔より、獣王が持つべき武器はナックルと決まっております。これは、獣神様が姫を、獣王位を継ぐに相応《ふさわ》しいとお認めになったに相違ありません!!」

「ほう、そうなのか……」

シアはきょとんとしながら祭壇から降りる。ルド将軍はその背後にまわり、分厚い手でその小さな背中を押しながら、弾んだ声で話しかける。

「さ、獣王陛下の元へ参りましょう！　この吉報、1秒でも早くご報告をせねばなりませんぞ！」

この獣王城でもっとも身近な存在と思っているルド将軍にそう言われて、シアもなんだか嬉しくなってきた。

「うむ！」

シアは力強く頷くと、胸を張り、のしのしと大股で祭壇の間を出る。

2人が謁見の間にたどり着くと、控えていた警護の兵が扉を開いた。

ゴオオオオオン

父であるムザ獣王が待つ玉座へと続く赤い絨毯の上を歩くシアは、幼少ながらも胸を張り、左右に並ぶ獣人の貴族たちからの視線に横顔を見せている。

「ほう、シア殿下には素晴らしい『才能』が授かったということですかな?」

「お二人の兄上といい、陛下はお子に恵まれておりますな」

通り過ぎる側から、貴族たちの声が聞こえ、シアはなんとなく誇らしい気分になった。

だが、同時にこんな声も聞こえてくる。

「しかし、今さら、どのような『才能』を授かったとて……」

「しっ。迂闊なことを申すな。陛下のお耳に入ると、拳だけでは済まなくなるぞ」

それらの言葉の意味は分からないながらも、シアは赤絨毯の端まで進む。

そして、玉座に座る父、ムザ獣王に向かい、ルド将軍に習ったとおりの作法で深々と一礼してから、その場に跪いた。

「お父様！　シアでございます!!」

謁見の間に響けとばかりに声を張り上げるシアを玉座から見下ろし、獅子の獣人であるムザ獣王が大きく頷いた。

「うむ。『鑑定の儀』の結果はどうであったか?」

「はい！　シアは、『拳獣聖』の『才能』を授かっております!!」

シアの返答に、ムザ獣王は再び大きく頷いた。

「……そうか。ゼウに続き、２人目の『拳獣聖』だな」

ムザ獣王はそう言って、ちらりと視線をシアの横に送る。そこは、赤い絨毯が途切れたところの横側で、王族が控える場所となっているが、そこにはこの年に15歳になり、成人を迎えたばかりのゼウ獣王子がいる。

父王の視線に気付いたシアも、兄であるゼウ獣王子を見る。

「ゼウ兄さまと同じ……。むうう」

その横顔から、先ほどまでの誇らしげな表情が消えて、唇を尖らせた不満げな表情が表れているのを、王族や側近たちが目にする。

「おお、シア様はゼウ様に対抗心を燃やしておられる……」

貴族の1人が思わずそう口にして、次の瞬間、緊張と後悔に全身の毛を逆立てた。

シアとゼウ獣王子には、さらにその上の兄であるベク獣王太子がいる。

もし、獣王の長子であるベクが無能であるなら、ゼウやシアに試練が与えられ、獣王になる芽もあったかもしれない。

しかし、圧倒的に優秀なベクが獣王になるのは時間の問題なのは、すでに「獣王太子」になっていたことからも明らかであった。

そのため、将来、弟妹2人がどんなに争ったとしても、獣王位につくことなど万に一つもないというのが、当時のアルバハル獣王国貴族たちの暗黙の了解であった。

だが、そうした失言を放った貴族に非難の視線が集中する中、ムザ獣王がおもむろに口を開いた。

「そうか、シアはゼウと競いたいか。なるほど、2人ともそれだけの『才能』を授かっておるならば……ルド将軍よ」

獣王に呼びかけられ、シアの後ろに跪いていた小山のようなルド将軍が、その姿勢からさらに頭を下げる。

「は!!」

「この場で、貴様の獣王親衛隊隊長の任を解き、シア獣王女直属の世話役に任ずる。……今後はシアに仕え、世話してやってくれ」

ルド将軍はハッと顔をあげ、ムザ獣王と目を合わせた。

そして、父王の心を理解すると、絨毯に突いた両の拳と同じく、絨毯にめり込まさんばかりに頭を下げ、腹の底から声を響かせて返事をした。

「しかと承りました。このルド、この命を懸けて、シア獣王女殿下にお仕え申し上げます!!」

「聞いたな、シア。今日よりルドはお前に仕えることになった。いや、今はまだお前のほうがルドの世話になることの方が多かろう。しっかりと挨拶をせい」

ムザ獣王にそう言われて、シアはきっぱりと頷くと、ぱっと立ち上がり、ルド将軍に向き直った。

「うむ、余に従うのだ！　余はこの世を統べる、こう？　えっとえっと」

言葉が見つからないシアに、ルド将軍は彼女を見上げて小声で助け舟を出す。

「シア様、『皇帝』でございますかな」

「そう、それを言いたかったのだ。……その皇帝の余に、しっかり、忠誠を誓うのだぞ」

「はは、では、姫……いや、シア獣王女殿下。ルドはこれより死ぬまで殿下のお側にお仕えいたしますぞ」

「うむ！　お主には期待しておるからな!!」

そう宣言する娘の背中を、ムザ獣王はごくごく微かな笑みを浮かべて見守りながら、側に控える宰相に声をかける。

「やれやれ……。さて、今日の謁見はこれで終わりか？」

その瞬間だ。

謁見の間の巨大な扉が勢いよく開いた。


バン!!


その場に集まった者たちは、一斉に視線を扉に向け、次の瞬間、そこに現れたものに騒然となった。

「キャア!?」

「何だ！　魔獣の頭が歩いてくるぞ!!」

「し、親衛隊は何をしておるのだ!!」

血まみれの、巨大な鳥の頭が、謁見の間に入ってくる。

ズン
ズン

居並ぶ貴族たちを、そして玉座の獣王を守ろうと、近衛兵たちが鳥の頭を遮るように赤絨毯の上に進み出る。その奥では、素早く立ち上がったルド将軍が、シアを背後にかばって立ちはだかった。

だが、その分厚い体の傍から頭を覗かせたシアは、進んでくる巨大な鳥の頭の下に、それを支え、運んでくる獣人の血まみれの足を見た。

その時、謁見の間の入り口から、扉を守る近衛兵の声が響いてきた。

「ベク獣王太子殿下のお戻りです!!」

それを聞いて、赤絨毯の上に進み出た近衛兵たちは、はっとして、それぞれに構えた武器を下ろし、道を空けた。

そこを、巨大な鳥の頭を運ぶ獣人は、最初から近衛兵たちの出現などなかったかのように、歩を緩めず通り過ぎた。その後ろには、数名の獣人の騎士が続く。だが、彼らは、巨大な鳥の頭を運ぶ獣人と異なり、まったく返り血を浴びていない。

貴族たち、そしてルド将軍の背後に守られ、赤絨毯から横に外れたシアが見送る中、一団は玉座の前に到着する。

そして、巨大な鳥の頭が、赤絨毯の上に投げ出された。

ズドドオオン

鳥の頭の重みで、謁見の間が揺れた。シアはこの様子に目をパチクリさせた。

「父上……いや、獣王陛下、ベクが戻りました」

巨大な鳥の頭を運んできた人物、その年18歳になったばかりのアルバハル獣王国獣王太子ベクは、玉座を見据え、堂々とした口調でこう言った。

「キングアルバヘロンです。お約束どおり、この手で狩りましたよ」

ルド将軍よりさらに頭1つ分背が高く、それでいて体格は彼に勝るとも劣らない筋骨隆々の獅子の獣人は、鋭い犬歯を剝き出しにしてニカッと笑う。

その自信満々の様子に、ムザ獣王は、意外にも冷ややかな視線を返した。

「Aランク冒険者となり、誰の力も借りずにAランクの魔獣を狩れという、余の課した『課題』をこんなに早く達成するとはな」

獣王の言葉を聞いた貴族たちがざわつきはじめる。

「殿下は学園を首席で卒業したばかりか、武勇にも優れておられるのですな……」

「建国以来、最年少で獣王太子になられておりますからな」

「まさに始祖アルバハル様の生まれ変わりと言えましょうな」

貴族たちのざわめきを耳にして、ベク獣王太子は声のしたほうに困り顔を向ける。

「もう、そんなに褒めないでくれ。私はもっと謙虚に生きていたいのに」

誰に聞かせるでもなくそう呟いて目を伏せた、その憂いを含んだ横顔を見て、馬の獣人の女性が甲高い叫び声を上げた。

「キャア!?　獣王太子殿下……」

そして、興奮のあまり、その場にヘナヘナとくずおれてしまう。

他にも、猿の獣人、猫の獣人、犬の獣人、牛の獣人と、いずれも貴族の女性たちが、ベク獣王太子の憂い顔に興奮し、その場に倒れ込んだ。

「ああ、またか、困ったな」

ベクは心配そうにそう呟くと、背後に控えていた騎士たちのうち、犬の獣人に向き直った。

「ケイ隊長、彼女たちを医務室へお運びしておくれ」

「は！　皆の者こい！」

「は！」

「は！」

素早く一礼したケイ隊長は、他の騎士たちと手分けして、倒れた女性たちを助け起こし、謁見の間から連れ出していく。

その様子に、冷ややかな視線を送るムザ獣王に、側に控える宰相が小声で話しかけた。

「しかし、Aランクの魔獣を狩れという『課題』に、なんとまあ、『出世鳥』を狩ってくるとは。これではもう、ベク様で『決まり』、でございましょうか」

宰相が口にした「出世鳥」とは、鳥類の魔獣アルバヘロンのことだ。

アルバヘロンは、個体がその成長過程によって大きさも姿も強さも変化していく。中には、生き延びて多くの敵を倒した結果、神鳥と崇められ、亜神にまでなった個体もいて、そのことから、ガルレシア大陸の獣人たちは「出世鳥」と名付け、子供の成長を祈願したり、出世の願掛けをしたり、力試しの対象にしたりして親しんでいる。


【出世鳥アルバヘロンと魔獣ランク】
・Dランク　アルバヘロン
・Cランク　ハイアルバヘロン

・Bランク　アルバヘロンジェネラル
・Aランク　キングアルバヘロン
・Sランク　アルバヘロンエンペラー
・亜神　アルバヘロンレジェンド

ムザ獣王は、運ばれていく女性たちを見送るベクの背中を冷ややかに見つめる。

自分が息子に課した「課題」には、Aランクの魔獣の中で何を狩るかまでは指定していなかった。

狩りの対象にキングアルバヘロンを選んだのは、ベク自身だ。

だが、そのことは、ムザ獣王に、かえって息子の未熟さを感じさせた。

彼が文武に長けていることは、父である以前に一国の王として認めざるを得ない。

しかし、ベクには、その才能に依存し、人目を気にする性質があり、しかも、どうやら本人は、自身のそうした性質に気付いていないようなのだ。

そのことは、わざわざ「出世鳥」を狩りの対象に選んだことや、その首をこれ見よがしに運んできたこと、そして獣王城内の女性たちに自分が与える影響に対して「困った」などと口にしてはばからないことなどから窺えるのだった。

そんな息子の背中を見つめながら、ムザ獣王は宰相の質問に答える。

「『決まり』？　余がそのようなことを口にしたか？」

「いえ……しかし、ベク様がお1人でキングアルバヘロンを倒されたのは事実。これには先獣王ヨゼ様もご満足なさることでしょう」

そう言った宰相に、どう答えたものかとムザ獣王が考えていると、その視線の先で、ベクが彼の方を振り向いた。

「ふう、お騒がせしました。それで、獣王陛下、今年の獣王武術大会ですが、参加してもよろしいですか?」

ベクの両目に尊大な自信が満ちているのを見て、ムザ獣王は即座に返答を決める。

だが、それを告げる前に、ベク獣王太子にこう訊ねた。

「アルバハル獣王家が獣王武術大会に出るとはどういうことか、分かっておるのだろうな?」

その冷ややかな口調に、しかしベクはにっこりと笑ってこう返事した。

「はい。私が目指すのは総合優勝です。部門優勝などで満足はいたしません。必ずや、この世界にアルバハル獣王家の武威と偉大さを見せつけてやりましょう」

この宣言を耳にして、居並ぶ貴族たちは息を呑む。そして、次にムザ獣王がどう返すかを、誰もが息を呑んで待ち構えた。

シアも、よく分からないながらも、その場の緊張した空気に泣きそうになる。

謁見の間に沈黙が流れた。

その沈黙を破ることができるただ1人の人物は、静かに目を閉じ、再び開いたとき、視線をそらさずこちらを見つめ続けている息子の、自信に満ちあふれた瞳を確認する。

そして、静かにこう言った。

「好きにするがいい」

ベクはパッと顔を輝かせた。

「ありがとう、父上！　このベク、始祖アルバハルに恥じない戦いをして参ります!!」

次の瞬間、居合わせた貴族たちが一斉に興奮の声を上げた。

「おおおおおおおおお！！！！」

「アルバハル獣王国は生まれ変わるのだ!!」

「世界は、我らがアルバハル獣王国の偉大さを知ることになるぞ!!」

そして、これらの声に応えようと、ベクが満面に笑みを浮かべて振り返ると、それを見た女性たちが歓喜の声を上げる。

「あっ、ベク様……！」

「尊い……！」

バタバタと倒れ込む女性たちを見て、ベクはまた困った顔をする。

「もう、まだ大会が始まってもいないのに……」

すると、その足下に小柄な姿が近寄ってきた。

「お帰りなさい、ベクお兄様!!」

シアは大好きな長兄の太くたくましい脛《すね》に抱きつく。

その頃、彼女の背丈はベクの膝くらいまでしかなかった。

対するベクは、かわいい妹を見下ろして、先ほどまでの自信にあふれた笑みとは異なる、柔らかい笑みを浮かべた。

「ずいぶん大きくなったね、シア。それに、素敵な格好をしているなあ。……そうか、今日は『鑑定の儀』か」

ベクは、その大きな手でシアの頭を撫でる。

「ベクお兄さま、余は『拳獣聖』の『才能』を授かりました!!」

「やはり、シアはガルム様に愛されているね。そうだね、みんなシアのことが大好きさ」

そう言うと、彼は両手でシアを抱き上げ、頭上高く差し上げた。

「うわあ!」

この場の誰よりも高い位置に一瞬で登りつめて、シアはそこから見える、これまで見たことのない景色に戸惑いながらも、なんだか無性に嬉しくて、キャッキャと笑ってしまう。

すると、ベクはシアを肩車に乗せ、こう言った。

「ようし、それじゃあ、今日はガルム様からシアに素晴らしい『才能』が授かったことを祝って、パーティーを開くとしよう。私が狩ってきた鳥の肉を、みんなで食べよう!」

「ベクお兄様、ありがとう!」

喜ぶシアを肩に乗せ、謁見の間を出て行くベクの背中に、ムザ獣王は冷ややかな視線を注いでいた。

だが、彼はこの日、シアの「鑑定の儀」の結果とともに、ベクの獣王武術大会への参加を国中に布告した。

＊＊＊

やがて、その年の獣王武術大会の開催日が迫る頃になると、ガルレシア大陸の各獣王国から、続々と参加者がアルバハル獣王国にやってくる。

その中に、2体の巨大な狼を中心にした一団がいた。

ブライセン獣王国のオパ獣王とギル獣王子だ。2人とも、銀色の毛の狼の獣人で、それぞれが巨大な狼にまたがっている。

ブライセン獣王国は山がちの地形が多いためか、狼や犬の獣人が多く住んでいて、獣王家もイヌ科の獣人の血筋だった。

南門から入ってきたブライセン獣王家の一団は、大通りを北上して獣王城へ入る。

彼らは、城の中庭に、2頭の巨大な狼と警護兵を残し、応接室へと向かった。案内の兵に導かれながら、武装解除もされず、近衛騎士たちとともに城内を進むオパ獣王は、この対応に、内心で鼻白んだ。

山林の国である自国と、平原の国であるアルバハル獣王国との間には10倍近い国土の差があり、当然、国力と兵力にも明確な差がある。

そのことを、相手は、こちらに近衛騎士の随行を許すことで、暗に、しかしはっきりと示す意図があるのだ。オパ獣王は、そうした相手の意図を理解し、それが当然と思いながらも、内心ではどうにも気に食わない。

応接室にたどり着くと、ムザ獣王が待っていた。

「オパ殿。遠路はるばるようお越しくださった」

そう言ったムザ獣王の背後には、獣王妃、ベク、ゼウ、そしてシアもいて、このアルバハル獣王家が勢揃いして出迎えることもまた、アルバハル獣王国の余裕のあらわれであることを感じればこそ、オパ獣王は内心の反感を押し殺し、にこやかに挨拶を返した。

「出迎えに感謝する。しかし、まさか獣王妃にお子たちまでも、我らのために時間を割いてくれるとは思いもよらず、こちらは息子1人しか連れてこなかった。申し訳ない」

「何を言う。それだけ自慢の息子ということだろう?」

そう言ったムザ獣王も、そしてもちろんオパ獣王も、自分の血族をまとめて他国の一団の前に晒すことの危険性を理解している。

その上で、ムザ獣王は、もしこの場でブライセン獣王国側が攻撃してきたとしても、自分も獣王妃も、3人の子供たちも生き延びられると自信を持っている。

もし、万が一、自分を含めて誰か死ぬようなことがあっても、それはアルバハル獣王家の一員としてふさわしい力が備わっていなかったというだけのことだ。

2人の獣王の間に流れる不穏な雰囲気に、シアが不安を感じていると、頭上から彼女に呼びかける声がした。

「シア。いいかい」

ベクだった。

「はい、お兄様」

すがりつくような気持ちでベクを見上げる彼女に、彼は優しい笑みを返してこう言った。

「父上の背中をご覧。あれこそアルバハルの血に連なる者が、獣神ガルム様から授かった力の証だ。『才能』のことだけじゃないよ、勇気のことさ」

そう言われて、シアは父の背中を見た。

確かに父の背中は広く、大きかった。だが、「勇気」と言われて、どういうことなのかピンとこない。

「……勇気?」

「そう。誰にも負けない勇気だ」

「誰にも、負けない……!」

そう言われると、シアは、胸の中にわだかまっていた不安が、徐々に晴れていくのを感じた。

「そして、その勇気は私にも、ゼウにも、シアにも受け継がれている。だって、私たちは父上の子だろ」

「はい」

「だから、こわがることはないんだ。何があっても、父上は大丈夫。母上も、私も、ゼウも、もちろんお前もね」

そう言って、ベクがにっこりと微笑んだので、シアも反射的に笑顔になった。

「はい!　お兄様!!」

そう答えたシアの、元気いっぱいの大きな声に、オパ獣王の顔に自然な笑みが浮かんだ。

「これは元気な姫君だ。いくつになられたか?」

「5歳だ。いたずらばかりでかなわんよ。……そういえばオパ殿にもご息女がおられたな。レナ姫、だったかな?」

「ムザ殿、あれと、そちらの姫君を比べるなどとんでもないことだ。いたずらどころかわがまま放題、今ではこのギル以外に、あれに嚙みつかれたことのないものは我が国におらぬ有様よ。このままで行けば、嫁ぎ先を見つけようとて、誰もが尻尾を巻いて逃げ出すことになろうさ」

そう言って苦笑したオパ獣王に、ムザ獣王も打ち解けたような、ほがらかな笑みを浮かべる。

「ははは、それなら我が国にお越しになればよい。我が息子たちなら、足の一本、腕の一本くらいなら、食い千切られても耐えてみせよう」

「覚悟されよ、あれはご子息の喉笛に噛みつくぞ。……やあ、ギル、姫君にご挨拶せよ」

オパ獣王にそう言われて、ギル獣王子はシアの前に進み出ると、跪いて頭を垂れた。

「シア獣王女殿下、お初にお目にかかります。私はギル＝ヴァン＝ブライセンです」

いきなりのことに、シアは目をぱちくりさせていたが、なんとかそれらしい返事を思いつき、緊張しながらこう返した。

「シアです。……よくぞお越しになりました」

シアの返事に、ギル獣王子はにっこりと笑った。

「はい、無理を承知でお願いし、貴国で開かれる獣王武術大会への参加をお認めいただきました。あなたのお兄様と拳を交えるのを楽しみにしております」

親しげな、優しい声でそう言ってから、ギル獣王子はすっと立ち上がる。

その視線が、シアの背後に立っているベクの視線と絡み合った。

「よろしく、ベク殿」

「こちらこそ、ギル殿」

見つめ合い、挨拶を交わす２人に挟まれて、シアは目の前にそびえるギル獣王子の肉体を間近に観察することになった。

年齢は長兄よりもやや上、背丈は長兄と同じくらいだが、その体つきはほっそりしている。

それでいて、獣人の王族らしく無駄のない筋肉で全身を鎧《よろ》って、力だけでなく素早さも兼ね備えていることが、幼いシアにもなんとなく分かった。

すると、不意にギル獣王子がベクから顔を背けた。

「ムザ獣王陛下、ご挨拶が遅くなり、申し訳ありません。このたびは、このギルめのわがままをお聞き届けいただき、ありがとうございました」

ギル獣王子が深々と頭を下げたその先には、オパ獣王と並び立つムザ獣王がいた。

「……わがまま、か。確かにな。参加の申し込みは、期限から一週間ほど過ぎていた」

そう言ったムザ獣王の声から、さきほどまでのほがらかな様子はなかった。

それは、シアも一瞬息を呑むほどの変わりようだった。

「ムザ殿、これはワシから謝らせてくれ。ワシがこやつから参加の希望を聞いたのが遅かったのだ」

オパ獣王が静かにそう言ったが、続くムザ獣王の声は低く、冷ややかなままだった。

「オパ殿、気にするな。ご子息の参加を許したのは余である。……ギル殿、我がそなたの参加を特別に許したのは、そなたがベクと拳を交えたいと、そう言っていたと聞いたからだ。それに相違ないか？」

「もちろんですとも」

そう言ったギル獣王子の声を、頭頂部に浴びたシアは、思わずぞっとして身を硬くした。

その声は、さきほどの親しげな、優しい声ではなく、なんとなく皮肉めいて、どことなくとげとげしい、あざ笑うような、嫌な響きのある声だったのだ。

「稀代の天才、始祖アルバハルの生まれ変わりとも言われるベク殿の胸をお借りしたい一心で、わがままを申しました」

「たしか。武器はナックルであったな」

「はい。我らブライセンの血をお見守りくださる獣神ギランより授かった『才能』も、ベク殿と同じ『拳獣王』ですから」

才能「拳獣王」は、シアとゼウが授かった「拳獣聖」より、さらに1つ星が多い。

「ふむ……では、我がアルバハル獣王国の獣王武術大会が、他国とは違うルールで行われることも知っておろうな」

ムザ獣王がそう言うと、後ろに控えていた宰相が、小間使いとともに進み出て、説明を始めた。

「オパ獣王陛下、ギル獣王子殿下、僭越《せんえつ》ながら、このルプが説明させていただきます。こちらをご確認ください」

狸の獣人の宰相ルプがそう言うと、控えていた小間使いのうち2人が、ブライセン獣王家の親子にそれぞれ近づき、うやうやしく差し出したのは、赤いリボンで巻かれた羊皮紙だ。

リボンを解き、中を開くと、中にはこのようなことが書かれていた。


【獣王武術大会の基本ルール】
①ガルレシア大陸の獣王国は、必ず年に1度、獣王武術大会を開催しなければならない
②獣王武術大会においては、武器、防具、魔法具（※）の装備、使用はこれを許可する

補助魔法、回復薬などの使用、および持ち込みは、これを禁止する
③獣王武術大会の参加者に制限はない
たとえ犯罪者であっても参加でき、身分は問わず、王族であっても優遇はされない
④他国の「獣王」が、獣王武術大会に優勝した場合、開催国の領土の4分の1を手に入れる
⑤獣王武術大会で怪我、もしくは命を落とすことがあっても、本人も、その関係者も、不服を申し立てることはできない
※魔法具とはステータスが上昇する等の効果がある指輪や首飾りのこと。

【アルバハル獣王国の獣王武術大会における特別ルール】
⑥武器の種類によって、部門を分ける
⑦各部門は、乱取り戦の予選から、抽選によって対戦相手を決める勝ち抜き戦の本戦へと進み、最後まで勝ち抜いた者が部門優勝者となる
⑧部門優勝者は、部門代表者と戦い、勝てば新たな部門代表者となる
部門代表者となったものは、次年度の部門優勝者と戦い、勝てば部門代表者の地位を守る
⑨最終的に、各部門の代表者を集めてトーナメント戦を実施して、総合優勝者を選出し、総合優勝者は前回大会の総合優勝者「獣王」と戦い、勝てば新たな「獣王」となる
⑩アルバハル獣王国の獣王武術大会において、獣王武術大会基本ルール④の「優勝者」に相当するのは、⑨で決まった「獣王」である

これらを読み終えたオパ獣王は、羊皮紙から顔を上げ、ムザ獣王に不敵な笑顔を見せる。

「部門分けに予選、総合優勝とは、さすがアルバハル獣王国、我が国からさんざん領土を奪っただけはあるな」

そう言われたムザ獣王も、不敵な笑顔で迎え撃つ。

「それは父の時代のことだ。それに、どうしても領土を取り戻したければ、自慢のご子息の拳に賭けるがよかろう。おおっと、まだ『獣王子』であったな。この機会に獣王位を譲ってはいかがかな？」

「まあ、これでギルが優勝しても領土が守られるのだ。あまり、挑発して国土を失うような発言はしない方が良いぞ」

「なんだと？」

ムザ獣王とオパ獣王の目つきが一気に厳しくなり、部屋の空気が変わる。

獣王武術大会が最初に実施されたのは、中央大陸で人族から受けた迫害を逃れ、獣人たちがガルレシア大陸に渡り、始祖アルバハルが最初のアルバハル獣王国を建国して以後のことだという。

以後、ガルレシア大陸とアルバハル獣王国１０００年の歴史の中で、数え切れないほどの獣王武術大会が開かれてきたが、それらは全て、獣王国間の政治的な対立や、利権争いを解消するための、戦争の代理行為であった。

もし、中央大陸と同じように、ガルレシア大陸でも戦争が起きれば、それは獣人同士が争い、数を減らすことになる。それでは中央大陸の憎き人族と変わらない醜い存在になり果てると考えた獣神ガルムが、腕に自慢の代表者同士で拳を交えるかたちで問題を解決しようとしたのが始まりだと伝えられていた。

その考えは、今も獣王武術大会の中心となる理念であり、近年では、先代アルバハル獣王であったヨゼ獣王が、それを有効に活用した。彼は、アルバハル獣王国の獣王であり、Sランク冒険者パーティー「威風凜々《いふうりんりん》」のメンバーであるという、牙と尻尾で別の敵を攻めるような活躍をしながら、さらに少ない暇を見つけては、あちこちの国の獣王武術大会に参加しては、その武力で次々と領土を奪っていった。

そうしたヨゼ獣王に、幾度となく総合優勝と領土を奪われたのが、ブライセン獣王国だった。ヨゼ獣王が即位した頃は、2国の領土比は約6対4とブライセン獣王国の方が多かったくらいだが、現在では1対9と逆転されてしまっている。

そうして、今やアルバハル獣王国は、ガルレシア大陸の実に3分の2を領土としている。

つまり、アルバハル獣王国の獣王武術大会総合優勝者となり、前回の総合優勝者である「獣王」を倒せば、その領土の4分の1を、自分の領土として得ることができるのだ。

しかも、これに挑戦するのにはなんの前提もいらない。獣王家ではない、たとえ無頼の犯罪者であっても、貧しい農家の若造であっても、総合優勝者となり、「獣王」を倒せば、地位と金と名誉が保障される。

だから、アルバハル獣王国の獣王武術大会への参加者は、毎年1万人を下らない。

そうなると、どうしても部門分けを行い、予選で参加者をふるいにかけなければ、1年に1回開催するという基本ルールが守れなくなってしまうのだった。

もちろん、アルバハルの獣王武術大会で新たな「獣王」となるには、1万分の1以上の確率を勝ち取らねばならない。しかし、それが自分の腕1つで得られれば、そのことこそが獣人として生きる証となる。

さらに、たとえ総合優勝を逃したとしても、部門代表者となれば、「十英獣」と呼ばれ、アルバハル獣王国最強の英雄の1人と称えられることになる。

これだけでも相当な名誉で、「獣王」を目指さなくとも、この名で呼ばれることを目指す者も多いという。

オパ獣王に続き、ギル獣王子も羊皮紙から顔をあげたのを見届けて、宰相が小間使いに無言の合図を送った。すると、2人の側に控えていた小間使いが、木の板に載せた別の羊皮紙とペン、インク壺を差し出した。

「ご覧いただけましたでしょうか。では、そちらにご署名をお願いします」

にらみ合う2人の獣王に代わって、宰相が契約を進める。

木の板に載せられた紙は誓約書だった。獣王武術大会の参加者が必ず書かねばならないものだ。

「ワシの分は不要だ」

と言いながら、オパ獣王は誓約書を眺める。

隣では、同じく誓約書を眺めていたギル獣王子が、ペンを手にして誓約書に署名をしている。

「大した自信だな」

ムザ獣王はギルの署名の様を見て言葉を発する。

「ベク殿が勝つ……そう考えておるということか？」

オパ獣王の言葉に、ベクの視線がムザ獣王に向けられた。

それを視界の隅に認め、しかし、ムザ獣王はあっさりとこう言った。

「お互い力のかぎり戦えばいい。ただそれだけのことだ。違うか？」

「……ああ、面白くなりそうだな」

オパ獣王はそう言うと、ムザ獣王に手を差し出した。ムザ獣王がそれを握り返す。

次の瞬間、二人の腕が倍ぐらいの大きさに膨れ上がり、蛇が這い上がるように太い血管が浮きあがった。

これを見上げていたシアは、もしこの２人が戦ったら、どんな結果になるのかと思った。

もしかしたら、まだ見ぬベクとギル獣王子の戦いよりも、すさまじいものになるのかとすら思えてくる。

思わず、シアは側に立つギル獣王子の顔を見上げる。すると、その口が吊り上がって、不敵な笑みを浮かべているのがわかった。その顔は、どうやらベクを見つめているようだ。

そして、兄であるベクを見上げれば、こちらは、唇を固く結び、父であるムザ獣王を見つめているようだった。

＊＊＊

獣王武術大会の期間中、開催国はどこでもお祭り騒ぎになるのが、その年のアルバハル獣王国のそれは、他国の比ではなかった。

もちろん、それは今年初参加のベク獣王太子によるところが大きかったが、ブライセン獣王国のギル獣王子までも参加するとなると、これは近年稀に見る注目を集めた。

ギル獣王子が誓約書に署名した翌日から、２人の肖像を大きく描いた看板が王国の主要都市に掲げられ、続く一週間、ムザ獣王直々に通信の魔導具に声を吹き込み、両者の参加、特に急遽《きゅうきょ》決まったギル獣王太子の参加を国中に知らしめた。

このことは、国境を越えてガルレシア大陸全土に知れ渡り、大陸中から続々と観戦者が押し寄せた。さらに、国境を越える魔導船の搭乗希望者が急増し、開催日を迎える頃には、獣王都は元々の住人１００万人に倍する観光客を迎えて、繁華街の大通りはおろか、獣王都郊外の路地にすら、人混みができるありさまであった。

そして、各部門の予選が始まると、獣王都のあちこちにある全部で30の闘技場には、それぞれの敷地面積に倍する範囲に立ち見が溢れることになった。皆、闘技場内から聞こえてくる、拡声の魔導具による実況中継を聞くだけでもいいとばかりに、着のみ着のままでかけつけている。

そんな客たちを当てこんで、辺りには露店が乱立し、使いばしりの子供が人混みをかきわけて注文をとる。彼らの呼び込み、それに応える客の声、そこかしこで交わされる予想談義、そして足を踏まれたり尻尾を摑まれたりといった怒鳴り声とそれに怒鳴り返す声が、さっと静まったのは、予選会場から実況の声が聞こえてきた時だ。

「さァ、爪ナックル部門予選第２ブロック、午前の部の開始が迫ってェ参りました!!」

司会者の声が響き渡ると、闘技場の内外から、雷鳴かと聞き間違うほどの轟音が鳴り響いた。

それが、闘技場内に詰めかけた観客の拍手であることを、闘技場の底、固く踏みしめられた砂の上に立つベクは知っている。

一番広いところで直径約100メートルほどの楕円形をした闘技場は、外に広がるすり鉢状の客席を持ち、そこにぎゅうぎゅうに詰めかけた観客が、彼を含む100人の予選参加者に熱い視線とともに割れんばかりの拍手を送っているのだ。

彼らは、これからこの観客が見守る中、最後の1人になるまで戦い続けなくてはいけない。

「おォッと、さすがにこのブロックは盛況だァ。なんといっても、本大会の優勝候補の1人である、我らの獣王太子殿下がいらっしゃいますからねェ」

メダルに似た、平たく丸い拡声の魔導具を片手に持ち、実況役を務める兎の獣人が、ベクを見つけ、近づいていった。

だが、当のベクは、見上げた観客席に、母と弟妹の座る貴賓席を見つけている。

妹と視線が合い、彼女が母と弟になにか言いながらこちらを指さしているのに、ベクが軽く手を振った時、その胸の前に拡声の魔導具が突き出された。

「獣王太子殿下、お言葉をいただけませんかァ？」

ベクは視線を胸の前に突き出された拡声の魔導具をちらと見て、にっこりと微笑んで見せた。

「それじゃあ、一言だけ。……皆さん、私が総合優勝の栄誉を勝ち取れるよう、今から応援をよろしくお願いします」

そう言ったベクの声が、拡声の魔導具を通じて闘技場とその周辺に響くと、次の瞬間、さきほどの拍手よりもさらに大きな、地響きのような歓声が闘技場を揺らした。

「うおおおおおおおおお！！！」

「ベク様ああああああああああ!!」

「アルバハル獣王国万歳!!」

「ふおおおお！　ベク兄様ああああ!!」

周囲をどよもす歓声には、幼いシアの興奮した声も交じっている。

だが、隣に座る次兄のゼウ獣王子は、怪訝そうな声でぽつりと呟く。

「大丈夫かな、ベク兄様」

するとシアの世話係として同行していたルド将軍も声を潜めてこう言った。

「確かに……これはいささか行きすぎた挑発ですな」

「どういうことなの、ゼウ兄様、ルド」

「シア、分からないの。あんな言い方をされたら、皆、ベク兄様を嫌いになるよ」

「いかに獣王太子殿下といえど、いいえ、むしろ獣王太子というご身分ならばこそ、あのようなことをおっしゃられては……」

2人の会話を耳にして、シアはにわかに不安になり、思わず母を見上げる。

だが、黙って闘技場を見下ろしている獣王妃の横顔が、何かをこらえるような雰囲気を漂わせていて、シアは声をかけることができず、黙って唇をかみしめて、長兄を探して闘技場に視線をさまよわせた。

シアの目が、闘技場の隅に置かれた、木枠とそこに吊された鉄製の巨大な銅鑼《どら》を捉えた時、その側に立っていた、裸の上半身に筋肉を盛り上がらせた豹の獣人が、棍棒と見まごうばかりの太いバチを高く振り上げた。

それを見た、実況役の兎の獣人が拡声の魔導具に向かって叫んだ。

「それでは！　獣王武術大会ィ、爪ナックル部門、予選第2ブロック午前の部をォ……開始しまァす!!」

実況が言い終わるのと同時に、豹の獣人がバチを銅鑼にたたきつける。


ドオオオオオオオオオオオオン！！！


銅鑼の音が鳴り響く中、闘技場の底に集まった予選参加者のうち、約3分の1が、一斉に1人を狙って襲いかかった。

「殺っちまえええええええ!!」

「その口が二度と利けないようにしてやるぜええ!!」

「その面をめちゃくちゃにしてやるぜ!!」

皆、怒りをあらわにして、ナックルを握った拳を振り上げる。

彼らは腕に覚えのある歴戦の格闘戦士である。皆が皆、優勝を夢見て、毎年大会に参加してきた。

それに対して、ベクは初参加の身の上だ。それが、自分たちに敬意を払うどころか、見向きもしない態度を取ったとあれば、いかに王族のすることであっても、力を尊ぶ獣人にとっては侮辱でしかなかった。

「お覚悟だぜうぇえ!!」

そう叫んだのは、素早いステップで真っ先にベクに近づいた熊の獣人だ。

右の拳をベクの顔めがけて突き出しておいて、左の拳で腹を狙う。

「ふっ」

ベクは短く息を吐くと、熊の獣人の左拳に右肘を打ちおろしつつ、突き出された右拳を左の前腕で跳ね上げながら、左拳のナックルを相手の顔に叩きつける。

ドゴッ
「ガハッ!?」

ベクに殴りかかった勢いのまま、その左拳に突っ込んだかたちになった熊の獣人は、その一撃で顎を粉砕され、その場に崩れ落ちた。

そこへ、一瞬遅れて数人の格闘戦士が突っ込んだ。彼らは気絶した熊の獣人にぶちあたり、つまづき、体勢を崩したところに、次々とベクのナックルを食らって砂の上に倒れ込む。

「奴は素早いぞ。囲い込め!!」

「おう!」

襲いかかる格闘戦士のうち数人が、協力してベクの背後を取ろうと、左右に展開していく。

これを察したベクが、その場で体勢を入れ替えようとしたとき、倒れた格闘戦士を飛び越えて、馬の獣人が飛びかかってきた。

「オラッ！　烈風脚!!」

足技のスキルを発動させて攻めかかる馬の獣人が、自分の上半身を狙っていることを察したベクは、体を横にねじって横なぎの蹴りをかわしながら、宙に浮いた相手の腹に裏拳を叩きつけた。

「よっと」

そして、馬の獣人が砂の上に倒れるのには見向きもせず、今度は背後を取ろうとしていた格闘戦士たちに、目にも留まらぬ速さで両拳のナックルを浴びせていく。

パンパンパン
濡れた布をすばやく振ったときのような音がするのは、ベクのパンチがそれだけ速いからだ。音速を超えるパンチを受け、格闘戦士たちは次々と闘技場の砂に口づけする。

「なァんと言うことでしょう!!　ベク獣王太子殿下、スキルを使わずに次々と相手を倒していきます!!　これはもうぶっちぎりだァ！！！」

拡声の魔導具を通じて、実況役の兎の獣人の声が闘技場に響く。

それを聞いた観客は一斉にベクに歓声を浴びせ、同時に、闘技場に残る他の予選参加者は、一斉にベクにぎらついた目を向けた。

それらを一身に浴びて、ベクは苦笑した。

「もう、勘弁してよね」

それからの30分間は、まさに彼の独壇場だった。

まるで踊るようなステップで襲い来るナックルをかわし、すれ違いざまに顔や腹に拳をたたき込み、次から次へと他の予選参加者をたたき伏せていく。

相手の拳にはかすりもせず、自分の拳は的確に相手をとらえ、息を切らすこともなく動き続ける彼の姿に、誰もが目を奪われた。

そして、気がつけば、闘技場の上に立っているのは、ベクの他には、実況役の兎の獣人だけとなっていた。

「じ、獣王武術大会ィ、爪ナックル部門、予選第2ブロック午前の部ゥ……し、終了です！」

実況役の声は、笑顔で観客席を見上げるベクめがけて浴びせられる歓声にかき消されてしまう。

こうして予選を勝ち抜いたベクは、王都の中央にある、都で最大規模の闘技場で行われる本選へと進む。

再び彼が観客の前に姿を現したのは、彼が予選を勝ち抜いてから一週間後、全ての部門で予選が終了した翌々日の、本戦開始1日目だった。

そこから、ベクは連日のように戦い、一度も敵の拳を受けなかった。全ての攻撃をかわし、全ての敵を闘技場の砂に這いつくばらせる彼の勇姿をこの目で見たいと言わんばかりに詰めかける観客は、日に日に数を増していく。

一方で、ブライセン獣王国のギル獣王子も勝ち進んでいき、彼らが勝利する度に行われる、次の対戦相手を決める抽選の結果に、国中が、2人はいつ戦うことになるのかと固唾を呑んだ。

だが、ベクとギル獣王子はここではすれ違い続け、いよいよ互いに準決勝に駒を進めたので、これは決勝でぶつかることになると誰もが予想し、盛り上がりに拍車がかかった。

そして、爪ナックル部門の準決勝戦が行われる日、ベクの出番は午後の第1戦なのに、人々はまだ夜も明けぬうちから闘技場につめかけ、午前中の試合から観客席に居座る者や、なんとかして潜り込もうと壁をよじ登ろうとする者も出てきて、まさに満員御礼だ。

やがて、ベクが姿を現すと、爆発が起きたかのような拍手と歓声が闘技場をゆるがした。

彼が闘技場の中央に進み出ると、そこには対戦相手のボウが待っていた。

水牛の獣人ボウは、ベクよりもさらに頭1つ分背が高く、全身に鎧のような筋肉をまとっている。

両腕に手甲鉤《かぎ》を装備していて、装着されている鉤爪はボウの前腕とほぼ同じ長さだ。

爪ナックル部門には、ナックルの他に手甲鉤や小手、すね当てを武器として用いる格闘戦士が参加している。そのうち、手甲鉤を用いる者には細身の体格が多いのだが、ボウはその類例には当てはまらないようだった。

向かい合う2人の側に、審判と鑑定人がやってきた。彼らは鑑定魔法を使い、てきぱきと2人を調べていく。

「補助魔法、かかっておりません」

「回復薬の使用、確認されません」

「回復薬の類の携行は確認できません」

やがて、全ての調査が終わると、審判が準決勝の対戦を執り行う準備ができたことを宣言した。

「鑑定の結果、両者に不正が行われていないことを確認しました。これより、爪ナックル部門準決勝戦第1試合を開始します」

これを聞き、闘技場の壁際で待ち構えていた実況役の兎の獣人が、拡声の魔導具を使って実況を始める。

「さあァ！　いよいよ準決勝戦第1試合！　ここで拳を交えるのは、総合優勝へ一直線に突き進む我らがベク獣王太子殿下とォ、こちらも優勝候補の一角である疾風のボウ！　予選から今日まで一発も拳を受けていない獣王太子殿下の電光石火の早業は、果たして荒れ狂う疾風に通用するのか!?」

実況役は得意のマイクパフォーマンスを繰り広げ、観客の歓声をあおりたてる。

その様子をちらりと横目で見てから、ボウは正面のベクを見下ろした。

「殿下。手加減はいたしませんぞ」

「もちろんです。全力でお願いします」

そう答えながら、ベクはボウの去年の雄姿を思い出していた。去年、彼はすさまじい勢いで勝ち上がり、爪ナックル部門優勝者となった。その後、部門代表者との戦いには敗れたが、それは相手が3年連続でその地位を守り続ける猛者だったからだ。

だが、その部門代表者に、自分なら勝てるだろうとベクは思っている。だから、たとえボウが全力でかかってきても、負けることはないだろうとも思っていた。

一方、ボウは屈託のない笑みを浮かべるベクが気にくわない。

アルバハル獣王国の国民として、獣王家には敬意を払うべきだと思っているが、ベク個人にはむしろ敵意を抱いていた。

だから、審判が高く上げた手を下ろし、

「はじめ!!」

と叫んだ瞬間に、余裕がありますと言わんばかりに両手を下ろして棒立ちになるベクとの距離を縮め、必殺のスキル「双腕撃《ダブルラリアット》」を放った。

胸の前で交差した両腕をベクの目の前で勢いよく左右に開き、ボウはその場で高速回転する。両腕の手甲鉤が死の旋風となって、たとえベクが前後左右どこへ移動しようとも、引き裂き巻き込んで切り裂くはずだった。

だが、その回転は、軸となる彼の体が、腹部に鋭い一撃を食らったことで急停止させられる。

「って、ぐは!?」

回転中にバランスを崩し、闘技場の砂の上に横倒しになったボウは、回転の勢いをそのままに転がっていき、砂まみれになりながらもなんとか停止したところで膝立ちになったが、そこで体を折って血反吐《ちへど》を吐いた。

ボウが上目遣いにベクを見ると、彼は低い姿勢から肘打ちを繰り出したところから、再びすっくと立ち上がるところだった。

「べ、ベク獣王太子殿下の正確な一撃ィ！　みごとな、みごとなカウンターです！」

兎の獣人が拡声の魔導具に向かってそう叫ぶのと、ベクが走り出すのは同時だった。

「く、くそ！　って、ぐは!?」

膝立ちの姿勢から立ち上がれないボウは、すさまじい速さで接近するベクに対し、太い腕を体の前面に立てて防御の姿勢を取るが、そこへすくい上げるようなアッパーがたたき込まれると、その場で1メートルほど浮かび上がった。

ボウの巨体が再び闘技場の砂に転がった時、彼の両腕の手甲鉤は、ベクのアダマンタイトのナックルによって砕かれ、鉤爪はすべてたたき折られていた。

「し、勝者、ベク獣王太子殿下!!」

審判が手を振り上げ、ベクの勝利を宣言した瞬間、闘技場全体はまるで地響きに襲われたかのように震える。

「やった！　あと1勝でタイトル戦だぞ！　伝説だ。いや、とっくにベク獣王太子殿下の伝説は始まっていたのだ!!」

「部門優勝だ。いや、総合優勝もあり得るぞ!!」

「アルババハル獣王国ばんざあああいいい!!」

どよもす歓声に交じって、拡声の魔導具にむかって叫ぶ兎の獣人の声が響く。

「ベク獣王太子殿下、またも無傷で勝利をかっさらいました。このまま決勝も勝ってしまうのか!?」

これらの声に、ベクは両手を上げて笑顔を振りまくと、悠然と闘技場を横切って壁際に向かう。

そこには選手控え室へ続く回廊の入り口があり、回廊に入ったところで、ベクは闘技場へ向かうギル獣王子とすれ違った。

ギル獣王子は無言でベクの側を通り過ぎ、彼が立ち止まってその後ろ姿を見送っても、一度も振り返ろうとはしなかった。

ベクが控え室に戻り、着替えを済ませて回廊に出ると、ギルの決勝進出を告げる実況の声が聞こえてきた。

＊＊＊

それから3日後のことだ。

獣王武術大会も後半にさしかかり、いよいよ各部門の決勝戦が始まった。

決勝戦は中央闘技場で1日に2部門ずつ行われ、ここで各部門の優勝者が決まる。

部門優勝者は、さらに7日後、今度は前年度に決まった各部門の代表者と戦い、そこで代表者の地位を新たに手に入れたり、防衛を果たしたりした今年度の各部門代表者10名が、その翌々日にトーナメント戦を行い、最終的に勝ち残った者が「獣王武術大会総合優勝者」となる。

そして、この総合優勝者が、前回の総合優勝者「獣王」と戦うのが、翌々日、つまりアルバハル獣王国の獣王武術大会の最終日となる。

このクライマックスに向かう流れを見逃すまいと、連日、中央闘技場に多くの観客がつめかけた。

そして、その観客に応えようとするかのように、各部門では死力を尽くした攻防や、華麗な技の応酬、長い沈黙からの一撃必殺に、まさかの大番狂わせが起こって、次々と部門優勝者が決まっていった。

そして、各部門決勝戦の5日目の午後、最後となる爪ナックル部門の決勝戦の開始時刻が迫る中、中央闘技場の階段状客席の中央にある貴賓席には、ブライセン獣王国のオパ獣王の姿があった。

彼の席はムザ獣王の隣にあり、アルバハル獣王国が隣国の獣王を丁重にもてなしていることが窺える。

「さすがアルバハル獣王国といったところか。こんなに大きな闘技場なのに、よく見渡せるものだ」

そう言ったオパ獣王に、ムザ獣王は鷹揚に頷いてみせる。

「オパ殿には、是非ともここで、ご子息とベクの戦いを見ていただきたいのだ」

それを聞いたオパ獣王は、眉をひそめ、ムザ獣王の横顔を睨んだ。

「それはどういう意味かな？　まさかそちらのご子息が、ギルめに勝ちを譲ってくださるとでも？」

「まさか、そのような無礼はいたさぬ。ベクはご子息と全力で戦うだろう。だが……」

「だが……なんだというのだ？」

その問いに、ムザ獣王が返事をしたまさにその瞬間、闘技場に爪ナックル部門準決勝戦を勝ち残った2人の戦士が現れ、闘技場全体が激しい歓声に包まれた。

だから、ムザ獣王の、声をひそめた返答を聞いた者は、隣に座るオパ獣王しかいなかった。

そして、誰もが闘技場に向かいあうベクとギル獣王子に注目していて、オパ獣王の顔に浮かぶ驚愕の表情を見た者は、隣に座るムザ獣王しかいなかった。

2人の前方斜め下の席では、シアとゼウ獣王子が、母である獣王妃と世話役のルド将軍とともに、心配そうに闘技台を見おろしていた。

「ベク兄様は絶対勝つよね？」

「ああ、大丈夫さ……」

「姫、ゼウ様、ご心配にはおよびません。ベク様はお二人がお渡しになった、『獣神の守り紐』をお持ちです。このようなところで負けるはずがないではありませんか」

「そうだな！」

幼い弟妹は、闘技場の砂の上に立つ長兄の腕に、前夜、自分たちが巻いた護符を見つけようとする。それは、アルバハル獣王国のガルム神殿が大昔から所持する、獣神の爪と言われる三日月形のパーツを革紐につないで、腕輪や足輪にしたものだ。

これを手に入れるために、2人は、爪ナックル部門の予選第1戦の翌日から毎日獣神ガルムの神殿に通い、欠かさずガルムに祈りを捧げた。そして前日になって、ようやくガルムの獣神官から受け取ることを許されたのだった。

これは、獣王武術大会では「魔法具」と見なされる。

事実、これには装備者を守る特殊効果が付いていた。

このことを確認した鑑定士の1人が、審判に報告している横では、ベクが、同じく鑑定を受けているギル獣王子に話しかけている。

「やっと戦えますね。よろしくお願いします」

だが、ギル獣王子は黙ったままだ。

しばらくの沈黙のあと、ベクは再び話しかけた。部門の決勝戦ともなれば、鑑定は念入りに行われ、その分時間がかかるので、手持ち無沙汰なのだ。

「……いかがでしたか、我がアルバハルの獣王武術大会は？」

するとと、ギル獣王子はふふんと鼻を鳴らし、嘲るような口調でこう言った。

「期待外れだ」

「うん？」

ベクは眉をひそめる。相手の意図がくみ取れず、困惑する。

「聞こえなかったか？　期待外れだと言ったんだ」

ギル獣王子は、牙をむき出しにして笑った。

「腕試しぐらいにはなるかと思ってたが、準備運動にもならない。おかげさまでこの半月、せっかく鍛えた腕も技もなまっちまったよ。まあ、獣王武術大会に初参加の獣王太子殿下がいらっしゃるとは聞いていたから、どうせぬるい大会になるだろうと思っていたがな」

「何だと……？」

「獣王武術大会に出る前に獣王太子になれるなんて、そんな甘っちょろい話は聞いたことがないって言ってるんだよ。俺なんて、お前に勝ててようやく獣王太子に命ずるといわれたしな」

どれだけの条件でベクは獣王太子になったのかとギルは鼻で笑う。

「それは……才覚がないからでは？」

ベクがギリギリと歯がみしながらそう答えるのに、ギルはニヤニヤと受け流した。

「だったら見せてくれよ、その『才覚』とやらを」

そこへ、審判がやってきた。

「鑑定の結果、両者が不正をしていないことを確認しました。これより、爪ナックル部門決勝戦を開始します」

その様子を実況席から見ていた、豚の獣人の司会者が、拡声の魔導具に向かって叫んだ。

「さァ、待ちに待ってまいりました！　皆さん、アルバハル獣王国の歴史が変わる大事な一戦が、間ァもなく始まります!!」

これを聞いた闘技場の観客、そして闘技場の外に詰めかけた観衆が、一斉にわっと声をあげた次の瞬間、審判がさっと腕を振り上げた。

「はじめ!!」

その言葉が終わるか終わらないかのうちに、ベクとギル獣王子は吸い込まれるように互いに接近していた。

「真強打」

「真強打」

同じスキル名を呟いた2人の声は、ほとんど同時に発生した、空気の破裂する音にかき消される。

バアアアアアン!!


ギルの突き出された右拳をベクが左の前腕で跳ね上げ、左拳のナックルを相手の顔に叩きつけようとしたところ、それをギルの右の前腕が押さえ込み、同時にギルの左拳がベクの顔を襲ったのだ。

ベクの左拳のナックルを右胸に受けたギルと、ギルの左拳を右頬に受けたベクが、弾かれたように飛び離れ、砂の上に着地する。

彼らが再び互いに接近を始めたところで、司会者が興奮した声で叫んだ。

「おお!!　ベク獣王太子殿下、ギル獣王子殿下、ともに今大会で初めてスキルを使用しました!!」

司会者の実況に応えるように、観客からの声援も大きくなる。

「ベク様、頑張ってくださぁあああああああい」

「ブライセンなんて倒してくださぁああああい」

だが、この声援を浴びながら、ベクは冷や汗を流している。相手が自分と同じスキルを使いながら、ダメージはこちらをわずかに上回っていることが分かってしまったのだ。

その足が、あと1歩踏み込めば相手の間合いに入る、というところで止まる。

そこへ、ギル獣王子の声が飛んできた。

「貴様も『開放者』になっていたのか。だが、しょせんは甘ちゃん獣王太子殿下、その程度の『才覚』では、『開放者』になってもこの程度ということだな」

それがこちらからの攻撃を誘う挑発だということはベクにも分かっていたが、腕が動くのを止められない。

ストレート、フック、ボディブロー、膝蹴り、肘打ちを、次々と繰り出すベクの顔から、少しずつ表情が消えていく。

真剣そのものの無表情でスキルを繰り出すベクを、ギルはあざ笑いながら見つめている。

その両足は、ベクの猛攻を受けながらも一度も闘技場の砂を離れず、反対に両腕がすさまじい速さで動き、ベクの膝蹴りまでも受け止め、逸らしていく。

そして、小さく飛び上がったベクが、頭部を狙った右の肘打ちと、胸を狙った左の膝蹴りを同時に繰り出した時、ギル獣王子の右手がベクの右肘を、左手がベクの左膝を受け止めたかと思ったら、一瞬でその上下を入れ替えて、空中でベクを逆さにしてしまった。

そして自身も小さく飛び上がると、天地を入れ替えられて混乱しているベクの胸に、飛び膝蹴りをたたき込んだ。

「ガフッ!?」

胸に受けた衝撃に、息を詰まらせたベクが、大きく弧を描いて宙を飛び、闘技場の砂に背中から叩きつけられると、一瞬、闘技場がしんと静まりかえった。

観客が、そして司会者までもが唖然として見守る中、ギル獣王子は、起き上がろうともがくベクに、悠然とした足取りで近づいていく。

「後がなくなってきたか。もう終わりか？」

呼吸を整え、上体を起こしたところで、意外なほど近くから声をかけられて、ベクは反射的に飛び上がって、振り向きながら距離を取った。

ギル獣王子は足を止め、ニヤニヤと笑っていた。ベクは、もし相手が、声をかけずに攻撃をしかけてきていたら、自分が避けきれなかったであろうことを悟った。

手加減されているのだ。そう思うと、久しく忘れていた怒りが胸に湧き上がってきた。

「貴様、なめるなよ……」

「ふん、ようやく気付いたか。こんなにも察しが悪いと、いよいよ期待外れと言うしかない」

そう言ってあざ笑うギル獣王子から視線を逸らさず、ベクは耳を澄ました。

しんと静まりかえった闘技場に、彼は無数の呼吸を聞いた。

それは、今、この場にいて、自分の戦いを見守っている観客の呼吸だとベクは思った。

その中には、父の、母の、弟妹の呼吸もあるはずだ。

その弟妹が、前夜、自分の左手首に巻いてくれた「獣神の守り紐」が、汗でしっとりと濡れている。

絶対に、負けるわけにはいけない。

「……全力を出すぞ」

ベクはそう呟くと、一瞬目を閉じて、獣神ガルムへの祈りを捧げた。

「獣王化《ビーストモード》」

その体がむくむくと膨れ上がっていく。身につけていた防具がこの変化に耐えきれず、アダマンタイトの胸当ての肩紐、腰鎧の留め金、膝当てのベルトがちぎれ、次々と闘技場の砂の上に落ちていく。

「がるおおおおおおおおおおお!!」

喉の奥から絞り出すような吠え声とともに、膨れ上がったベクの全身が毛に覆われ、一瞬で二足歩行の巨大な獅子へと変わっていた。

「おおおっと!! ベク獣王太子殿下に獣神ガルムの力が宿った!! これなら……え?」

「うおおおおおおおおおおん!!」

司会者の実況を遮るように、ギル獣王子が吠えた。

天を仰いで喉を仰向けたその体が、むくむくと膨れ上がると、巨大な爪の生えた両腕がミスリルの鎖胴着を引き裂き、闘技場の砂の上にまき散らした後には、巨大な二足歩行の狼が立っていた。

そこへ、獣王化したベクが襲いかかる。太い腕を振り上げ、相手の両肩に振り下ろすと、鋭い爪を食い込ませて両腕を封じ、がら空きの喉笛に食らいつこうとする。

しかし、獣王化したギル獣王子は、ベクが両腕を自分の肩に振り下ろした時には、すでに背中から闘技場の砂の上に倒れながら、折りたたんだ両足を自分とベクの間に入れていた。

「馬鹿め、全力を出していないのは自分だけだと思っていたな」

ギル獣王子のくぐもった声がベクの耳に届き、次の瞬間、彼は腹部に鋭い痛みを感じるとともに、後ろに突き飛ばされている。

闘技場の砂の上に倒れたベクの腹から鮮血が噴き上がり、立ち上がったギル獣王子の足下には、ベクの腹をえぐった爪にまとわりついた彼の血がじんわりとにじんでいた。

「ぐおお!?」

激痛にもだえるベクだったが、ギル獣王子の気配を察し、咄嗟に砂の上を転がると、両腕も使って短く疾走し、距離を取って振り向いた。

そこに、追いついたギル獣王子が、すさまじい速さでタックルを食らわせた。

そして、両手の爪をベクの背中に食い込ませたまま、その場で立ち上がり、肩に担ぎ上げたベクの体を背筋の力で跳ね上げると、空中でもがく相手の体に、下から突き上げるようにして、複数のスキルを連続で放った。

「ぐぅるぉらおらおら！！！」

下からの攻撃に浮き上がり、落下しかけると、さらに攻撃を受けて浮き上がる。

そうして逃げることも防ぐこともできないまま、連続攻撃を食らい続けるうち、ベクは次第に意識が遠のいていく。

すると、ギル獣王子がいきなり攻撃をやめた。ベクの体は落下し、闘技場に叩きつけられる。

ズウウウウウン

「ぐはあ‼」

片頬を砂にめり込ませ、血を吐きながら、ベクは意識を取り戻す。

だが、彼が起き上がろうとするより早く、上になった方の頬を、ギルの足が上から踏みつけた。

しかも、それは1度では終わらない。踏みつけたと思ったら足を上げ、ベクが起き上がろうとするのを待って、再びその頬を踏みつける。これを2度、3度と繰り返すうち、ベクが起き上がろうとするまでの時間が徐々に長くなっていく。

この、あきらかにベクを嬲《なぶ》りものにするギル獣王子の所業に、闘技場中がざわめきだした。

そのざわめきは、ベクを応援する声と、ギル獣王子を非難する声に分かれながら、次第に大きくなっていく。

その中には、貴賓席から聞こえる幼いシアの悲鳴も交じっている。

「ベク兄様が！　ベク兄様が死んでしまう!!」

貴賓席の手すりから身を乗り出して叫ぶシアを、ゼウ獣王子が抱き留める。

「ダメだよシア！　これは獣王武術大会なんだから!!」

そう叫ぶゼウ獣王子の顔も、涙でくしゃくしゃになっている。

「そんな！　ベク兄様あ!!」

そこへ、ムザ獣王の太い声が響いた。

「静まれ、シア」

「でも、お父様!?」

振り返ったシアは、父が凍り付いたような無表情で、闘技場に冷ややかな視線を注いでいるのを見た。

「本当によいのか、ムザ殿」

隣に座ったオパ獣王が、ムザ獣王の横顔をじっと見つめて、口を開いた。

「確かに、あなたが言ったとおり、ギルはご子息に勝つだろう。だが、このままでは、ご子息が死んでしまうかもしれぬ」

「案ずるな、オパ殿。もしそうなったとしても、余はそなたらを責めはせぬし、アルバハルの民の誰にも、そなたらを手にかけさせはせぬ。もっとも、そんなことができるものはおるまいが。……それに、もしベクがここで死ぬことになったとしても、それはあやつが未熟だっただけのこと」

そう応える父の顔からは、どんな感情も読み取れず、シアは困惑する。

すると、隣にいたゼウ獣王子が、シアの困惑をそのまま口にする。

「父上!?　兄上が負けると、父上は分かっていたというのですか!?」

「そうだ」

ムザ獣王は短く、しかしはっきりとそう答えた。

「ベクはギル殿には勝てぬ。それを期待して、余はギル殿の参加を許したのだ」

「でも……それじゃあ、兄上が負けることを、父上は望んでいたということですか？」

「そうだ」

「そんな……!?」

「ゼウ、そしてシア。よく聞け」

ムザ獣王の声に、シアは呆然としながらも、その顔を見上げた。

そして、父の顔が、苦痛と怒りにゆがんでいるのを見た。

「ベクは確かに強い。だが、それ故に、これまで負けを知らなかった。負けることの悔しさを、命長らえたことの喜びを、自分を倒した相手に対する怒りを、そして、そうした相手を超えようと努力することを知らなかった。……そういう者は、負けるかもしれないと思うと怖じ気づく。それでは、いざというときに、この国を、いや、この世界の全ての獣人を守るために立ち上がることができぬ。始祖アルバハルの勇気を継ぐことはできぬ」

「……」

「……」

「だから、信じるのだ。ベクが負けても、命長らえることを。怒りに燃えて立ち上がることを。その時こそ、ベクは真に始祖アルバハルの生まれ変わりへの道を踏み出すのだ」

両手を組み、深々と腰を掛けてそう言う父の顔を見ていられず、シアは闘技場に視線を向けた。

その時だ。


グシャ!!


もう何度目か分からない、ギル獣王子の踏みつけを受けたベクの両手足がピンと伸びたかと思うと、次の瞬間ダラリと力が抜け、その体が見る見るうちに萎んでいく。

と同時に、闘技場中に、絶望のため息が響き渡った。

すると、獣王化したままのギル獣王子が、その場にかがみ込み、ベクの頭を摑んで持ち上げた。

その血まみれの顔をのぞき込み、そして、驚いたような顔をした。

「おかしいな。うっかり力を籠めすぎたと思ったのだが?」

そして、ベクの倒れていたあたりに、革紐と、白いものの破片が落ちているのを見て、ふふんとせせら笑う。

「なるほど、『獣神の守り紐』か。命拾いをしたわけだな」

すると、血まみれの顔の中で、ベクの瞳が光を取り戻す。

「こ、ころせ……はぁはぁ」

ベクがそう呟くのを聞き、一瞬、怒りに顔を歪めたギル獣王子は、ベクをゴミを投げ捨てるように放り投げた。

「殺せ、だと？　『獣神の守り紐』が身代わりとなって、ようやく生き長らえたことも知らず、そのようなことをほざく愚か者は、殺す価値もない。いつかもっと強くなって、俺を楽しませてくれたなら、その時は確実に息の根を止めてやろう」

そこへ駆け寄った審判が、ベクの様子を一瞥した後、ギルに向けて手を振り下ろした。

「勝者！　ブライセン獣王国、ギル獣王子殿下!!」

だが、闘技場はしんと静まりかえっていた。

その静寂を貫いて、ギル獣王子は叫んだ。

「聞け、俺はブライセン獣王国獣王子、いや、獣人最恐の男ギルだ!!　俺の前に立ちはだかる者はすべて倒す!!　文句があるならかかってこい!!」

そして、くるりと身を翻すと、悠然と闘技場を出て行った。

後には、瀕死の重傷を負いながらも、奇跡的に生き延びたベクが横たわっていた。

＊　＊　＊

結局、その年の総合優勝者は、ギル獣王子となった。彼は爪ナックル部門代表者を倒し、各部門の代表者を次々と破っていったのだ。

だが、彼は前年総合優勝者である「獣王」への挑戦を辞退し、獣王武術大会最終日の前日、急遽帰国した。

何故彼がそうしたのか、その理由は誰にも分からなかったが、アルバハル獣王国の民は、「獣王」に挑戦しないことで、ギル獣王子はアルバハル獣王家を嘲ったのだと、去って行く彼を罵った。

そして、獣王武術大会が終わり、二週間が経っても、ベクは部屋から出てこなかった。国中の癒やし手が回復魔法をかけ、体の傷は癒えたのだが、ギル獣王子に敗れたあの日から、彼は誰とも口を利かず、近衛騎士のケイ隊長以外、誰が来ても部屋に入ることを許さない。

「……申し訳ありません。シア獣王女殿下。お通しすることはできないのです」

ケイ隊長の困り顔に、今日もシアはうなだれるしかなかった。

踵《きびす》を返し、世話役のルド将軍とともに、とぼとぼと廊下を歩いていたが、ハッと顔を上げると、自室とは違う方向へ進んでいく。

「姫、どちらへ？　獣王城をお出になるおつもりですか」

「そうだ。ベク兄様になにか贈り物をしたい。何か、ベク兄様が元気になるようなものを」

「流石はシア様でありますな！」

「そんなに褒めるな。ルドよ、って、ん？　あれはなんだ？」

城を出て、中庭を通り、城門を抜けようとしたところで、２人は、城門を守る兵士たちが、誰かと揉めているのを見た。

それは、薄汚れたローブをまとい、背中には大きな籠を背負った老人だった。

「ですから、わしはただ、ベク獣王太子殿下のお力になりたいと……」

「だから、何度言ったら分かるんだ！　獣王太子殿下はご健在である。それに、万一、殿下になにかあったとしても、貴様のような、どこの者とも知れない者を、確かめもせず城に上げることなどできるわけがない！」

老人と兵士の会話に、ベクの名前を聞きつけて、シアはそちらへ向かった。

「どうしたのだ？」

「こ、これはシア獣王女殿下!!」

兵士たちがシアの前に跪くと、彼らに隠れて見えなかった、ローブ姿の老人の顔がシアにも見えるようになる。それは恐ろしく年を取った、山羊の獣人だった。

「おお、あなたがシア獣王女殿下でございますな。お初にお目にかかりますじゃ」

「貴様、何者だ。城に何用だ？」

ルド将軍が訊ねると、老人はにこにこと笑いながらこう言った。

「これはとんだご無礼をいたしました。儂は『ロム』という者、このガルレシア大陸をあちこち巡る、旅の薬師でございますじゃ」

「ほう」

「こちらの国へはつい先日参ったのですが、ベク獣王太子殿下が獣王武術大会でひどいお怪我をされたと伺い、これはぜひともお力にならねばと伺った次第ですじゃ」

「なるほど、殊勝な心がけだ。だが、獣王太子殿下は大事ない。立ち去るがよい」

ルド将軍がそう言っても、ロムと名乗った山羊の獣人は、その場でもじもじしながら話し続ける。

「ですが、儂の薬は体を治すだけでなく、心を治すこともできますのじゃ。こちらはご入り用ではないですかな」

「なんだと？」

シアが目を輝かせると、ロムも目を輝かせて言いつのる。

「それはもう、一粒飲めば、心の底から気力が溢れてまいります。ご覧くだされ、このおいぼれめを、足腰は衰えても、大陸中を旅して疲れなしでございます!!」

そう言うと、ロムはその場でクルクルと回り始めた。どうやら片足でつま先立ちになっているようだが、意外とバランス感覚はよく、よろけることなく回っている。

その滑稽な様子に、シアは前のめりになる。

「ふむ、なるほど。だが、そのような薬は、噂も聞いたことがない。お引き取り願おう」

ルド将軍がはっきりとそう告げると、老人は回るのをやめ、しばらく途方に暮れたような顔をしていたが、はっと目を見開くと、いきなり背中の籠を下ろし、中身をごそごそとあさり始めた。

「そ、そうだ！　た、たしか……ここにあった！」

そう言って、1本の巻物を取り出して、震える手でルド将軍に差し出した。

「何だ、これは？」

「は、はい。これは、こちらに伺う以前にお世話になっておった、レームシール王国の大臣殿よりいただいた推薦状でございますのじゃ」

レームシール王国は、ガルレシア大陸に存在する鳥人たちの国である。

「ほう、中身を見せてもらってもいいかな？」

「それはもう」

ルドは巻物を留めていた紐を解き、中身に目を通す。そこには、ロムがそのすばらしい薬草術でレームシール王家を助けたことと、レームシール王家に仕える以前にも、いくつかの王家に仕えてきたこと、そして宮廷を辞する度に推薦状を得ていたことが記されていた。

「なるほど。それで、次は我が国の番であるということか」

恩を売る絶好の機会に来たわけだとルド将軍が睨みを利かせる。

「そんな!?　滅相もございません！　儂はただベク獣王太子殿下をお救いしたいと……」

「その言葉、偽りはないな？　……では、この推薦状は、いったんこちらで預かろう」

「ルドよ。どうするのだ？」

シアの問いに、ルド将軍は、ロムと名乗る薬師を睨みながらこう答える。

「この推薦状には、レームシールの鳥王が長年悩んでいた『鳥目』を治したと書かれています。ひとまず、その真偽を確かめましょう。……おい、お前、この薬師を宿へ連れていけ」

ルド将軍はその場に居合わせた兵士の1人にそう命じて、別の1人に推薦状を渡した。

「お前はこれをケイ殿にお渡ししろ。そして、通信の魔導具を使い、レームシール王国に照会するようにお伝えするのだ」

そして、薬師ロムにこう言った。

「ロムとやら、今日のところは宿に戻れ。結果は追って連絡するから、それまで国を出るなよ」

ぺこぺことお辞儀をした薬師ロムは、兵士の1人とともに城門から立ち去り、市街地へと戻っていった。

だが、この老人が、再び被ったローブの下で顔を歪ませ、

「ひひひ。魔王様。このシノロム、『贄』の計画は順調でございますのじゃ」

そう小さくつぶやいたのを、一緒に歩く兵士も、誰も耳にすることはなかったのであった。

特別書き下ろしエピソード②　ソフィーとルークとオーガごっこ

ギャリアット大陸を襲った「邪神教」と魔王軍の作戦を止め、亡くなったエルメア教の大教皇に代わる新たな教皇候補としてのキールの戴冠式を終えた後、アレンたちは、ダークエルフの里ファブラーゼに用事があるというソフィーと共に、ファブラーゼのあるムハリノ砂漠へ向かった。

ファブラーゼは、水の精霊の力で砂漠の地下水を呼び、人工的に作り出した水源を持つオアシス都市だ。

里の中心には巨大な木がそびえ、傘のように里を覆って、ダークエルフを守るかのように、砂漠の強烈な日差しを遮っている。

その巨木が落とす影を縁取るように、石造りの外壁が設けられているのはどこの大規模都市にも見られる光景だが、その外壁をぐるりと取り囲むように、さらにもう一周、緑の林が生えている。

これは、アレンが草Aの召喚獣の特技「金の豆」と「銀の豆」で生み出された豆が育った姿、破邪の木の林だった。オアシス都市を覆う巨木と比べると雑草のようだが、その影は、外壁と林の間に作られた避難所に住む、魔王軍の脅威を逃れてきた人々を涼ませているし、この林が存在することで、ムハリノ砂漠にいまだ潜んでいる魔獣たちを寄せ付けずにいた。

アレンたちは、この林の途切れるところ、ファブラーゼの外壁に設けられた唯一の門の前に転移した。

「ついた！」

その場でぴょんとジャンプし、足元の砂を跳ね上げながらクレナが叫んだ。

「ついたもなにも、転移しただけだけどな」

鳥Aの召喚獣のエクストラスキル「帰巣本能」で転移してきたので、移動時間はほぼないに等しい。

「そうだね！」

思ったことを口にするクレナの言葉に、当たり前のようにアレンが返し、会話が成立しているようでどこかトンチンカンなやり取りに、聞いていた仲間たちがプッと吹き出す。

「さ、そろそろ日陰に入りましょ。ここにいたら日焼けしちゃうわ」

手を団扇《うちわ》のように顔をあおぐセシルがそう言うので、アレンたちは里の門へと向かう。

そこには、ダークエルフの門番とは別に、浅黒い肌をした人族の集団が待っていた。彼らはこの砂漠の他のオアシスの元住人たちで、魔王軍の脅威から避難してきた人々だ。どうやら、ソフィーからファブラーゼのダークエルフたちに送られた、来訪の予告を知らされたのか、ソフィーを待っていたようだ。

「エルフのお嬢さん、どうもありがとう」

「あんたたちのおかげでなんとか生きていられるよ」

彼らが口々に、ソフィーに礼を述べるのを聞き、アレンは、誰が自分たちを助けてくれたのか、よく分かっているようだなと思う。

ソフィーが避難民ひとりひとりの礼に丁寧に対応するので、時間がかかってしまう。

「中々、避難先が見つからないんだな。この前来た時よりも増えているようだ」

アレンはソフィーに話しかける。

すると、ソフィーはアレンを振り返り、少し困ったような顔をしてみせる。

「そのようですわね。いかがいたしましょうか」

「希望者がいれば、『ヘビーユーザー島』への移住者も募ろうか」

アレンがそう答えると、ソフィーは顔を輝かせた。

「はい！　さすがはアレン様です」

そして、再び避難民に向き直ろうとするので、アレンはそれを止めるようにこう訊ねる。

「……それで、あのでっかい木に用事があるんだよな」

「はい、そうでした。お待たせして申し訳ありませんでした」

ソフィーはそう言うと、避難民に挨拶して、ダークエルフの門番が開けてくれた門をくぐる。アレンたちも彼女に続き、避難民の礼を背にうけながら、里の中へ入った。

巨木の影に守られたファブラーゼの里は、外壁の外と地続きとは思えない場所だった。

巨木の枝がやわらげた砂漠の日差しが木漏れ日となって降り注ぐ地面は砂ではなく土で、草木が生え、あちこちに川が流れている。

その川の一本に沿って、ソフィーに導かれ、アレンたちは進む。里の川はすべて精霊の力で汲み上げた地下水による湖から流れていて、その湖の中に根を沈めているのが、この里を守る巨木だ。

1時間ほど歩いて、湖のほとりにたどり着いた。

湖の水は澄んで、巨木の根が絡み合いながら潜っていくのが見える。湖にかかる木の橋が、アレンたちのいる湖のほとりと、巨木の根元に築かれた木造の社《やしろ》を結んでいた。社は高床式で、巨木の根から柱を伸ばしている。こちらも木造のテラスが社の幅を越えて横に広がっていた。

湖から吹いてくる涼しい風に目を細めながら、ソフィーは大地の幼精霊コルボックルを呼びだす。

「つきましたよ。コルボックル様」

『うん、ありがとう……』

ソフィーの胸に抱かれた大地の幼精霊コルボックルは、巨木を見上げる。

するとそれまでずっと無表情だったその顔に、はっきりと分かる微笑みが浮かんだ。

『ああ……』

そうため息を漏らしたコルボックルの体が、ソフィーの腕からふわりと浮かびあがり、宙を飛んで巨木の太い幹に近づく。

すると、幹から複数の光の玉が飛び出し、コルボックルを迎えるように取り囲んだかと思ったら、人間や獣に似た姿に形を変える。

『コルボックルだ』

『お帰り』

『君もこっちに来たんだね』

彼らはどうやらダークエルフとともにファブラーゼに移住した精霊たちのようだ。

『はは。よかったね』

この光景を見て、ソフィーの頭の上に腹ばいに寝そべっていた精霊神ローゼンがにこにこと目を細める。

ソフィーとアレンたちが、コルボックルと出会ったのは、ローゼンヘイムの郊外にある、かつてダークエルフの街だったという廃墟でのことだ。そこで、コルボックルは、ローゼンヘイムのエルフとの争いによってその集落を去ったダークエルフたちが、いつか帰ってくる日を待ち、たったひとりで街を直そうとしていた。

その時、ソフィーは、コルボックルに、いつかエルフとダークエルフが再び手を取り合う未来を約束した。

その約束を果たすには、まだやらなければならないことも多く、時間もかかるが、その前に、ひとまずコルボックルをダークエルフの里へ案内しようとした。

「よし、用事は済んだな。オルバース王にも挨拶した方が……」

アレン軍への兵のお礼もあるので、アレンがそう言いかけたところへ、

「おい、お前ら、ここで何をしている!!」

甲高い声が呼びかけてきた。

「ん？」

その場で巨木と精霊たちを見上げていた全員が振り返る。

そこには、両手を腰に当て、仁王立ちになってアレンたちを睨みつけてくる、小柄なダークエルフが立っていた。短く刈り込んだ銀髪に金色の目、漆黒の肌をして、膝丈の短いズボンを穿いた彼の頭の上には、漆黒のイタチが丸まっている。

前世でたまに見た、夏休みのよく日焼けした少年を思い出し、虫取り網とかもっていたら似合い

そうだとアレンは思った。

「あら、あなたは……」

「俺か？　俺はルークトッドだ!!」

ソフィーの問いに、小柄なダークエルフは偉そうに胸を反らして答える。

「ルークトッドって、たしか、ダークエルフの王様の息子よね」

セシルが横にいるアレンに囁いた。

「たぶんそうだ。精霊王を頭に乗せているし」

ソフィーから伝えられたファブラーゼの情報の中に、ダークエルフの王オルバースに幼い息子がいるという話もあったが、どうやら彼がその息子のようだ。

「そうだ、お前はローゼンヘイムの王女だったな？　俺は、お前たちのことなんか全然怖くないからな!!」

ルークトッドがソフィーに向かって大声でそう言った。

対するソフィーは笑みを崩さず、すっと前に進み出ると、深々とお辞儀をした。

「以前伺った時にもご挨拶申し上げましたけれど、あらためてルークトッド様にご挨拶いたします。私はローゼンヘイムの女王レノアティールの娘ソフィアローネでございます。そして、ここにおりますのは私の友人、一緒に冒険するパーティーの仲間たちです」

「お、俺はダークエルフの里を治めるオルバースの子、ルークトッドだ!!」

ルークトッドが大声で名乗り終わるのを待ち、ソフィーは再び深々とお辞儀をした。

「ご無礼をお詫びいたします、ルークトッド様。精霊との約束を果たすためとはいえ、あなたのお許しをいただかずにこちらへ参りました」

「は？　約束だと？」

ルークがきょとんとしていると、そこへコルボックルが戻ってきた。どうやらほかの幼精霊たちとの再会は一区切りついたようだ。

「よし、じゃあ、騒ぎになる前に移動しようか」

ルークトッド以外にこの場にダークエルフはいないが、里の王の子が騒いでいるのが他のダークエルフに知られれば、大きな問題に発展するかもしれないとアレンは思う。

だが、このアレンの発言を聞いたルークトッドが、再び騒ぎ出した。

「な!?　おい、逃げんのか!?」

「いえ、そういうわけではありませんが……」

困惑するソフィーの後ろで、アレンはドゴラに声をかけた。

「なんか、昔のドゴラを思い出すな」

「おい、何言ってんだ。俺こんなんじゃなかったぞ！」

「ほおお！　ドゴラだああ!!」

クレナが、農奴時代を思い出したのか、ワクワクしたような声で言った。

「おい！　そこ!!　何勝手に話してやがんだ!!」

「ちょっと、ソフィー。もう済んだんでしょ」

土の幼精霊がソフィーの胸に抱き着いているのを見て、セシルがそう言った。

「え、ええ。……それではルークトッド様、こちらで失礼いたします」

ソフィーがそう言うが、ルークトッドはその場で両手を広げ、通せんぼするように立ちはだかった。

「ふざけるな！　俺と勝負しろ!!」

「勝負……でございますか？」

「そうだ。勝手にこの里に入ったんだ。勝負するのは当然だろ」

「……それで、勝負とは、どのようにいたしましょうか？」

ソフィーがそう言うと、ルークトッドは再び偉そうに胸を反らしてこう言った。

「オーガごっこだ。お前らが全員オーガ、俺が村人だ」

これを聞いたセシルがアレンに訊ねる。

「ちょっと、『オーガごっこ』って何よ？」

「えっと、セシル。かくれんぼのようなもので……」

アレンは「オーガごっこ」について説明する。

ルークトッドの言う「オーガごっこ」は、「ゴブリンごっこ」や「オークごっこ」などと名前がつけられていることもある、子供の遊びだ。参加者は「オーガ」と「村人」に分かれ、村人が隠れ、オーガがそれを探し出して捕まえる遊びだ。

制限時間内に村人1人でも逃げ切れれば村人の勝ち、オーガが村人を全員捕まえればオーガの勝ちというルールだ。

村人が多くいる場合、「オーガのすみか」が作られて、捕まった村人がそこに連れて行かるが、自由な村人がそこに侵入し、手をつなげる限り最大2人の村人を救い出せるという追加ルールもあったりするようだ。

アレンたちのような開拓村の子供たちはおもちゃなどほとんど持たないので、道具もお金もかからない遊びを考案し、それが受け継がれていく。

魔獣の跋扈するこの世界において、子供に魔獣の恐ろしさを教えるためにも、この遊びは良い教育になるとも思う。だが、貴族のお嬢様だったセシルは知らなかったようだ。

「ふーん。頭を叩かれると捕まって食べられたことになるのね」

「幼精霊の約束を果たしたら、おまけのクエストが発生したな」

アレンはゲーム脳を巡らせる。

「ルークトッド様と『オーガごっこ』をするのですか？」

「それは勝負に勝った時と負けた時の話を聞いてからだな。すみません、ルークトッド様、この勝負は……」

アレンがそう呼びかけると、ルークトッドは両手を腰に当ててふんぞり返る。

「俺が勝ったらお前たちは俺の子分だ。お前たちが勝ったら、俺がお前たちの友達になってやるぞ！」

それを聞いて、アレンは幼い頃のことを思い出してしまう。

「クレナ村でまんま同じ事言われたな。リトルドゴラと名付けよう……」

「確かにドゴラっぽいね！」

クレナが同意する。

「おい、アレン、クレナ。俺はあんなんじゃないぞ……」

ドゴラが困ったような顔で言うが、アレンはそれを無視した。

「俺たち全員がオーガで、相手は1人か……よっぽど自信があるんだな。よし、ソフィー、受けよう。俺はオーガごっこで負けたことがない」

「アレン様がそうおっしゃるなら、私はかまいません」

ソフィーが頷いたので、アレンは再びルークトッドに話しかける。

「範囲と時間はどうする？」

こう言われて、ルークトッドが目を輝かせた。

「お！　いいね！　お前、この遊び慣れているな」

「俺は負けたことがない」

アレンがそう言うと、ルークトッドはニヤリと笑った。

「その余裕、いつまで持つかな。範囲はあのテラスと、その内側。だから、世界樹と湖、社も含むぞ！」

「社の中もか」

「そうだぞ。今更ビビってもだめだぞ。時間は1時間で……」

ルークトッドがさらに細かいルールを指定しようとした時、ダークエルフの女性が慌てた様子で走ってきた。

「ルークお坊ちゃま!?　そ、そこで何をされているんですか!!」

おろおろと立ち尽くすダークエルフの女性に、ソフィーが安心させようと笑顔を見せながら声をかけようとする。

しかし、その前にルークトッドが口を挟んだ。

「こいつらをオーガごっこでけちょんけちょんにする!!　お前、父様に告げ口したら許さないからな!!」

「け、けちょんけちょんって……！」

ダークエルフの女性は両手で口を覆うと、社へ向かってすごい勢いで駆けていった。

それを見送っていたルークトッドが、ダークエルフの女性が消えていった社の入り口を指差してこう言った。

「じゃあ、俺は隠れるから、お前らはここで待ってろよ。ファーブルが合図したら始めだぞ。あと、スキルを使うのはなしだからな!!」

社へ向かう木の橋をかけていくルークトッドに言われるがままに、湖のほとりでアレンたちはしばらく待つことになった。

「あの女の人、今ごろ王様に告げ口してるわね」

セシルがぽつりと呟いた。

「問題なら、里のお偉いさんたちが止めるんじゃないのか」

「またそんな無責任なこと言って……って、来たわよ」

アレンの返答にセシルがため息をついた時、ルークトッドの頭に乗っていた漆黒のイタチが、木の橋を渡ってやってきた。

『時間だわさ』

年配の女性を思わせる落ち着いた声で話しかけてきたこのイタチが、ダークエルフを守護する精霊王ファーブルだ。

『あの子が次の王かい』

ソフィーの頭の上にいた精霊神ローゼンが、ふわりと滑空し、ファーブルの前に飛び降りた。

『そう、あの子はダークエルフの未来さ。お前さんが見たんじゃないのかい？』

『……先見は得意じゃないんだよ』

そう言ったローゼンに対して、ファーブルはふんと鼻を鳴らしてから、ソフィーを見上げてこう言った。

『オルバースにはあたしから言ってある。……あの子をよろしく頼むね』

「もちろんですわ」

ソフィーがそう答えたところで、アレンたちは木の橋を渡り、社の門をくぐって、ルークトッドを探しはじめた。

「よし、時間がないからな。なんか、勝ちにこだわった方がいい気がしてきたぞ」

アレンは、負けたからといってもルークトッドの子分になるつもりもないし、そもそもオーガごっこで負けるつもりがないので、本気を出すことにする。

ルークトッドが指定した範囲は広く、その中でスキルを使わず1人の少年を見つけ出すのは難しいと判断し、社、巨木、湖を、1ヵ所ずつ全員で探していくことにする。

「まずは探すところの多い社からだ」

アレンたちは社のテラスをすごい勢いで走っていき、そこから入れる広間、食堂、風呂場だけでなく、各部屋の収納、床下、天井裏などを、それぞれ手分けしてしらみつぶしに探していく。

その中には、もちろん社の奥、巨木の幹の洞《うろ》に作られたオルバース王の執務室も含まれている。

「失礼します」

ソフィーが一礼して引き戸を開けると、アレンたちはバタバタと入り込んだ。オルバース王の寝室や、ルークトッドが入れそうなタンスの中も、衣類をかき分けて探していく。

この様子をおろおろと見守っていたダークエルフの長老が、黙って仕事を続けるオルバース王に小声で話しかける。

「いくらソフィアローネ殿のお仲間とはいえ、このような狼藉をお許しになっては……」

だが、オルバース王は顔も上げずにこう答えた。

「許可はしてある」

「は、はぁ……」

すると、天井裏から顔を埃だらけにしたクレナが飛び降りてくる。

「ここにもいないよ!!」

アレンは時計の魔導具で時間を確認する。捜索開始から20分が過ぎていた。

「社の中だけで時間をかけすぎてしまったぞ。クレナとドゴラはまだ見ていないところまで見てくれ。衣装簞笥《だんす》の中も念入りにな」

「分かった！」

「おう！　任せろ!!」

「キールとセシル、メルルはテラスを探してくれ。俺とソフィー、フォルマールは世界樹の方へ行くぞ!!」

手早く仲間たちに指示を出すと、アレンは世界樹のところへ移動した。

巨木はどれほどの高さがあるのか分からないうえに、直径100メートルはありそうな太い幹からは、平均的な人間くらいの太さの枝がいくつも横にのびて、それぞれがさらに細い枝を伸ばし大きな葉っぱを茂らせている。

「……さすがにこんな巨大な木に登ったとは思えないが、フォルマールには木の上を任せてよいか？　枝葉の中だけじゃなくて、たまに下も見て、ルークトッドらしい怪しい動きがあったら叫んで教えてくれ!!」

「ああ。分かった」

フォルマールは短くそう答えると、木の幹にべたっと抱き着いたと思ったら、モサモサとヤモリのように登り始めた。

「アレン様、私たちはどうしましょう？」

「俺は世界樹の根本を見る。すまないがソフィーはテラスから湖の中を探しておいてくれ！」

「分かりましたわ!!」

ソフィーと別れ、アレンは巨木の周囲を回りながらルークトッドを探した。

里の巨木は、湖の中に根を張っているが、実際には湖の底にある、土の精霊が砂漠の砂から変化させた大地に根を張っていて、その根は湖の外にまで広がっている。

澄んだ湖水の中には、横に伸びる根も見えるし、湖水から出た根と根がからみあうところには、子供ぐらいの体格だと隠れられそうな隙間もある。その中を覗き込んだり、地上に空いた洞などを探していると、あっという間に30分が過ぎてしまった。

アレンはひとまずソフィーと合流しようと、テラスに沿って移動した。

「ふう、こっちにはどうやらいないようだ。ソフィーのところはどうだ？」

「シッ」

ソフィーは片手の人差し指を唇にあて、アレンに静かにするように示しながら、もう片手の人差し指で、テラスの手すり越しに湖面の一部を指差した。

ポコ……ポコ……

よく見ると、テラスの縁のすぐそばの湖面に、水中から小さな泡が上がってきている。

泡の上がってきているあたりを見れば、澄んだ湖水の1メートルほど下に、ルークトッドのものらしい銀髪がゆらめいているのが見えた。

「結構長く潜っているのか？」

アレンは小声でソフィーに問う。

「水の精霊と風の精霊の力を借りれば、もっと長く水中に留まっていることはできるでしょう」

それを聞いたアレンは、少し考えた後、おもむろに大声でこう言った。

「ふむ、どうやらここにはいないようだな。くっそ～、どこにいるんだ!!」

そしてソフィーに目配せをすると、彼女はアレンの考えを理解して、頷いたあとこう続ける。

「そうですわね。やはり、どこか上手に隠れたのでしょうか」

ボコボコッ
水面に浮かんでくる泡がどんどん大きくなる。

「残り3分か。このままじゃ、ルークトッド様の子分になってしまうな～」

「優しい親分でいてくださるといいですわね」

ソフィーがぷっと吹き出しながらそう言った時、湖の水を跳ね上げて、水中からルークトッドが姿を現した。

「ぶは。お前たち、わざとやってるだろ!!」

「ルークトッド様、見つけましたわ」

ソフィーがニコニコ笑ってそう言うので、ルークトッドも思わず笑顔になった。

「俺を見つけるなんてやるじゃねえか」

テラスに上がったルークトッドの頭に、ソフィーが優しく手をのせる。

「これで、私たちの勝ちでよろしいですわね」

「おう。あ〜あ〜びしょ濡れだ。おい、お前も汚れてるな。風呂貸してやるよ」

ルークトッドにそう言われて、アレンは自分がこの1時間、社の内外、テラスに巨木の周辺と駆け回り、埃や砂にまみれていることに気付く。

そこへ、巨木の幹から降りてきたフォルマールが合流し、4人が社の中のドゴラとクレナのところに戻ると、セシルたちも合流していた。

「おお！　見つけたんだ!!」

「ああ、ソフィーがな」

アレンがキールにそう返事すると、側で聞いていたメルルがパチパチと拍手した。

「さすが、ソフィーはすごいね!!」

「いえいえ」

謙遜するソフィーを見上げて、ルークがぽつりと呟いた。

「ソフィーか……」

「お呼びですか、ルークトッド様？」

「何でもない！」

ぱっと顔をそむけたルークトッドだったが、今度はクレナと顔を合わせてしまう。

「ほよよ？」

クレナに顔をのぞき込まれ、ルークトッドはさらに顔をそむけてしまう。

＊＊＊

その後、アレンたちは、社の浴場を借りて汚れを落とし、さっぱりしたところで食事に招かれた。

板張りの食堂に、敷物を延べて座るダークエルフたちの中には、ハイダークエルフのオルバース王や、長老とおぼしい老齢のダークエルフも交じっている。

どうやら、ここで食事をとる者たちは、身分の上下なく、一緒に同じ料理を食べるようだ。

「美味しいね!!」

クレナはフォークを片手に、次から次へと食事を口に運んでいる。料理を盛った皿が空になると、素早く立ち上がって、十数人分の料理が盛られた大皿へ向かい、ご満悦の表情でおかわりを盛ってくる。

「薄味だが食えるな！」

「こら、ドゴラ、失礼なこと言うんじゃないわよ」

「こんなの初めて！　とっても美味しいよ」

「たくさん食べて大きくなるんだぞ、メルル」

アレンたちは、いつもどおり食事をしながら雑談を繰り広げているが、その様子を、ルークトッドがじっと見守っている。

ふと、クレナが彼の様子に気付いた。

「およ？　ルークは食べないの？」

「まだ腹が減っていないからな」

ぷいと視線をそらしてルークトッドが答えると、クレナは、最前のアレンの発言を真似てこう言った。

「たくさん食べて大きくなるんだよ、ルーク」

「ん？　なんだよ、さっきから『ルーク』って。なれなれしいぞ」

目を伏せて恥ずかしそうにルークトッドが答える。

「だって、私たちが勝ったんだから、君とは『友達』でしょ？」

そう言われて、ルークトッドは一瞬きょとんとしたような表情になったが、すぐに顔を真っ赤にしてうつむくと、大声でこう言った。

「そ、そうだな、約束してやったんだから仕方ない。こ、これからは『ルーク』って呼んでいいぞ」

この様子を、オルバース王とダークエルフの長老たちは黙って聞いていたが、不意にオルバース

王が、

「ふむ」

と言って微かに頷いた。

それを見て、ソフィーは小さく微笑むと、食器を置いて、ルークトッドに近づいて跪いた。

「クレナさんに先を越されちゃいましたけれど、ルーク様と私たちはお友達、どうか私のことはソフィーとお呼びくださいね」

そして、優美な白い手をそっとルークトッドに差し出した。

一方のルークトッドは、差し出されたソフィーの手をじっと見つめていたが、おもむろに食器を置くと、その場に立ち上がって、同じく立ち上がったソフィーの手を握る。

「お、おう。ソフィー。俺のことはルークと呼ぶんだぞ」

白と黒の手がそっと握手を交わした。

その光景を目にして、ダークエルフの長老の中でももっとも老齢のダークエルフが騒ぎ出す。

「な!? なんということを!!」

彼にしてみれば、いくら里を魔王軍の陰謀から救ってくれた者とはいえ、この場にローゼンへイムのエルフがいるのは気に食わない。しかもそれが、精霊神ローゼンと契約した次期女王候補ともなれば、精霊王ファーブルが次期ダークエルフ王と認めるルークトッドと、なんの事前通告もなしに手を結び合うなど許し難いことだった。

だが、その彼に対して、すぐにオルバース王の声が飛ぶ。

「子供たちのすることだ。そう騒ぐでない」

オルバース王にたしなめられ、老齢のダークエルフがうなだれる。

だが、次にクレナが口にした言葉には、さすがのオルバース王も目を丸くした。

「それで、ルークはどうするの？　私たちと一緒に行く？」

「え？」

きょとんとするルークトッドに、クレナがにこにこ笑って話を続ける。

「だって、ルーク、一緒に行きたそうにしてるもん。友達になりたいって言うのもそういうことじゃないの？」

「ちょ、ちょっと、クレナ。あなた何言ってるのよ？」

セシルが慌ててそう言うのと、アレンがふむふむと頷くのは同時だ。

「これは仲間探しクエストだったのか。だが『廃ゲーマー』に入るなら、まずは才能を確認しないとって、げは!?」

アレンの脇腹にセシルのエルボーが決まった。

アレンのゲーム脳は物理的な衝撃によって中断される。

「だいたい！　アレンはオーガごっこだかなんかにムキになって、大人げないったらないわ！　私たちもう15歳なんだからね、いい加減にして!!」

「そうだそうだ、アレンが悪いぞ」

ドゴラがニヤニヤ笑ってはやし立てると、珍しくフォルマールも口元をほころばせている。

この様子を、ルークトッドは羨望のまなざしで眺めていたが、不意に、その視線をおずおずと父であるオルバース王に向けた。

「なぜ、我を見る」

「えっと……」

それ以上何も言えなくなってしまったルークの肩を、背後から白い手が優しく摑んだ。

「ルーク、私たちはとても厳しい戦いの中におります。一緒に来るということは、あなたもそうした戦いに身を置くことになるのですよ。その覚悟がありますか？」

ソフィーの優しい声が、自分の背中を押したように感じて、ルークトッドは小さく頷くと、父に向き直った。

「父様」

「なんだ」

「私、ルークトッドはソフィーたちと共に行きたいです！」

ルークトッドのその言葉に、その場に居合わせたほぼ全員がはっと息を呑む。

例外の１人はオルバース王で、彼はそれまで手にしていた食器を置くと、腕を組み、目をつぶって黙り込んだ。

食堂に沈黙が流れたと思ったら、先ほどの老齢のダークエルフが再び口を開いた。

「なんということを……エルフの王女と仲間になるなど、お、王のお子といえど、許されることでは……」

そこに、たくましい体つきをしたダークエルフが口を挟む。

「騒ぐなと王がおっしゃられたのを忘れたか」

「な!?　ブンゼンバーグ将軍よ。血迷ったか!!」

「冷静になれと言っているのだ。今回の騒動は魔王軍によるもの。それを、これだけの人数で抑えたのだ。彼らとともに行動すれば、ルークトッド様のためになるとは考えぬか？」

「だ、だが、我らとローゼンヘイムのエルフとの間には数千年の……王よ、何か言ってくだされ!!」

将軍と話をしていても埒《らち》が明かないと長老はオルバース王に問いかける。

すると、オルバース王の目がゆっくりと開いた。

その金色の瞳が、もう一対の金色の瞳をのぞき込む。

「かつて、我も仲間たちと冒険の旅をしたことがある」

オルバース王がそう言うと、ルークトッドの金色の瞳が大きく見開かれた。

「父様が……」

「今のお前のように、この里の中のことしか知らなかった我にとって、外の世界は思いがけないことばかりが起こる、見たことのない世界だった。そこでは思いどおりにならないことばかりがあり、つらく、苦しい思いをたくさんした。……お前もそうしたことをいくつも経験するだろう」

「……はい」

「ソフィアローネ殿が言ったな、厳しい戦いの中に身を置くことになると。お前には、つらく、苦しく、思いどおりにならない世界に出て、ソフィアローネ殿とともに、厳しい戦いを生き抜く覚悟があるというのだな？」

「……はい！」

ルークトッドが頷くと、オルバース王はあぐらをかいた自分の膝の間で丸くなっていた精霊王ファーブルの頭に触れた。

「……ファーブル様、ルークトッドを頼みます」

『あいよ』

精霊王ファーブルは答え、オルバース王の手からするりと抜け出すと、音も立てずにルークトッドの足下に駆け寄り、瞬く間にその頭に駆け上った。

「お！　ファーブル来てくれるのか」

喜ぶルークトッドを見て、小さく頷いたオルバース王は、他のダークエルフたちを見回してこう言った。

「ファーブル様が我らの未来のためにお決めになったことだ。皆も承知してくれ」

それを聞き、ダークエルフたちは巨木の方を向いて、静かに祈りをささげる。

「それでは、ルーク。これからも、よろしく頼みますわね」

ソフィーにそう言われて、ルークトッドは彼女を振り返ると、漆黒の手を差し出した。

「ああ、ソフィー。よろしく頼む！」

その手を、ソフィーの白い手がしっかりと握った。

その光景に、アレンをボコボコにしていたセシルをはじめ、皆がはっと見入ったその時だ。

「よっし、今日はルークがパーティーに入ったお祝いだ。ぱあっといこう!!」

クレナが嬉しそうに叫ぶと、食器を手にして大皿のところへ向かう。

「やったね！　ルークもぱあっといこう！」

メルルがルークトッドにハイタッチの手を差し伸べた。ルークトッドが困惑しながらも手を差し

出すと、その手にメルルの手が軽くタッチする。

「お前ら、いつもお祝いじゃないか……」

キールがあきれた顔でそう言うと、この様子を眺めていたダークエルフたちがぷっと噴き出した。

『クスクス』

かすかな笑い声が社の天井から聞こえてきて、ソフィーがそっと声のした方を振り仰ぐ。

そこには梁《はり》に腰を下ろし、こちらを見下ろして微笑んでいるコルボックルがいたのだった。

特別書き下ろしエピソード③

ヘルモード外伝　～勇者ヘルミオス英雄譚～　②天稟の才　前編

春の日の午後、のんびりした日差しを受けるコルタナ村に、ヘルミオスが帰ってきた。

薬草をどっさり詰めた、身長の半分ほどもある大人用の籠を背負い、元気いっぱいに村の門をくぐる。

その後ろに、狩りの獲物を乗せた運搬ソリを引く、父のルーカスが続く。

運搬ソリには、中型から小型まで、食糧になる山の魔獣を5体ほど乗せているが、ルーカスはそれらの重みを鍛えた片腕だけで引っ張って、村の門をくぐったのは、ヘルミオスに数歩遅れた程度だ。

「今日もたくさんとれたね」

「そうだな。明るいうちに帰れてよかったな」

「うん、もう母さんを心配させたりしないよ」

市場を兼ねている広場を抜け、居住地に向かうと、やがて、立ち並ぶ木造家屋の中に、少しだけ、左に傾いた家が見えてきた。

家が傾いているのは、ヘルミオスが生まれた頃、この家の基礎を主に父ルーカスが1人で建てたからだ。

左に傾いているのは、「その時すでに片腕になっていたからだ」そうだが、しかし、ヘルミオスにとって「家」とはそういうものだったから気にならない。

それどころか、そんな家に帰るのが大好きだった。

引き戸を開けて土間に入ると、居間へ続く戸口から、母のカレアが顔をのぞかせた。

「お帰りなさい」

「あれ、母さん、起き上がっていいの？」

「そんなに心配しなくていいのよ。私なら大丈夫よ。って、コホコホ!?」

咳き込んだ拍子に、戸口に添えていた手を離してしまい、カレアは前に倒れ込む。

だが、その体は、小柄な、しかし力強い体に支えられる。

「ありがとう、ヘルミオス」

「だから、無理をするなと言っただろ」

運搬ソリを外に置き、家に入ってきたルーカスが言った。

咳き込むカレアの背中をさするヘルミオスの脇を通り抜け、ルーカスは居間に入ると、古びた戸棚から粉薬の包みを取り出す。居間の戸口を通り抜け、ヘルミオスに包みを渡すと、土間に降り、木のコップに甕《かめ》から水を汲んで戻る。

「……ふう、ありがとう」

去年の冬まで、常に途切れがちだった母の薬は、今では戸棚にたくさん入っている。

これは、去年の冬に村に病気が流行った時、母のために薬草を採ってこようと西の山に向かったヘルミオスが、山に巣くっていたゴブリンの親玉を倒したことに対する、村人からのお礼のようなものだった。

ヘルミオスが親玉を倒したことで、西の山からゴブリンたちがいなくなり、他の村人も薬草を採りにいくことができるようになったこともあり、雪解け前に病気の流行が収まったのだ。

そして、その時、ヘルミオスがゴブリンの親玉を倒す場面を見たルーカスは、以降、生業《なりわい》としている行商人の護衛をしながら、村に戻ると、ヘルミオスを狩りに連れて行くようになった。ヘルミオスに、剣を使う「才能」が授けられたと考えたルーカスは、魔獣狩りに同行させながら、剣の使い方、山野での生活の仕方を教え、彼が授かったであろう「才能」を伸ばそうとしていた。

「父さんは母さんを看ていて。僕がご飯を作るよ」

ヘルミオスはそう言うと、両親を居間に残し、いったん外に出る。

運搬ソリを家の裏手に運び、納屋に運び入れると、すでに血抜きを済ませてある獲物の中から角ウサギを摑んで家へ戻った。

土間に戻ると、角ウサギの皮をはぎ、骨を外し、脂を分け、筋を切りながら肉を一口大に刻んでいく。

竈《かまど》に火を起こし、鍋を載せる。最初に角ウサギの脂を入れ、溶かしてから肉を入れ、塩と乾燥させてある香草をひとつまみずつ入れる。香草と肉が焦げつかないよう、時折木べらでかき混ぜながら、野菜をこちらも一口大に刻む。

野菜を鍋に入れ、肉とともにしばらく炒めてから、火の通ったことを確認して、甕から水を汲み入れる。

こうして、テキパキと角ウサギの煮込みを作るヘルミオスを、土間と居間の境に立つ両親は感心して眺めていた。

「一度しか教えていないのに、手際がいいわね」

「あいつは物覚えがいいんだ。今日だって、沢で獲物の血抜きをしたが、あいつ1人で半分は済ませちまった」

やがて、思いどおりの味になったことを確認して、ニッコリしたヘルミオスが、両親を振り返った。

「できたよ！　ご飯にしよう」

ヘルミオスがよそった煮込みを、ルーカスが居間に運び、カレアが配膳する。

3人の分業で食卓が調えられると、創造神エルメアと豊穣神モルモルへ祈りが捧げられ、夕食が始まった。

「味はどう？」

「うん、うまいぞ」

「よかった！」

ルーカスの返事に、ヘルミオスは笑顔になり、今度はカレアに訊ねる。

「ねえ、母さん。僕の煮込み、母さんと同じ味になってるかな？」

「同じではないけど、美味しいわ」

カレアは少しずつ煮込みを口に運びながらそう答え、ヘルミオスがきょとんとした顔になっているのを見ると、微笑んで説明を続けた。

「お肉もお野菜も、作った当日なのに柔らかくなってて食べやすいの」

「うん、母さんが食べやすいようにと思ってさ」

「ありがとう。そういうところが私の煮込みとは違うわ。私のはお父さんのために作るから、もうちょっと味が濃くなるわ。でも、違っていいの。私の煮込みは私の味、ヘルミオスの煮込みはヘルミオスの味よ」

「そうだ、どっちもうまいぞ」

ルーカスがそう言ったので、ヘルミオスも納得して頷いた。

「そうだ、母さん。今日は、珍しい薬草が採れる場所をみつけたんだ」

ヘルミオスは話題を変えた。

今日、狩った中型の魔獣を、安全で見晴らしのいい沢に運び、父が血を抜き、内臓を取り出す作業をしている。

その間、血の匂いに惹かれて別の魔獣がやってこないか、周囲を警戒していたヘルミオスは、沢の石と石の間に、その薬草が群生しているのを見つけた。

それが、友人で、村の薬屋の息子ガッツンが見せてくれた高価な薬草図鑑にある、滋養強壮の効果がある薬草だということはすぐに思い出せた。

「危ないことはしていないでしょうね？」

カレアが心配そうに眉をひそめると、ルーカスが説明を追加する。

「大丈夫さ。西の山には、日中に空を飛ぶ魔獣は少ないし、あの沢は見晴らしがいいから、危険が近づけばすぐ分かる。それに、もし魔獣が襲ってきても、俺とヘルミオスなら大丈夫。そうだ、ヘルミオスは今日、Ｃランクの魔獣を１人で倒してしまったんだ」

「そ、そうなの？　それはすごいわね」

そう言いながらも、心配そうな表情のままのカレアを見て、ヘルミオスはなんだか落ち着かなくなった。

ルーカスの言うように、今日、ヘルミオスは1人で魔獣を倒した。

ドキドキしたが、危険だとは思わなかった。去年の冬、ゴブリンキングを倒してから、自分が強くなったのを感じていたし、山に行くたびに父が教えてくれるとおりに立ち回って、傷ひとつ負うことがなかった。

でも、それが、母には喜んでもらえない。僕がもっと大きくなれば、お母さんも心配しなくなるのか。

だが、そんなヘルミオスの表情は、隣に座る父ルーカスには分からなかったようだ。

「もしかしたら、この子には特別な『才能』が……そう、『天稟《てんりん》の才』があるかもしれない」

「『天稟の才』ってなに？」

「うん、この世界に生まれてくる人には、エルメア様から『才能』を授かることがあるだろ。その『才能』の中でも、他に同じ『才能』を持つ人が少ない、特別な『才能』のことだ。ヘルミオス、お前がゴブリンの親玉を倒したのは、その『天稟の才』がお前に授かったからじゃないかと、俺は思っているんだ」

「……明後日の鑑定の儀で、それが分かるかもしれないわね」

カレアがそう言ったので、ヘルミオスは思わず母の方を見た。そして、母がこちらを見て微笑んでいるので、やはり、自分がしたことは間違っていなかったと思った。

3ヵ月ほど前、カレアは、明日をも知れない危篤状態に陥った。

その時、ヘルミオスは、母にせめて「鑑定の儀」まで生きていてほしい、自分の「才能」がどんなものか、母に知って、安心してほしいと願った。

その願いは、ヘルミオスが1人で西の山に登り、星降草《ほしふりそう》を探し出し、ゴブリンキングを倒して持ち帰ったことで叶った。無謀なことだとは分かっていたし、帰ってきた時、めずらしく母に叱られたが、それでも、それでよかったのだと、ヘルミオスは改めて思った。

「前にも言ったが、俺はこの子が『剣聖』の『才能』を授かってると思う。そうなれば、明後日はすごい騒ぎになるだろうな。帝都から査察団が来ることになる。いや、ことによったら、皇帝陛下への謁見も許されるかもしれない」

父が興奮気味にそう語るのを聞きながら、母を見ていたヘルミオスは、父の言葉に、再び母の眉がひそめられるのを見た。

「……もしそんなことになったら、心配ね」

「なにがだ？　そうなれば名誉なことだし、なによりこの子が活躍するきっかけになる。小さな村の守備隊や、俺みたいな護衛剣士で終わらないぞ」

母の目が、自分と父の中間、父の左肩のあたりを見ていることに、ヘルミオスは気付く。

「しばらくは領主さまのところで面倒を見てもらえる。俺もそうだったから分かる。あそこはここよりも安全なくらいさ」

鑑定の儀で才能があると分かった者は、生まれた村を離れ、領主の街に集められ、そこで暮らす決まりになっていた。

だが、父の体験談は、ヘルミオスの安心感よりも不安をかきたてた。

「……僕、ここから離れたくないよ」

父の言うとおりなら、自分は危険な場所に両親を残していくことになる。特に、最近は薬が潤沢にあるとはいえ、病気が寛解《かんかい》したわけではない母のことが気にかかる。父はこれからも護衛剣士を続けるだろう。そうなると、これまでは自分が母の面倒を見ることができたが、その自分がいなくなったら、母はひとりぼっちになってしまう。

これから先のことを考えるヘルミオスの顔が、みるみる曇っていく。

それを見たカレアが、おもむろに声をはりあげた。

「あら、やだ、あんまり長話をしていると、スープが冷めちゃうわ。せっかくヘルミオスが作ってくれたんだもの、温かいうちにいただきましょう」

「……そうだな」

両親が食事を再開しても、ヘルミオスは不安をどうすることもできず、考え込んでいた。

次の日、ヘルミオスは幼馴染のガッツンのところへ山で採れた珍しい薬草を持ち込んだ後、ドロシーのいる村で唯一の教会に向かった。

「あら、ヘルミオス。今日もきたの？」

「うん、邪魔しないから」

「そう」

ここ最近、父と山に薬草を採りにいく日をのぞいて、ほとんど毎日のようにやってくるヘルミオスは、教会で働く神官や神官見習い、お手伝いをするドロシーには馴染みになっていた。

彼らは教会の隅に座るヘルミオスを気にすることなく、いつもどおり、やってきた村人たちの祈りを聞き、相談に乗り、怪我を負った者を、寄付を受け取って癒している。

ヘルミオスは、ある時は教会の隅から、ある時はドロシーと一緒に教会内の掃除を手伝いながら、神官が回復魔法を使っているところを眺めていた。

やがて、村人の訪問が途切れたところで、この教会をまとめている神官パーセルがやってきた。彼はドロシーの父である。

「ヘルミオス君は何かお困りのようですね」

ヘルミオスの隣に腰を下ろし、親しげに声をかけてきた。

「はい。母さんのことが心配で……」

「最近は落ち着いていると聞いていますが」

「はい。でも、だからって病気が治ったわけじゃなくて、今も2日に1回は咳き込んで、5日のうち1日は寝込んでしまうんです。もっとよくなってくれたらいいのに……」

「そうですか」

「ガッツンに聞いたら、『この辺で手に入る薬草や、手に入る薬でダメなら、もっと大きな街に行ってみたら』って言われたけど……」

「それなら、大きな街に行くといいでしょう。君の噂は聞いています。どうやらエルメア様から『才能』を授かっているようだし、領主様の街に行けば、そこでお母さんの薬を探すこともできるんじゃないですか?」

「でも、それじゃ遅いかもしれない……」

午前中、ガッツンの父親に、昨日手に入れた珍しい薬草を見せてみた。しかし、ガッツンの父親は、それだけでは母の病気を治すには足らないかもしれないと言った。「帝都に行って、世界中から薬を取り寄せるような大きな薬屋に診せてみるしかないかもな」と。

「それで、思ったんです。回復魔法だったらどうかなって……」

ヘルミオスがそう言うと、パーセル神官はむずかしい顔になった。

「でも、私たちでは、お母様のご病気を治すほどの力は与えられていません。力及ばずで心苦しいことですが、それは君も知っているでしょう」

ヘルミオスはこの3ヵ月ほど、薬草や魔獣の肉や素材を売っては、その金を教会に寄付して、母に回復魔法をかけてもらっていた。だが、それでも、いっこうに母カレアの病状はよくならない。

「それでも、母さんになにかしてあげたい……」

「それで、君も回復魔法を覚えたいと？」

「うん、だから、もう少し回復魔法を使っているところを見学させてもらってもいいですか？」

「もちろんです。……ただ、君にどんな『才能』が授けられていたとしても、すぐに使えるようにならないかもしれません。それに才能によって回復魔法の効果は変わるのです。私の魔法が効果が薄いのは才能が『僧侶』のためでしょうか。聖女クラスの才能が有れば変わってくるのでしょうが」

「才能がないと、頑張ってもできないの？」

「そうなのです。才能がないと回復魔法は使えません。ただ、それだけではないのです。才能があっても、その才能にもさらに優劣があるのです。……まあ、そうですね、ヘルミオス君の才能を決めるのは私ではありません。ぜひ見学されてください」

創造神エルメアの教えを説く神官の領分を超える発言をしたと思い、自らの言動を諌《いさ》めたようだ。

「ありがとうございます」

ともかく、やってみるしかないということだろう。

ヘルミオスが決意を胸に顔を上げると、ちょうど、新たな村人が5人、団体でやってくるところだった。

彼らが話しているのを聞いていると、古くなった車軸が折れて荷車が横転し、荷車と、運んでいた酒樽の下敷きになった3人が、肩や足の骨を折ったのだという。

ドロシーとヘルミオスが手を貸して、足の骨を折った者を床に横たえ、肩の骨を折った者を椅子にそっと座らせると、男たちの1人が、祭壇の手前の演台の側に置かれた甕に、硬貨を入れて、創造神エルメアへの祈りを呟く。

それを見たパーセル神官は、小さく頷くと、足の骨を折った者の側にかがみ込む。

そして、両の手のひらを、折れ曲がった足にかざした。

「ヒール」

パーセル神官がそう呟くと、手のひらと折れた足の間に光が集まったかと思ったら、その光が霧のように細かい粒になって、折れた足に吸い込まれた。

すると、折れた足が光り出し、メキメキと元のかたちに戻っていく。

足の折れた男の、痛みにしかめられていた顔が、すっと穏やかなものになった。

「ああ……痛くなくなった！　ありがとうございます、神官様!!」

「これでひとまず大丈夫でしょう。でも、今日一日は安静にしていなさい」

パーセル神官はそう言うと、立ち上がって、今度は肩を骨折したという男のところへ移動する。

ヘルミオスは、パーセル神官の後についていって、彼が骨折した肩に回復魔法を使うところをじっと観察した。

「ヒール」

手のひらを患部にかざす、回復魔法の名前を呟く、すると光が集まり、患部に流れ込み、怪我が治る……回復魔法が傷を癒す過程をつぶさに見つめる。

「おお……助かった！　ありがとうございます！」

男が嬉しそうな声で感謝を述べると、パーセル神官は頷き、肩を骨折したというもう1人の男にも、同じく回復魔法を使って骨折を癒す。

「ヒール」

この様子も、ヘルミオスは隣でじっと見ていた。

「ありがてえ……パーセルさんとエルメア様がいてくださってよかった！」

やがて、3人の骨折した者を含めた5人の村人は、口々に礼を言いながら教会を出て行った。

「ふう……ちょっと疲れましたね」

パーセル神官はそう言って、祭壇のところに行くと、手前の演台の上に置かれた素焼きの水差しから、素焼きのコップに水を注いでごくごくと飲み始めた。

教会には、今、パーセル神官の他には、ヘルミオスとドロシーがいるだけだ。

ヘルミオスは空いている椅子に座ると、左の腿《もも》に右足を乗せた。ズボンをまくり、脛にできた青あざを露出させる。これは、昨日、沢で薬草を採っているうちに、滑って大きめの石にぶつけた時にできたものだ。

ヘルミオスはそこに両手をかざし、祈るような気持ちで呟いた。

「ヒール！」

だが、何も起こらない。

「むん！　ヒール!!」

もう一度同じようにしてみたが、やはり何も起こらない。

だが、ヘルミオスは諦めず、３度、４度と繰り返す。

すると、この様子を見ていたドロシーがやってきた。

「練習してるの？」

「うん」

「練習したらできるようになるものなの？」

「分からない。でも、やってみないとできるかどうかも分からないよ」

ヘルミオスの頭の中には、冬の寒さの中、上半身裸で剣の練習をする父のルーカスの姿と、慣れた手つきで手早く料理を作る母カレアの姿があった。

「父さんも母さんも、たくさん練習したからできるようになったって言ってた。僕も、父さんに教わって剣術ができるようになってるし、もう母さんみたいに料理ができるようになってる。回復魔法だって、もし僕にもできるんだとしたら、練習しなきゃいけないはずだよ」

ヘルミオスが真剣な顔でそう言うのを聞いていたドロシーは、ふっとため息をつく。

「そうなのかな……でも、そうだといいわね」

ドロシーは教会の祭壇に向かい、目を閉じ、両手の指を組み合わせて、創造神エルメアへ祈りを捧げる。

「エルメア様、どうか私の友達ヘルミオスに、回復魔法を使わせてあげてください」

それを聞いて、ヘルミオスは胸が詰まる思いがした。ドロシーの横顔を見上げると、真剣そのものの表情が窺えて、ヘルミオスは彼女の友情に応えなければと思う。

「むん！　ヒール!!」

5回、10回、15回と、繰り返し「ヒール」を練習するヘルミオスと、創造神に祈り続けるドロシーに気付き、パーセル神官が2人のところにやってきた。

「本当に練習しているんですね、ヘルミオス君」

「はい！」

「でしたら、私が若い頃に、教会で学んだやり方を教えましょう」

パーセル神官の言葉に、ヘルミオスだけでなく、ドロシーもびっくりして目を開けた。

「本当ですか!?」

「いいですか、回復魔法は創造神エルメア様の力をお借りして行うこと、ですから、回復魔法を使う時には、まずこの世に満ちるエルメア様の力を手のひらの前に集めるつもりで、そこに力を込めましょう。といっても、体の力は抜いて、自分の中にある魂の力を手のひらから送り出して、エルメア様の力が集まる場所を作ることを、頭の中で思い描くのです」

「魂の力で、エルメア様の力を集めてくる？　それを頭の中で……考える？」

「そうです。川の土手を掘れば、そこに水が流れ込むでしょう。土手に穴を開けるように、エルメア様の力が集まるところを作るんです。分かりますか?」

「はい、なんとなく……とにかく、やってみます!」

ヘルミオスは頷くと、頭の中で、パーセル神官に言われたとおりのことをやってみた。

自分の両の手のひらから、「魂の力」が流れ出して、それがなにもない空間に穴を開けて、人の傷を癒す力を持ってくる様子を想像してみたのだ。

その瞬間、ヘルミオスの体が陽炎のように揺れた。

「あれ? ヘルミオス君?」

ヘルミオスの変化にパーセル神官は言葉を発したが、集中したヘルミオスの耳には届かなかったようだ。

「……むん、ヒール!」

ヘルミオスがそう言ったかと思うと、彼の両の手のひらに、ぽっと小さな光が生まれた。

「あっ!」

ドロシーが驚きの声をあげた。

「まさか……いや、それなら……ヘルミオス君、よく聞いてください」

パーセル神官が驚いたような、興奮したような声で言った。

「その光を、さっきのやり方で、今度は怪我したところに向けて押してみてください」

「はい……あっ!」

ヘルミオスは言われたとおりにやってみた。

すると、青あざのできたあたりに光が吸い込まれたかと思ったら、患部がじんわりと温かくなって、次の瞬間には、青あざが消えている。

「うわあ！　僕、回復魔法が使えるようになった！　パーセルさん、どうですか？」

ヘルミオスは喜びのあまり興奮気味でパーセル神官に話しかける。

「……これは間違いないですね。しかし、こんな、訓練ともいえないような練習で、いきなりここまでできるとは……。それに先ほどの幻影はなんでしょうか」

軽くコツを説明しただけなのに、あまりにも体得が早すぎるとパーセル神官は言う。

才能とか物覚えが良いとかそんな次元では決してないように思える。

「ありがとうございました!!」

驚きのあまり絶句してしまっているパーセル神官にお辞儀をしながらも、ヘルミオスは教会の戸口に向かっている。

そのまま教会を飛び出して、傾いた家へと駆け戻った。

「ただいま!!」

バン!!

はやる気持ちをそのままに扉を開け閉めしたせいで、力の加減が出来ずに、家を揺らしてしまう。

「こらこら、ヘルミオス。家が壊れるぞ」

土間の竈の側に薪を積んでいた父ルーカスがたしなめた。

「ごめんなさい、父さん。でも、僕、回復魔法が使えるようになったんだ！」

ヘルミオスの興奮を隠せない様子と反対に、ルーカスは、落ち着いた様子で答える。

「回復魔法？　それは本当か？」

「まあまあどうしたの？」

土間で騒ぐヘルミオスの声に、居間でくつろいでいたらしい母カレアが顔をのぞかせる。

「いや、ヘルミオスが……」

「母さん、僕、回復魔法が使えるようになったんだよ。本当だよ。パーセルさんも間違いないって言ってたもの！」

「パーセルさんが？　いや、だが、あの方が嘘をつくとも思われないしな」

ルーカスがいぶかしげな顔をしていると、ヘルミオスは得意げな顔でこう言った。

「まあ、見ててよ。もしかして、父さんの腕も治るかも」

そして、ヘルミオスは両手をルーカスの左肩にかざす。

「見ててね。ヒール！」

パッ!!

先ほどと同様に、ヘルミオスの手のひらとルーカスの左肩の間に小さな光が生まれ、腕に吸い込まれていった。

「本当だ。これはヒールの光だな……。って!?　なんだ!!」

メキメキッ
間違いようのないヒールにルーカスは驚くが、それ以上につけ根から切り落とされた左腕の違和感に言葉が詰まった。

「へ!?　ちょっと!!」

カレアも興奮気味だ。

「そ、そんな！　馬鹿な!!」

失われてどれほど経つであろうか、切り口は完全に癒えた左腕の付け根が躍動したかと思ったら、メキメキと腕が生えてくる。

ものの数秒で指先まで元通りになり、完全に左腕が完治した。

「へ!?　え!!　父さん!?」

ヘルミオスは半分冗談のつもりでここまでとは思わず、腰を抜かして驚いてしまった。

「なんていうことだ。本当にこんなことが……」

ルーカスは、自らの手の感触を確かめるように、左手を握りしめながら何が起きたのか必死に整理しているようだ。

「すごい。これから母さんを」

「え？　私!?」

「そうだよ。母さんのために覚えてきたんだから」

「おいおい。俺も嬉しいんだぞ!!」

もっと自分に関心を示してほしいとルーカスは叫ぶ。

「母さん、僕、母さんの病気を治したい！」

「ヘルミオス、ありがとう……」

カレアは泣きながら微笑み、ヘルミオスに近付く。

ルーカスの大きな右手がヘルミオスの背中を押し、彼は強く頷くと、その場に跪いて目を閉じる母の胸元に両手をかざし、母の安寧を心に思い描きながら、回復魔法を唱えた。

「ヒール！」

ヘルミオスの手のひらとカレアの胸の間に、小さな光が生まれ、それが胸に吸い込まれていく。

反射的に母の顔を見上げたヘルミオスは、その顔がほんのりとピンク色になっているのを見た。

「母さん、顔色が！」

「……おお、カレア、お前、顔色がよくなっているぞ」

父ルーカスも驚きの声をあげる。

「へ？　そうなの？　そうね、なんだか胸のあたりがぽかぽかするわ……」

「本当？　よかった！」

ヘルミオスは完治したのかと歓喜の声を上げる。

「それにしても、本当に回復魔法を使えるようになるなんてな……。まあ、まだ完全に治っていないかもしれない。ぶりかえさないよう寝室に運ぶぞ」

「うん。でも、きっと良くなったよ」

ルーカスの両腕に抱きかかえられ運ばれるカレアの顔色はこれまでにないほど良くなっていることに、ヘルミオスは自信をもって断言する。

寝室に運び、カレアをベッドに寝かせる。

「あなた、ヘルミオスには『剣聖』っていう『才能』が授かってるって言ったわね。それは、回復魔法を使えるようになる『才能』なの？」

掛け布団をかけられながら、カレアはヘルミオスの才能についてルーカスに問う。

「いや、そんなはずはない。剣も回復魔法も優れているとなると、ヘルミオスは『聖騎士』かもしれんが……」

ルーカスが知る限り、武器を使った戦闘と、回復魔法も使える「才能」と言えば、「聖騎士」と呼ばれるものだけだ。聖女ほど回復魔法全般には長けていないが、武器も使えて回復魔法も使える貴重な「才能」で、主に大都市のエルメア神殿の神殿戦士の長や、皇帝に仕える近衛騎士に取り立てられる。

ただ、ルーカスは、聖女に回復魔法では劣るとされる、聖騎士の才能は、欠損して随分経つ腕を再生させたり、難病のカレアを完治させるだけの才能なのか、答えを出せないでいる。

「いずれにしても、明日になれば分かることだ」

「そうね……」

両親の声に、どことなく陰りがさしたのを、ヘルミオスははっきり感じていた。

翌日の昼頃、コルタナ村の小さな教会の前には、その年に5歳になった子供たちが集められた。総勢30人ほどで、それぞれに両親が付き添っているので、教会の前はちょっとした人だかりになっている。

ヘルミオスも、両親と一緒に鑑定の儀が始まるのを待つ。

「どうしたの？」

「ううん、なんでも」

カレアは見上げるヘルミオスの視線を感じたが、特に何かを話しかけたかったわけではなかった。

これまでにないほど、当たり前に足取り良く外に出られるようになったカレアに、昨晩の回復魔法の効果にヘルミオスは確信を持つ。

やがて、正午を告げる教会の鐘が打ち鳴らされた時、村の入り口の方から、騎乗した騎士団に守られた3台の馬車がやってきた。側面にエルメア教会の紋章をあしらった馬車は、それぞれに「鑑定の儀」を行う神官を乗せていて、これは例年どおりだが、護衛の騎士の数が、ヘルミオスの記憶にあるよりも多かった。

「父さん、どうしたんだろう」

「さあな。だが、俺たちから離れるんじゃないぞ」

「うん」

例年との違いに困惑しているのは、他の村人も同様で、自分たちよりも数の多い騎士を見て、緊張を隠せない様子でざわめいている。

やがて、先頭を進んできた騎士が馬を降りると、彼のもとへ、コルタナ村の村長が近づいていった。

「ようこそいらっしゃいました、マキシル騎士団長殿。しかし、これはどうしたことですか。このような大勢でお越しとは……」

コルタナ村の村長は、決して「物騒」とは口にしない。

「予告なく押しかけてすまない。ここ数年、近隣で『才能狩り』が増えているのでな。今年からは人数を増やしたのだ。早速始めよう」

騎士団長のよく通る声が、ヘルミオスたちのところにも聞こえてきた。

「父さん。『才能狩り』って？」

「『才能』を授かった者を攫《さら》う賊のことだ」

「え？　そんなことしてどうするの？」

「才能を持った奴を攫って、奴隷のように売り買いするような奴らだ」

「……」

この「才能狩り」を防ぐため、この頃のギアムート帝国では、「才能」を持つ者は、領主の街で一定期間を過ごすことになっていた。

ほどなくして、鑑定の儀の開始の準備が整い、ヘルミオスら子供たちは、教会の扉の前に並ばされた。

「ハウルデン子爵領、騎士団長マキシルである。コルタナ村の諸君、息災でなによりだ」

騎士団長が口を開く。

「はは!!」

村長が深々と頭を下げると、大人の村人たちが数秒遅れ一斉に頭を下げた。

子供たちもそういうものかと親の真似をする。

「これより、子供たちには1人ずつ教会に入り、鑑定の儀を受けてもらう。立ち会いは子供の親に限り認めるが、他の者は勝手に入ってはならない。鑑定の結果次第で、素晴らしい『才能』があると認められた子供は、本日中に、ハウルデンの街へ護送する。村に留まる子供も含めて、結果については、本日中は他言無用である」

声を張り上げ、噛んで含めるように説明する騎士団長の言葉を聞きながら、ヘルミオスは、「鑑定狩り」に遭わないようにするためなのだなと思った。

「では、まずは1人目からだ。ここからは村長、あなたにお願いする」

「承りました。では、まずはハルベの子、チクム。入りなさい」

村長の指示で、1家族ずつ、教会に入っていく。やがて出てくるのだが、それまでにかかる時間はまちまちで、すぐに出てくる一家もあれば、なかなか出てこない一家もある。

薬屋の息子ガッツンは早い方だった。

「あ、ガッツンが出てきた」

ヘルミオスは、教会から出てきた友人が、なんだかうれしそうな顔をしているのを見て、思わず声をあげてしまった。

すると、それを聞きつけたのか、ガッツンもヘルミオスを見て、口を開きかける。

「お！　ヘルミオス。俺……」

だが、それを、教会の扉の開閉を行っていた騎士の1人がとがめた。

「おい」

その途端、ガッツンの背後にいた、彼の父親がすばやく手をのばして、息子の口を塞いだ。

「ふがふが！」

「申し訳ありません。うちの子が」

だが、その様子から、どうやら「才能」を授かったことが分かってしまった。

ヘルミオスはふと、もし騎士団がいなければ、ガッツンが悪い奴らに攫われてしまうのかと思って、ちょっとこわくなった。

その次はドロシーだった。

付き添いは彼女の母親で、父であるパーセル神官は教会内にいるようだ。

そのせいか知らないが、ドロシーもさして時間がかからず教会から出てくる。

「……母さん」

「ドロシー、黙っているのよ」

「うん、分かってる」

ガッツンと対照的に、ドロシーは元気がない様子だった。聞こえてくる会話から察するに、「才能」を授かったのだろうが、どうして喜ばないのだろうかと思った。

ヘルミオスは、ドロシーの手が、母親の手を握って、遠目にもわかるほど白くなっているのを見た。

うつむいた彼女の顔には困惑の表情があり、手を握り返す母親の顔にも、どこか心細そうな表情があるのも分かって、そこでようやく、ドロシーと母親は離れ離れになるのが不安なのだと気付いた。

そうだ、もし「才能」が授かっていると分かれば、今日にも領主さまのいる街に移らなければならないんだ。

そう思うと、ヘルミオスはにわかに不安を覚えた。これまで、自分に「才能」があるらしいことを喜んでいたが、そうも単純に喜べないことに、今になってようやく気付いたのだった。

才能があれば狩りもうまくできる。薬草もたくさん手に入るし、魔獣に遭ってもこわくない。

だが、それは同時に、今日、この村を離れることになるかもしれないということなのだ。

ヘルミオスは思わず両親を見上げた。父ルーカスは教会の扉を見つめていた。母カレアは彼を見下ろしていて、その不安そうな顔と目が合った。

だが、カレアはこう言った。

「大丈夫よ、ヘルミオス。何があっても、私とお父さんがついているわ」

そして、その温かい手が、自分の肩に触れたのをヘルミオスが感じた時、村長の声が聞こえてきた。

「次は、ルーカスの子、ヘルミオス。中に入れ」

「はい！」

教会の中に入ると、中は薄暗かった。すべての窓を閉め切って、説教台の前に置かれた鑑定の儀で使う水晶や漆黒の鑑定板を載せた台だけが、蠟燭の明かりに照らし出されている。

そこには、パーセル神官を含めた3名の神官と、マキシル騎士団長、それに騎士が2人の、計6人が待っていた。

ヘルミオスたちがそこへ近づいていくと、騎士団長が急に驚いたような声をあげた。

「おや、ルーカスではないか。この村にいたのか」

「はい。御無沙汰をしております」

「ご無沙汰しております、マキシル様」

両親が騎士団長に次々と挨拶をするところを見ると、どうやら2人は彼と知り合いのようだ。

「ん？　ん!?　その腕はどうしたのだ!!」

騎士団長がないはずの腕が生えていることに気付き、声を荒らげた。

「この腕ですか？　実は昨晩、この子が治してくれて……」

ルーカスは昨晩起きたことを騎士団長に伝える。

「そのようなことがあったのか。この子はそなたたちの子か。名前は何という」

「はい。ヘルミオスでございます」

「では、カレアはその後どうだ？　顔色がよいようだが、もしや病は癒えたのか？」

「はい、まるで嘘のように調子が良いのです」

カレアがそう言うと、マキシル騎士団長は目を丸くした。

「ほう。これはまごうことなき聖女クラスであるな。では、これが当主様のおっしゃっていた件かもしれんな」

「当主様は、今年の鑑定の儀に、何かおっしゃっておられたのですか？」

「そうなのだ。準備の段階になって、今回は何故か１００人引き連れて参れとおっしゃられてな……相変わらず魔獣討伐の要請が領内各地から寄せられているというのに……いや、これはいらん話をしたな。さあ、その子の『鑑定』を行うぞ」

マキシル騎士団長にそう言われて、自分の背中を押した父の手の大きさを感じながら、ヘルミオスは水晶と漆黒の鑑定板のところへ進む。

「この水晶に手を当てなさい」

「はい」

パーセル神官に言われたとおり、ヘルミオスが水晶に手を触れた時のことだ。

カッ

強い輝きが、薄暗い教会内を、一瞬、晴天の屋外のように明るくした。

輝きを間近で見たヘルミオスはもとより、その場に居合わせた全員が、思わず手で顔を覆ってしまうほどの、強い輝きだった。

だが、それも一瞬のことで、すぐに光は収まり、元の薄暗さが戻ってくる。

その中で、漆黒の鑑定板が、銀色に光る文字を浮かび上がらせていた。

「え、なんだ、これは……」

パーセル神官が絶句している。

「どうした……おお!?」

パーセル神官の様子に、鑑定板に浮かぶ文字を読んだマキシル騎士団長も驚きに声を詰まらせる。

だが、当のヘルミオスは、まだ文字を習っておらず、そこに表示されているのがどんな意味なのか分からない。後ろを振り返り、呆然とした顔でこちらに近づいてくる父ルーカスに訊ねる。

「ねえ、父さん……なんて書いてあるの?」

父は一瞬ヘルミオスを見下ろし、黙ったまま、その無邪気な顔をまじまじと眺めた。

そして顔をあげ、後ろを振り返ると、母カレアと視線を合わせ、ゆっくりと頷いたかと思ったら、おもむろにヘルミオスの前に屈み込む。

視線の高さを合わせ、じっとヘルミオスの目を見つめて、こう言った。

「『勇者』だ」

「え……勇者？　勇者って……」

「ヘルミオス……お前は、エルメア様に選ばれた……勇者なんだ」

ルーカスが、そしてパーセル神官やマキシル騎士団長ら、この場に居合わせた全ての大人が、次のような鑑定結果を、間違いなく目にしていた。

【名　前】ヘルミオス
【体　力】S
【魔　力】A
【攻撃力】S
【耐久力】S
【素早さ】S
【知　力】A
【幸　運】A
【才　能】勇者

「確かに『勇者』とありますが……騎士団長、しかし、『勇者』などという『才能』のことは、これは前代未聞です！」

随行の騎士が、羊皮紙を綴じた帳簿を確認しながら震える声で言った。

「Sがこんなに……。それ以外もAとは……」

随行の騎士のもう1人も、鑑定板の光る文字をわざわざ指でなぞりながら、内容を確認している。というより、ただただ結果が信じられない様子だ。

「あなた……」

「まさか、ヘルミオスには本当に『天稟の才』があったということか……だけど、これを見ると、あの時ゴブリンキングを倒せたのは、このことを見れば納得する……」

「何？　どういうことだ」

マキシル騎士団長に問われ、ルーカスは3ヵ月前の冬の日、西の山で起こったことを語った。

騎士団長は話を聞きながら、深く頷いていた。

「なるほど。当主様はこのことをご存知だったということか……だが、このようなことを事前に知ることができるなど……いや、しかし、このような前代未聞の結果ならば、そこにはエルメアさまのご意志が働いているのだろう。あるいは、エルメア教会から当主様へ、何か知らせがあったのか……」

「では、マキシル様、ヘルミオスは……」

ルーカスが最後まで言い終わらないうちに、マキシル騎士団長が頷いた。

「うむ。お前たちには、そしてこの子にはつらいことかもしれんが、他の子供たちと共に、今日中に領都に移動させる。……そうだ、おい！　あれを持ってこい」

「は！」

騎士の1人がたくさんの皮袋を乗せた盆を持ってくると、マキシル騎士団長は、皮袋の1つを摑みルーカスに差し出した。

「これは当主様よりの礼……いや、せめてもの詫びだ」

「そ、そんな……」

「この子爵領のため、いや、我らがギアムート帝国のために、お前たちの大切な子を預かることになるのだ。その誠意の証と思って、受け取ってくれ」

「しかし……このようなことは聞いておりませんって、カレア!?」

ルーカスが驚きの声をあげたのは、いつの間にかそばにやってきていたカレアが、すっと手を伸ばして、マキシル騎士団長の手から皮袋を受け取ったからだ。

母の手が皮袋を受け取る時、確かに、硬貨の触れ合うチャラチャラという音をヘルミオスは聞いた。

「あの日から、こんな日が来ることはわかっておりました。私も、この人も、覚悟はできております」

「母さん!?」

思わず声をあげたヘルミオスは、こちらを見下ろす母の顔に、蠟燭の光を受けてきらめく涙を見た。

「大丈夫よ、ヘルミオス。何があっても……いいえ、どこにいても、あなたには私とお父さんがついているわ」

涙に咽《むせ》びつつ、しかし、はっきりとそう言った母の声は、ヘルミオスの記憶に深く、深く刻まれることとなった。

「だから、行ってきなさい。あなたの『才能』を、みんなのために使うのよ」

その後、ヘルミオスの後にも何人かの子供が鑑定を受け、その年の「鑑定の儀」は終了した。

ヘルミオスは、ガッツン、ドロシー、そして名前も知らないもう1人の子供とともに、4人で1台の馬車に乗せられた。

「やっぱり、ヘルミオスも『才能』があったのね」

ドロシーが声をかけてくるが、その声はどこか元気がない。

「うん……」

ヘルミオスはそう答えながら、馬車の窓を開け、外を見た。

そこには、昨日と変わらないコルタナ村の景色が広がっている。

だが、今日、この時から、しばらく見ることができなくなる景色でもある。

二度と戻って来られないということはないだろうが、今日、領都に旅立ったら、後から荷物が送られてくるだけで、いつ戻って来られるかも分からないのだ。

ヘルミオスはその景色の中に、両親の姿を見つける。

父ルーカスは、重心が戻ったことにまだ慣れていないのか、左側に立つ母カレアの方に少しだけ傾いている。

それは、ヘルミオスが今日まで暮らしてきた、あの傾いた家を思わせた。

そして母カレアは、父ルーカスの左側で、傾いた彼の体を支えるようにまっすぐ立っている。

「コルタナ村の諸君、では、これより我らは出発する。エルメア様より『才能』を授かった子供たちは、我ら騎士団が命に代えても守り、必ずや領都に送り届けるから、安心してくれ」

外からマキシル騎士団長の声が聞こえたかと思ったら、馬車ががたんと揺れて、村の入り口に向かってゆっくりと走りだした。

窓の外の見慣れた景色が遠ざかるのを見ているうち、ヘルミオスは、思わず窓から身をのりだしていた。

「母さん、父さん、元気で!!」

やっとのことで、それだけを叫んだ。

こうして、ヘルミオスは「天稟の才」に導かれ、領都ハウルデンに向かうことになるのであった。

あとがき

邪神教編と呼んでおります本章についても8巻をもって完結しました。

ここまで、ご愛読頂き本当にありがとうございます。

もやもやとうっ憤の溜まっていたドゴラの覚醒話でもあったのですが、これからのドゴラの活躍にも期待ですね。

ジャガイモ顔のドゴラの人気が高くて、随分活躍させてしまいました。

ドゴラについてもう少し語ると、ドゴラとアレンの立場は対比の構造となっていることが多いです。

前世で培った記憶もあり、ヘルモードとは言え圧倒的な星8つの才能があるアレンと比べて、星1つの才能で、エクストラスキルもままならないドゴラは、登場当初からつまずいてばかりです。

この世界の現地人として、主人公の1人と言っても良いでしょう。

アレンの仲間たちはそれぞれの立場があり、それぞれの思いでアレンの仲間をしています。

多くの人を救うのか、目の前の人を救うのか、キールについてもアレンとの方針に食い違いが生じました。

これからも多くの課題があり、仲間たちと考えて、アレンたちの冒険は続いていきます。

続いていきますというのも、謝罪と言いますか、言い訳を1つ言わせてください。

巻数が分かれるのは理由があるのです。

4章までは1つの場面で、1冊で完結していたのですが、仲間たちの活躍や、書下ろしによる背景の展開を書こうと思うと、どうしても1冊で収まりそうにありません。

1冊で収めないといけないページ数にも限界があります。

そんなわけで、今後も1つの章が巻をまたぐことになると思いますが、ご了承いただけたら幸いです。

また、ローゼンヘイム侵攻、神界での神器を奪ったりと、魔王軍の狙いも見え隠れしてきました。アルバハル獣王国のベク獣王太子はどのように魔王軍と絡んでいくのか、書下ろしについても、結末を追っていただけると嬉しいです。

これからのアレンたちと魔王軍との戦いもご期待頂けたらと思います。


さて、このあとがきで、ハム男の昔を振り返るのも恒例となりました。

はっきりと言って、文字数稼ぎなのですが、こんな人間が小説書くのかというくらいに読んでください。

今回はハム男がなんとか会社に入って10年くらい経った時の話です。

そろそろ実年齢がバレそうですね（笑）

最初は実家から通勤できるところだったので、出て行くいわれはないと実家から会社に通っていたのですが、数年で転勤になりました。転勤もある大きな会社なのです。

入社して3年くらいで会社から追い出されるのかと思ってもみましたが、何とか踏みとどまるくらいの社会性がハム男にはあったようです。

何度か県外に転勤をして、地元に戻ってきました。

戻ってきて何が驚いたかと言うと、実家に戻るのを母に拒否されたことではないです。

決して、「地元やんけ、家賃が浮くぜ」なんて考えておりません。

私は自らの足で立って、自立したのです。えへん。ボーナスでガチャを回しても許されるのです。

地元に帰ってきたある年のこと、父から電話がかかってきました。

「来月になったらタケノコ取りに行くぞ」

「そういえば、そんな話を年末にしてたね。父さん、分かったよ」

父は長年勤めあげた会社を退職した後、いくつもの趣味を始めました。

きっと会社を辞めたらやりたいことリストがあったのでしょう。

近所に畑を借りて、頻繁に通っていました。

それとは別に竹林のある山の一角を借りて、タケノコをとったりしていました。

山の中に1人で行かせるのも心配だったので、父の車に乗ってタケノコを取りに行きました。

「あれ？　車変えたの？」

指定の駅で待ってると見覚えのない車が目の前にとまり、親父が出てくる。

「そうだぞ。もうこの歳になると何年乗れるか分からないからな。買い直してみたんだ」

車種は忘れましたが、紫が印象の残る車に変わってました。

「ふ〜ん」

父と2人になったのは、いつぶりかくらいだったので、随分いろいろ話をしたような気がします。それもこれも、片道、車で2時間以上かかる竹林を父が借りているからです。久々に会っても話のネタも尽きるというもの。皆さんが竹林を借りるなら、近場を借りましょう。父の私に対する関心は多くあったのかもしれませんが、大きな話の1つがこれでした。

「ハム男、係長になったんか?」

「いや、まだ」

昇進の遅い息子で申し訳ない。10年働いただけでもほめてほしい。

「父さんはいつなったん?」

「俺は37だな」

私は、父と同じ系列の会社に入社したので、父は私の昇進具合を結構気にしていました。父はどうも37歳でなったらしい。この当時、私は35歳くらいだったような気がしますので、37歳までになれるのかなくらいの思いです。まだ、私が小説を書く前の話です。

この時、父は、私が小説を書くとは思ってもいません。私も思っていません。

「評価が悪いんか?」

「普通だと思うけど、まあ気長になるよ」

「ふーん、ちゃんと上司の言うこと聞かないとだめだぞ」

「そうだね~」

35歳になっても親から説教を受けるものです。修行中の身です。反省しています。

目標の竹林の道中の店をカーナビが示しています。

「ここ有名なんだ。行く前に、ラーメン食うぞ」

「分かった」

「母さんには内緒な。体に悪いからって怒るんだ」

「分かった」

麺好きの父とタケノコ取りとワンセットのコースで通ったラーメン屋です。

定年を迎え、節制をしたためか、随分体が細くなった父の数少ない楽しみの1つだったのかもしれません。

麺がやわめだったので、バリカタ派の私とは相いれませんでしたが、今となっては良い思い出です。

母には内緒にしていましたが、ラーメン屋に行ったことは、あとがき公開の刑に処します。

食事で体力をつけて向かう先は山の中です。本番はこれからです。

「え？　落ちないでね。窓から地面が見えないんだけど」

道が細すぎて、窓から覗くと断崖絶壁の斜面です。足を滑らせるとコロコロと山肌を転げ落ちることができるでしょう。

「大丈夫、大丈夫」

何が大丈夫なのか知りませんが、とんでもない山道だったことを記憶しています。

「よし、荷台からスコップと軍手をとってくれ」

「分かった」

ここから先の力仕事は私がと、荷台から軍手とスコップ、そしてかなり大きめの籠を出す。

この籠をタケノコでいっぱいにすることが今日の私の使命かと目を閉じ、深呼吸をする。

車を降りて、タケノコを掘りました。お世話になった近所にも配っていましたので、10本くらい掘りました。

草むらや竹藪の中から少しだけ頭を見せているタケノコも、コツが分かればすぐに発見できるというもの。私はキノコよりもタケノコ派です。

「お！　でかいのとれたじゃないか」

「そうだね……、はぁはぁ、つらたん」

大きなタケノコをとって小躍りをする父の横で、呼吸を整えながらも本音が漏れます。

草や茎が邪魔をして、土が堀にくいこと、この上ないです。タケノコは絶対スーパーで買った方が安いです。

皆さんはセカンドライフの趣味は安全な上に、子供を巻き込まないものを選びましょう。

それでは文字数も来たので、今回はここまでです。

次回はそろそろ二桁刊行の大台がチラチラ見え始める9巻です。

ヘルモードはどこまで続くのか。

ぜひ、次回もお求めいただけたら幸いです。

コミックも順調に巻数を伸ばしております。こちらも応援お願いします。それでは。

転生した大聖女は、
聖女であることをひた隠す
戦国小町苦労譚
領民0人スタートの
辺境領主様
即死チートが最強すぎて、
異世界のやつらがまるで
相手にならないんですが。
ヘルモード
～やり込み好きのゲーマーは
廃設定の異世界で無双する～
二度転生した少年は
Sランク冒険者として平穏に過ごす
～前世が賢者で英雄だったボクは
来世では地味に生きる～
俺は全てを【パリイ】する
～逆勘違いの世界最強は冒険者になりたい～
反逆のソウルイーター
～弱者は不要といわれて
剣聖（父）に追放されました～
毎月15日刊行!!
最新情報は
こちら!

ヘルモード
～やり込み好きのゲーマーは廃設定の異世界で無双する～ 8

発行 ―――――― 2023年10月18日　初版第1刷発行

著者 ―――――― ハム男

イラストレーター ―――― 藻

装丁デザイン ―――― 石田隆（ムシカゴグラフィクス）

発行者 ―――――― 幕内和博

編集 ―――――― 今井辰実　松村佳直

発行所 ―――――― 株式会社アース・スター エンターテイメント
〒141-0021　東京都品川区上大崎 3-1-1
目黒セントラルスクエア　7F
TEL：03-5561-7630
FAX：03-5561-7632

印刷・製本 ―――――― 中央精版印刷株式会社

ISBN 978-4-8030-1848-6